嗜血法医 _{第3季}

DEXTER IS DELICIOUS

［美］杰夫·林赛（Jeff Lindsay）著 李颂 译

湖南文艺出版社 HUNAN LITERATURE AND ART PUBLISHING HOUSE 博集天卷 CS-BOOKY

图书在版编目（CIP）数据

嗜血法医.第3季/（美）林赛（Lindsay, J.）著；李颂译.
一长沙：湖南文艺出版社，2015.1
书名原文：Dexter is delicious
ISBN 978-7-5404-7042-5

Ⅰ.①嗜… Ⅱ.①林… ②李… Ⅲ.①长篇小说－美国－现代
Ⅳ.①I712.45

中国版本图书馆 CIP 数据核字（2014）第 288454 号

著作权合同登记号：图字 18-2013-272

DEXTER IS DELICIOUS
Copyright © Jeff Lindsay 2010
This edition arranged with The Nicholas Ellison Agency through Andrew Nurnberg
Associates International Limited

上架建议：外国文学·悬疑小说

嗜血法医.第3季
作　　者：［美］杰夫·林赛
译　　者：李　颂
出 版 人：刘清华
责任编辑：薛　健　刘诗哲
监　　制：刘　丹　张应娜
特约编辑：谢晓梅
营销编辑：李　颖
版权支持：文赛峰
版式设计：李　洁
封面设计：吕彦秋
出版发行：湖南文艺出版社
　　　　　（长沙市雨花区东二环一段 508 号　邮编：410014）
网　　址：www.hnwy.net
印　　刷：三河市鑫金马印装有限公司
经　　销：新华书店
开　　本：700mm×1000mm　1/16
字　　数：228 千字
印　　张：16
版　　次：2015 年 1 月第 1 版
印　　次：2015 年 1 月第 1 次印刷
书　　号：ISBN 978-7-5404-7042-5
定　　价：29.80 元
（若有质量问题，请致电质量监督电话：010-84409925）

嗜血法医第3季
DEXTER

目录
CONTENTS

Chapter
失踪的少女 *1*

医院的这个区域看上去像异国他乡。没有血、防腐剂和恐惧合成的腥臭气味。这里的气味有种家常的舒适感，连颜色也更柔和粉嫩，没有医院另一端那要么死气沉沉要么杀气腾腾的感觉。事实上，不管在这里看到的、听到的还是闻到的，都无法让我联想到医院。这里只有站在大窗户前睁圆了双眼的男人们，最出乎我意料的是，我也是他们中的一分子。

我们站在一起，开心地聚在玻璃前，满心欢喜地给新加入的人腾地儿。白皮肤、黑皮肤、棕色皮肤，拉丁裔、非洲裔、亚裔、克里奥尔人①……这些都不重要，我们在这儿都是兄弟。没人冷嘲热讽，没人愁眉苦脸，没人在乎别人的胳膊肘时不时撞在自己腰上，没人看上去会对别人生出凶狠的念头，甚至包括我。我们聚集在玻璃窗户前，看着另一间屋子里正在发生的奇迹。

四排整洁的粉色或棕色的小小襁褓，他们是那么小，那么天真未凿，那么没用，可就是他们把这群孔武有力的男人变成了半融化状的软绵绵的废物。

---

① 美国墨西哥湾沿岸各州中，法国、西班牙早期白人移民的后代，或是法国人、西班牙人与黑人的混血后代。加勒比海的海地也有部分克里奥尔人。

而更荒诞离奇的是，在这些小小的襁褓中，居然有一个摄取了我们的黑暗之神快刀手德克斯特的心神，把他也变成了沉思默想的呆子。而她只是躺在那儿，在灯光下扭动着她的小脚趾，浑然不知她创造的奇迹。

莉莉·安。

三个简单寻常的音节，没有实际意义，可当它们组合在一起，成为那个扭动着的小小身体的标签之后，就产生了最伟大的力量。她使几十年来都在当死神的德克斯特的心脏发出了真实的生命最强音，让他觉得自己是那么那么地像是个人了——

她在那儿挥一挥小手，德克斯特的心里就被召唤出一种崭新的感情来回应。那是一种翻腾着上涌到胸腔的力量，它冲击着肋骨，牵扯着面部肌肉，扩展为发自肺腑却又生涩笨拙的微笑。老天，那就是感情吗？我怎么这么快就堕落了，还一落千丈？

"你的第一个？"身边一个声音响起。我朝左边飞快地看了一眼，那是一个结实的拉丁裔男人，穿着牛仔裤和整洁的商务衬衫，衣袋上方绣着"曼尼"字样。

"是的。"我说。他点点头。

"我都有三个了，"他微笑着说道，"可我还没厌烦。"

"是啊，"我应道，继续看莉莉·安，"当然不会厌烦。"她开始挥动另一只手了，现在她是在同时挥动两只手了！多棒的孩子啊。

"俩儿子，"他边说边摇头，"现在终于来了个闺女。"我又抽空看了他一眼，自豪的笑容在他的脸上荡漾，看上去跟我一样傻。"小子笨死了，"他说，"我太想要个闺女了，所以……"他笑得更开心了，我们沉默了好几分钟，共享着玻璃那一边我们那聪明而美丽的女儿的魔力。

莉莉·安·摩根。

所有的事情都变了。有了莉莉·安·摩根的世界是一个崭新而未知的世界。它更美丽，更干净，更整洁，更艳丽。东西都更好吃了，即便是医院餐厅和咖啡贩售机里的货色，那是我二十四小时以来吃的食物。我那冷冰冰的大脑里甚至泛起了诗意，这诗意传到我的指尖，整个世界都变得崭新而奇妙了。如今人生变成了一件去抚养、保护和享受欢乐的事情。这感觉太奇怪了，好像生活不再需要被可怕的黑暗滋养。也许德克斯特的前生应该就此结束，粉红色的崭新世界将崛地而起。过去那些切割的快感呢？那些月光下德克斯特的完美作品呢？也许是时候告别过去，让那欲望渐行渐远直至彻底消失了。

莉莉·安来了，我想改变。

我要做个更好的人。

我想拥抱她。我想抱着她，让她坐在我的腿上，给她讲克里斯托弗·罗宾①的故事，给她念苏斯博士②的书。我想给她梳小辫儿，教她刷牙，在她的小膝盖上贴邦迪。我想抱着她，在余晖下，在满是小狗狗的屋子里，听乐队演奏《祝你生日快乐》。我想看着她长大成人，出落得美丽动人，成为能治愈癌症的医生或是写交响曲的音乐家。为了这一切，我不能再做过去的我，我不在乎这个，因为我明白了一件更重要的事儿。

我不想再当黑暗的德克斯特了。

有一个细小的酸酸的声音在德克斯特快乐世界的背景中响起。有什么东西不对劲儿。一束微光从旧日投射进此刻玫瑰色的新世界，在崭新的旋律中发出干涩的声音。

有人在看着我。

黑夜行者和过去一样，在关键时刻被我的多愁善感逗笑了，但他的警告的确有道理。我假装不经意地转身，脸上仍然保持着微笑，快速扫了一眼左边的走廊。一个衬衫收进裤子，裤腰提得老高的老头儿闭着眼靠在饮料机旁，一个护士目不斜视地走过。

我转头看向右边，直到走廊尽头的丁字形路口，那里一边是一排房间，

---

① 米尔恩《小熊维尼故事集》中的一个小男孩，他是小熊维尼的玩伴。

② 20世纪最卓越的儿童文学家、教育学家。一生创作的四十八种精彩教育绘本成为西方家喻户晓的著名早期教育作品，是美国教育部指定的儿童重要阅读辅导读物。

另一边通往电梯。就在那儿，那人正走过拐角朝电梯走去，就像雷达屏幕上的小光点。我只看到他稍纵即逝的背影。棕色裤子，绿色格子衬衫，运动鞋。他就这么走了，完全没解释干吗要盯着我。我想不出在这个世界上，有谁会对小小的过去的我感兴趣，但我必须想出来这个危险是什么，因为它将可能威胁到莉莉·安——我绝不容许这样的事情发生。

我溜达到走廊拐角，朝电梯望去。

什么也没有。

我的手机在裤袋里振动起来。我拿出来看了一眼来电显示，是德博拉探长。她打来电话当然是庆祝莉莉·安的出生，并向我致以问候。我接听了电话。

"嘿。"我说。

"德克斯特，"她说，"我们又出大乱子了，我需要你，马上过来。"

"我现在不当班，"我说，"我在休产假。"可是没等我向她报告莉莉·安身体健康美丽安详，丽塔在医院另一边安睡，德博拉就报出了地址并挂断了电话。

我走回去向莉莉·安道别。她天真地扭动着她的小脚趾，什么也没说。

德博拉给我的地址在椰树林路上的旧区，那里没什么高层建筑或警亭。房屋都矮小难看，灌木丛生，泛滥的绿色蔓延到公路边。狭窄的街道在菩提树浓荫的遮蔽下显得昏暗。街上已经有了十几辆警车，把停车位占满，我费了半天劲儿才在下一个街区的一丛杂乱的竹子旁找到一个小缝隙把车停好，然后拖着我的溅血分析箱走了长长的路回来。

这座房屋外表平平，几乎完全被植被覆盖。屋顶斜挑，这式样在四十年前很流行。门前有一堆奇形怪状的金属，似乎是座雕塑。雕塑旁边是一个水池，喷泉正在喷水。整幅画面就是典型的椰树林路旧区的样貌。

门前有几辆车看上去很像是联邦调查局的。没错，等我进到里面，几个穿灰色西服的人混在穿蓝色制服和彩色古巴衬衫的警局工作人员中间。所有人都有事儿干，有的在讯问，有的在做法医取样，有的在巡视，想找出重大线索来证明此行不虚。

这当儿，德博拉面对着两个穿灰色西服的人，一个是我认识的联邦调查局特别调查员雷希特。我的冤家多克斯警官在我的继子科迪和阿斯特差点儿被绑架的时候没少在她耳边给我扎针，但不管他怎么拼命施展，她还是没能抓住我任何把柄，但她对我起了很大疑心，所以我一点儿都不想过去跟她打招呼。

她旁边穿着灰色西服、白衬衫和一双锃亮的黑皮鞋的那位，我只能说看上去是个最寻常的联邦调查员。他俩都面朝我妹妹德博拉探长，她身边还有一个我不认得的家伙。他一头金发，大约六英尺高，肌肉发达，英俊得出神入化又充满阳刚之气。当德博拉朝着特别调查员雷希特气势汹汹地说话时，他扭过头看着旁边的落地灯。我走过去，德博拉正好抬头看见我，她扭头对雷希特说："现在让你讨厌的随从们都给我从案发现场走开，我有正经事儿要做！"她过来拽我的胳膊："上这儿来，看看这个。"

德博拉拉着我朝房子后面走去，一路上自言自语地骂着"×蛋的联邦调查员"。我还沉浸在产房那温馨的爱与体谅的氛围中，问道："他们来这儿干吗？"

"他们来这儿干吗？"德博拉咆哮起来，"他们觉得这是一起绑架案，所以归联邦调查局管。这下我就没法儿干活儿了，更没法儿判断到底是不是绑架，这些穿着富乐绅 ① 皮鞋咣叽咣叽走来走去的浑蛋！"她迅速转换情绪，把我推进走廊尽头的一个房间。卡米拉·菲格正在缓慢地爬过地板的右侧，小心翼翼地避过左边的地板。左边的地板上溅了一大摊血，看着像是一头巨兽爆炸了。血迹闪闪发亮，仍然是湿的。我的心不乐意地抽动了一下，觉得麻烦事儿少不了。

"你看这他妈的像绑架吗？"德博拉质问道。

"手脚不大利落，"我看着这巨大的血摊，"受害者的大半部分都被落在这

---

① 富乐绅公司是一家有着一百多年历史的芝加哥鞋业公司，被誉为美国最有潜力的男装制造商。

儿了。"

"你看出什么了？"德博拉问。

我看看她，她认为我只一眼便能判断案情，这让我有点儿烦。"至少让我抽张塔罗牌吧，"我说，"大仙远道而来，需要点儿时间才能跟我连线。"

"让大仙们赶紧的，"她说，"我部门里有一大堆人在我的脖子旁边嗅来嗅去，更别提联邦调查局的了。快点儿，德克斯特，你肯定能告诉我点儿什么，哪怕是非官方的。"

我看看最大的一摊血，它起源于床侧的墙中央，溅得到处都是。"嗯，"我说，"非官方的说法是，比起绑架来，这看上去更像个彩弹射击游戏。"

"我早知道了。"她说完皱起了眉头，"你什么意思？"

我指着墙上的血点。"对绑架者来说，要从一个伤口搞出这么多的血可不容易，除非他拎起受害者，用每小时四十英里的速度把他摔到了墙上。"

"她，"德博拉说，"是女的。"

"无所谓，"我说，"关键是如果她是个小女孩，就冲她流了这么多血，她肯定当场就死了。"

"她十八岁，"德博拉说，"快十九了。"

"那假设她中等身材吧。我不觉得我们能抓住把她摔成这样的人。还没等你朝那家伙开枪，他可能就因为发怒过来把你的胳膊拧下来了。"

德博拉还皱着眉。"所以你的意思是这一切都是伪造的？"她说。

"看上去倒是真血。"我说。

"那到底是什么意思？"

我耸耸肩："官方说法是，现在判断为时尚早。"

她捶了我的胳膊一拳，真疼。"别犯浑！"她说。

"哎哟！"我说。

"我到底是该找尸体，还是找一个坐在商场里正在嘲笑笨蛋警察的半大孩子？可是，一个孩子能从哪儿弄来这么多血？"

"哦，"我没怎么多想就说，"也许不是人类的血。"

德博拉看着血迹。"是啊，"她说，"她弄了坛牛血什么的，摔到墙上，然后一走了之。她想讹她父母一笔钱。"

"非官方地说，这有可能，"我说，"至少让我先化验一下吧。"

"可我得对那些浑蛋有个交代。"她说。

我清清喉咙，拼命模仿马修斯局长的样子说道："案情和证据有待进一步分析和化验，非常有可能……犯罪现场却不一定……任何具体的犯罪证据……"

她又捶了我一拳，还是在老地方，比上次还疼。"化验血，"她说，"麻利点儿。"

"我在这儿没法儿做，"我说，"我得取样，带回实验室。"

"那就去取！"她说着又举起拳头要给我的胳膊来上致命一击，我身手敏捷地躲开了，不过差点儿撞到那个刚才在她和联邦调查员讲话时一直站在她身边的"男模"。

"不好意思。"他说。

"哦，"德博拉说，"这是戴克，我的新搭档。"

"认识你很高兴。"我说。

"啊，是啊。"戴克说着耸耸肩，走到一边，从那儿他能盯着正在仔细搜索地板的卡米拉的臀部。德博拉意味深长地看了我一眼。

"戴克从锡拉丘兹来。"德博拉说，声音喜滋滋的，假得都能剥下一层漆来。"从警十五年，查偷盗雪橇的案子。"戴克又耸耸肩，看都没看我们一眼。"因为我之前粗心大意弄丢了我的搭档，他们为了惩罚我，就派了他来。"

"哦，"我说，"我希望他比库尔特警官的结局好些。"库尔特是德博拉的前任搭档，在德博拉伤重住院的时候被杀了。

德博拉甩甩头，说了几个我只听得出是由生硬的辅音组成的词儿。因为我是走到哪里就把欢乐带到哪里的人，于是我换了话题。"那本来说是谁？"我边说边朝一大摊血点点头。

"失踪的姑娘名叫萨曼莎·阿尔多瓦，"她说，"十八岁，上威廉特纳私立中学，有钱人家的孩子去的学校。"

我环视房间。除开血迹，这屋子平淡无奇。书桌，椅子，一台看上去有几年历史的笔记本电脑，一个 iPod[①] 插座。墙上没被血覆盖的地方贴着一张色调阴郁的海报，上面是一个忧郁的年轻人，下面标着"爱德华粉丝[②]团"。再下面是一本《暮光之城》。壁橱里有几件看上去不错的衣服，但也无甚稀奇。不管是房间里面还是房屋外观都不像是上得起昂贵的私立学校的人家。

萨曼莎会不会是伪造绑架现场好向父母勒索赎金？这是个常见的桥段，如果这姑娘整天跟有钱人家的孩子混，迫于压力势必也想弄条名牌牛仔裤穿。

从这房间并不能看出这些细节。阿尔多瓦先生说不定是隐居的亿万富翁，富得能买下整个街区，而他自己正在飞往东京吃寿司的途中。又或许他家经济状况的确一般，但学校给了萨曼莎助学金。这些都不重要，重要的是弄清楚这些可怕的湿乎乎的血到底是怎么回事儿，并收拾干净。

我知道德博拉正眼巴巴地看着我，为了避免我的肱三头肌再次遭遇她的毒掌，我朝她点点头，立刻展开了暴风骤雨般的工作。我把溅血分析箱放在桌子上打开。相机在最上面，我拍了十几张墙上的血迹以及周边的照片，然后回到溅血分析箱旁，取出一双乳胶手套戴上。我从塑料袋里取出一只大号棉签和一个盛它的罐子，小心地凑近那一摊闪闪发亮的血。

我找到一处浓稠的湿乎乎的血，用棉签在里面慢慢搅动，挑起足够多的血作为样本。然后我仔细地将棉签塞进罐子，盖紧，并从这乱七八糟的地方走开。德博拉还在盯着我，脸色稍微缓和了些。"我侄女怎么样？"她问道。

"她棒极了，"我说，"所有手指和脚趾都在该在的地方，而且无比美丽。"

我妹妹脸上飞速闪过一丝表情，那比想到一个美丽的侄女时该有的表情要稍稍阴郁些。可我还没来得及弄清究竟，德博拉的脸上已经换回了原来的当班警探的表情。

"很好，"她说道，又朝我手里的样品点点头，"把这分析出来，不然不许

---

① 苹果公司推出的便携式多媒体播放器。
② 英文"fans"的谐音，即追星族。

吃饭。"

我合上溅血分析箱，跟着德博拉出了房间，顺着走廊来到起居室。马修斯局长刚来，站在中央的位置，确保所有人都看得见他正在办案并赴汤蹈火在所不惜地追求着正义。

"靠！"德博拉说。她咬紧牙关朝他走去。我很想观赏这一幕，但责任感吹响了它清脆的号角，于是我转身朝大门走去，结果正好碰上站在走廊上的特别调查员布伦达·雷希特。

"摩根先生。"她说。

"特别调查员雷希特，"我招呼道，做出一副开心的样子，"你来干吗？"

"摩根探长是你妹妹？"她问道，并没回答我的问题。

"没错。"我只好回答道。

雷希特看看我，又看看屋子那边正和马修斯说话的德博拉。"这一家子。"她边说边走过去和她那标准联邦调查员面孔的搭档会合。

我朝她的背影喊道："祝你有愉快的一天！"然后出门朝我的车走去。

我到我那小小的实验室时，文斯·增冈正趴在显微镜上看着什么。他抬起头，见进来的是我，眼睛眨了又眨。"德克斯特，"他说道，"孩子没事儿吧？"

"没法儿再好了。"我说。

显然文斯不赞同，他朝我皱着眉。"可是你不该来这儿。"他说道。

"我很荣幸地被要求来陪伴你。"我说。

他又眨了眨眼。"哦，"他说，"是你妹妹？"他摇摇头，又转回头去看显微镜。"有新鲜的咖啡。"他说道。

咖啡虽然是新煮的，但咖啡粉显然已经年深日久，那玩意儿已经接近于无法饮用，仅仅还能溶解于水而已。我一边做血样化验，一边啜饮那倒霉玩意儿，没有一句怨言。实验室里有几瓶抗血清制剂，我需要做的只是将血样和它们加到试管里晃上几晃。我刚刚做完，手机就响了。

"你查到了什么？"德博拉苛刻地问道。

"我觉得我可能因为喝咖啡感染了痢疾。"我告诉她。

"别讨人厌！"她说，"我这儿的讨厌鬼够多的了。"

"恐怕你得再多忍几个，"我看着我的试管说道，血样和抗血清之间一层细细的沉淀物正在生成，"看上去是人血。"

德博拉静默了一下后说："靠！你确定？"

"塔罗牌从不撒谎。"我模仿着吉卜赛口音说道。

"我得知道是谁的血。"她说。

"你要找的是一个留小胡子的瘸腿瘦男人。左撇子，穿黑色尖头皮鞋。"我说。

她又静默了一秒钟，说："滚！我需要帮助。妈的！"

"德博拉，我从血样中能看到的东西有限。"

"你至少要告诉我那是不是萨曼莎·阿尔多瓦的血吧。"

"我可以再做个化验，测出血型。"我说，"你得问她家人她的血型是什么。"

"赶紧做。"她吼完就挂了电话。

在发出一声厌世的叹息后，我又弯着我那酸痛的老腰回到工作上。

我给德博拉打电话报告实验结果时已近傍晚。"是O型。"我说道。她简单地说了句："把你的屁股挪回到这儿来。"然后就挂了电话。

我把屁股挪进车，向南朝椰树林路阿尔多瓦家驶去。当我的屁股挪到那里时，"聚会"还在进行，所以我上次在竹丛旁的泊车位置已经被占了。我绕着街区转了一圈，心里琢磨着莉莉·安会不会想念我。

我又转了一圈，最后在两倍距离以外的一只巨大的垃圾箱旁边找到了停车位置，垃圾箱在一座空无一人的小屋前。如今这种大垃圾箱成了南佛罗里达草坪的新潮装饰物，它们充斥着我们的城镇。当房屋被银行收回，一队带着这种垃圾箱的人马上就会出现。他们清空房屋，简直就像倒拎起房屋把里面所有的东西都倒进垃圾箱一样。前屋主和住在里面的人大概能在高架桥下找到栖身之所，银行把房子打一折贱卖，大家皆大欢喜——特别是出租垃圾箱的公司。

我走了很远的路才回到阿尔多瓦家。德博拉显然正处于一场看上去像是摔跤比赛的对抗中。对手自然是特别调查员雷希特。她们已经针尖对麦芒地交换过了热烈的意见。她们各自的搭档，戴克和那个路人甲调查员，都站在自己人旁边，好像忠实的左膀右臂，正冷冷地瞪着对方。站在德博拉另一边的是一个情绪激动的胖女人，四十五岁的样子，显然拿不定主意该怎么放置自己的双手。她举起它们，又放下一只，然后双臂交抱，又举起左手，这下我看清她攥着一张纸。她着急地挥动着那张纸，又把双手放下，这一切发生在我走过去加入他们的快乐小队的区区三秒钟之内。

"我根本没时间给你，雷希特，"德博拉吼道，"让我再说一次，如果我流了那么多血，我起码是被攻击或被蓄意杀死了。"她瞥见我，又回头对雷希特说："我的专家这么说的，我的经验也告诉我是这样。"

"专家，"雷希特说，声音里带着联邦调查员特有的嘲讽，"你是说你哥？"

"你有更好的吗？"德博拉语气里带上了真正的怒气，看到她为我说话我真觉得欣慰。

"我不需要。我这儿有个失踪的姑娘，"雷希特说，语气里也带了怒气，"除非有进一步的证据，否则就是绑架。"

"对不起。"躁动不安的女人插嘴道。德博拉和雷希特都没理她。

"鬼扯，"德博拉说，"没有便签，没有电话，除了一屋子血，什么也没有。这不是绑架。"

"如果是她的血，那就是绑架。"雷希特说。

"对不起，我能……警官？"烦躁的女人挥舞着纸片又说。

德博拉又瞪了雷希特一会儿，然后转过脸看着女人。"好的，阿尔多瓦太太。"她说。我饶有兴味地看着那个女人。如果她是失踪女孩的妈，倒能解释她那怪异的手部动作了。

"这可能是……我……我找到了这个。"阿尔多瓦太太说着，两只手都无望地举了起来，然后右手放下，只留左手拿着纸举在空中。

"你找到了什么，太太？"德博拉说着，一边回瞪着雷希特，好像防备她会突然蹿过来抢夺那张纸。

"这是……你让我找……嗯，体检报告。"她说着抖抖那张纸，"我找到了，上面有萨曼莎的血型。"

德博拉做了一个漂亮的动作，好像她终生都是职业篮球运动员。她一步跨到女人和联邦调查员中间，用自己的背挡着雷希特，成功地杜绝所有让雷希特瞥见纸上的东西的机会，同时伸手从阿尔多瓦太太手里礼貌而又迅猛地扯过那张纸。几秒钟之后她抬眼瞪着我。

"你说是 O 型？"她说。

"没错。"我说。

她用指尖弹弹那张纸："这上面说是 AB 型阳性。"

"让我看看。"雷希特要求道，试图跳过去拿纸，但德博拉的 NBA[①] 臀式挡人法太厉害了。

"他妈的，怎么回事儿，德克斯特？"德博拉谴责道，好像两种血型不符是我的错。

"对不起。"我说。我不知道自己为什么道歉，但从德博拉的语调中我确信自己必须这样。

"这姑娘，萨曼莎，她是 AB 型阳性血。"她说，"谁是 O 型血？"

"很多人，"我回答道，"这是非常普通的血型。"

"你是说……"阿尔多瓦太太想说什么，但被德博拉接下来的话打断了。

"这帮不上忙，"德博拉说，"如果那儿的血不是她的，那么是谁把另一个人的血泼到墙上去的呢？"

"绑架者，"特殊调查员雷希特说，"为了掩盖自己的痕迹。"

德博拉转过去看着她，一脸奇异的表情。"说说看，"她带着难以置信的

---

① National Basketball Association，（美国）全国篮球协会，也指美国男子篮球职业联赛。

表情对雷希特说，"'特殊调查员'是不是跟'特殊教育'沾边儿？"德博拉的新搭档戴克笑了一声，雷希特脸红了。

"让我看看报告。"雷希特再次要求道。

"你上过大学吧？"德博拉继续伶牙俐齿地说道，"就是那大名鼎鼎的联邦调查局位于匡蒂科的大学。"

"摩根警员！"雷希特严厉地说，德博拉朝她挥挥手里的纸。

"是摩根探长，"她说，"我要你把你的人从我的犯罪现场带走。"

"我有权管理涉及绑架的案件。"雷希特开口说。但德博拉气场越来越大，毫不费力地打断了她。

"你是想告诉我绑架者把自己的血涂到墙上，还有力气拖动一个拼命挣扎的姑娘？"她说，"要么是他带着一罐子血来，说'泼了，然后跟我走'？"德博拉轻轻摇头并轻轻地笑了一下，"我觉得哪种情况都不可能，'特殊'调查员女士。"她停了一下，气魄如此豪迈，雷希特一声也不敢吭。"我看到的是，"德博拉说，"这姑娘在拿我们开涮，她自己伪造了绑架现场。如果你有其他的证据表明不是这样，现在是拿出来亮亮的时候了。"

"拿出来亮亮。"戴克傻头傻脑地笑着重复道，但除我以外谁也没注意他。

"你很清楚……"雷希特说，但又一次被打断了。这次是被德博拉的新搭档戴克打断的。

"嘿。"他说。我们都转过头看他。

戴克冲地板上点点头。"这位女士昏过去了。"他说道。我们朝他点头的方向看去。

阿尔多瓦太太躺在地板上，一动不动。

我们像舞台哑剧中的定格一样呆立了很久，气氛剑拔弩张。正在这时，前门发出一阵声响，紧接着我身后传来一阵骚乱。

"见鬼，"一个男人的声音响起，"见鬼，见鬼，见鬼。"

我转过身，一个中年男人朝我们奔来。他个子很高，面目和善，一头银色的短发，相称的络腮胡。他屈单膝跪在阿尔多瓦太太身边，拉起她的一只手。"嘿，埃米莉，亲爱的？"他边说边拍她的手，"醒醒。"

德博拉努力从雷希特身上转移目光，盯着地板上那个男人。

"阿尔多瓦先生？"她说。

"是的，我是迈克尔·阿尔多瓦。"他说。

阿尔多瓦太太睁开双眼，眼珠转来转去。"迈克尔？"她咕哝道。

德博拉跪在他们旁边。"我是摩根探长，"她说，"我负责调查你们女儿的失踪案件。"

"我没钱。"他说，德博拉惊讶了一下，"我是说，如果要赎金的话。有人打来电话吗？"

德博拉像甩水一样地摇摇头："先生，您能说一下您去哪儿了吗？"

"在罗利①有个会议，"阿尔多瓦先生说道，"医疗统计方面的。我必须……埃米莉来电话说萨曼莎被绑架了。"

德博拉抬头看看雷希特，又飞快地转回去看阿尔多瓦先生。"这不是绑架。"她说。

他有一秒钟僵在原地，然后直直地看着德博拉，手里仍攥着他妻子的手。"你说什么？"他说。

"先生，我能单独和你说几句话吗？"德博拉说道。

阿尔多瓦先生移开视线，又低头看看妻子。"我们能先把我太太扶起来，让她坐在椅子上吗？"他说，"我都不知道她现在身体状况怎样。"

"我没事儿，"阿尔多瓦太太说，"我只是……"

"德克斯特，"德博拉说，猛地朝我扭过头，"去拿些嗅盐之类的东西。你和戴克扶她起来。"

我蹲在阿尔多瓦太太身边，德博拉把阿尔多瓦先生引到另一边。戴克着急地看着我，他的样子让我想起一头巨大的漂亮的狗在等着主人抛出小棍子

---

① 美国北卡罗来纳州的首府。

好飞奔着去捡回来。"嘿，你能搞到那个嗅什么吗？"他说。

我没有那东西。好在阿尔多瓦太太对嗅什么不感兴趣。她抓住我和戴克的胳膊，低声说："请扶我起来。"我们扶她站了起来。我看看周围，想找到一个平坦的没有被执法人员搞乱的地方让她坐下，然后我发现了隔壁房间里一张配着椅子的大餐桌。

阿尔多瓦太太没费太多力气就坐到了椅子上。我回头看向刚才的房间。特别调查员雷希特和她的路人甲搭档正朝大门走去，德博拉假装没看见他们，她忙着和阿尔多瓦先生说话。安杰尔·巴蒂斯塔正站在推拉玻璃门外的阳台上，从玻璃上取指纹。我知道走廊尽头那个房间的墙上，大片的血迹仍然等待着德克斯特。暴力、血迹、蓄意破坏之地，这就是我迄今为止生存的世界。

但是今天它对我来说失去了令我着迷的魔力。出于对德博拉的责任，我满心不情愿地来到旧日战场，但是我想回到我的新国度，那里一切都明亮而崭新，美好的莉莉·安的国度。

德博拉抬头看看我，似乎并没反应过来是我，就又转回头去跟阿尔多瓦先生谈话。我是她的布景，就像这犯罪现场的一部分。是该走的时候了，回去看莉莉·安和有关她的奇迹。

我连整脚的告别都没有做就溜出门，回到我的车上。我开车回医院，路上交通奏响了晚间堵车高峰的序曲。这是个奇异的时段，所有人都觉得自己有权同时占据每一条道路，因为他们早早地从公司里溜出来开车回家。搁在过去，我会被这种赤裸裸的互相仇视逗乐，今天我却不苟言笑。这些人正在威胁别人的生命，而我将很快开车带莉莉·安去上芭蕾课。这些给世界带来不安全因素的人我没法儿容忍。我谨慎地只超速十英里，这可把周围的司机给惹怒了。他们从我两侧飞驰而过，鸣笛、竖中指，但我岿然不动，保持着我的速度，不和任何人开战。不久我就到了医院。

我下了电梯走向产区时停了一秒钟，好似听见微弱的低语从德克斯特的黑暗后座上传来。就在这里我差点儿看到那个不知为什么要监视我的家伙。我拐弯朝婴儿区走去。

之前聚集在婴儿区窗前的朋友们都走了，取而代之的是一群新观众。莉莉·安也不见了。她大概是和妈妈在一起，正在吃奶和建立亲子关系。我感到一阵小小的忌妒。丽塔能和孩子有这种重要而亲密的纽带，我则完全不能。这是莉莉·安感情旅程的第一步啊。

幸好我听到了心里轻轻的嘲讽笑声。"好啦，德克斯特，你的角色同样重要，在她的人生之路上，在她遇到荆棘险阻时给她提供稳固而慈爱的指引。"有谁比我更称职呢，我这样一个一直生活在正邪之间，享受着荆棘，现在又一心一意只想让她穿越千难万险毫发无损的人？作为一个改邪归正的德克斯特老爸，有谁比我更棒呢？

这顺理成章。我生活在邪恶中只是为了知道如何让莉莉·安走向光明。终于解释通了。我知道了自己为何要在这里，并非要惩处恶人，而是要护佑良善。

豁然开朗情绪高涨的我步履轻快地走过护士台，来到丽塔的房间。果然，莉莉·安就在这里，在妈妈的怀里酣睡。床头柜上是一大束玫瑰花，世界又和谐了。

丽塔抬起头朝我疲倦地笑笑。"德克斯特，"她说，"你去哪儿了？"

"工作上有点儿紧急的事儿。"我说。她茫然地看着我。

"工作，"她说着摇摇头，"德克斯特，我……这是你的初生孩子。"莉莉·安恰如其分地轻轻扭动了一下后继续睡，她做得真棒。

"是啊，我知道。"我安抚道。

"不是……你怎么可以溜开去上班？"她说，听上去很生气，她这样子我以前没见过，"你的新生宝宝，工作？在这种时候？"

"对不起，"我说，"德博拉需要我。"

"我也需要你。"她说。

"真对不起。"我说，真心感到抱歉，"我还没什么经验，丽塔。"她看着我，又摇摇头。"我保证我会改的。"我充满信心地说。

丽塔叹口气，闭上双眼。"至少你送来的花很好。"她说。德克斯特的黑暗后座上响起一阵铃声。我当然没送过花。丽塔有很多朋友都有可能送花，没理由一束香喷喷的花朵就引发危险的警报。

但的确不对劲儿。有一个规律而又烦人的叮叮声传来，在说事情有些不对。于是我假装随意地靠过去，假装闻玫瑰，眼睛却在寻找配送卡片。但没什么可疑，那小小的卡片上写道："祝贺我们！"落款用蓝色墨水写着"一个崇拜者"。

从发出铃声的地方又传来一阵轻笑。黑夜行者被逗乐了。也难怪，据我所知，我没有崇拜者。如果有谁了解我并崇拜我，那么他应该已经死了，被分解了，被丢弃了。谁会那样在卡片上留言？

为什么我觉得冰凉的触角在往脖子上爬？为什么我这么确信那隐藏的危险会威胁到我和莉莉·安？我告诉自己，这不仅仅是匿名送花，我之前还见过一眼那位潜藏的监视者。把这些加在一起，我得出了如下结论：很可能有事儿又可能没事儿，很可能有威胁又可能没有。

我有理由觉得不妥。莉莉·安正被某个傻瓜盯梢。

被我。

Chapter
神秘的跟踪者 *2*

　　我花了一个小时陪丽塔，欣赏莉莉·安睡觉、踢蹬、吃奶。客观地讲，莉莉·安并没有太多动作，可就是比我所能想象的有趣多了。没什么比发现自己亲生的孩子是那么迷人更让人感觉良好的了。丽塔迷迷糊糊地睡着了，只有莉莉·安踢蹬腿的时候才醒过来几秒。不过几分钟之后，丽塔皱着眉睁开了眼睛，看了看门边墙上的钟表。

　　"孩子们。"她说。

　　"哦。"我说着看看莉莉·安，她在丽塔的声音中把纤小的手松开又握紧。

　　"德克斯特，你得去接科迪和阿斯特了，"她说，"课后班。"

　　我眨眨眼，还真是。课后班六点结束，管班的年轻姑娘晚一刻钟就等不及了。钟表显示现在是六点十分，我应该赶得上。

　　"好吧。"我说着站起来，非常不情愿地把自己从欣赏小宝宝的状态中扯出来。

　　"带他们来这儿，"丽塔说着微笑起来，"他们应该来看看小妹妹。"

　　我出大门的时候已经在憧憬美好的画面了：科迪和阿斯特轻轻地走进房

间，他们的小脸上洋溢着爱和惊喜，端详着世界上的小奇迹莉莉·安。我信步走向电梯，脸上不自觉地浮起了笑容。科迪和阿斯特肯定也会带着同样由衷的笑容看着他们的小妹妹，像我一样领悟到黑暗的旅程不再有存在的必要。

科迪和阿斯特因为他们那虐待成性的亲生父亲而注定要走黑道，成为像我这样的怪物，在黑暗世界中生存。而我出于小小的邪恶的骄傲，已经许诺要教导他们走上哈里之路，让他们成为像我一样的会自我保护并严格自律的捕食者。而他们也将看到一个崭新的世界，那里不再需要大卸八块和仓皇逃窜。我怎么能在这新世界降临之际，再让他们堕入那混杂着死亡和兴奋的可怕深渊？

我驶向课后班所在地，那是离家不远的公园。正值交通高峰时段，人吃人的时间，我却找到了迈阿密的司机们之所以这样的奥秘——他们并没有怒气冲冲，他们只是着急。每个人都有在家里等着自己的人，都有为了上这个倒霉的班而一整天都见不到的人。要是别的司机慢吞吞，他们当然会着急，每个人都有自己的莉莉·安在家里等着自己。

我开到公园时只晚了几分钟，年轻姑娘已经站在大门外翘首以待了。见到我，她如释重负地微笑着把科迪和阿斯特交给我。"呃，摩根先生，"她说着在包里划拉来划拉去地翻找她的钥匙，"那个……呃，怎么样？"

"莉莉·安很棒，"我说，"她马上就能在这儿跟你学画画了。"

"那个……摩根太太呢？"她说。

"静养呢。"我说。她点点头，笑着掏出钥匙，锁上了大楼的门。

"好了，孩子们，"她说，"我们明天见吧，再见！"说完她急匆匆地冲进车里，她的车停在停车场的另一端。

"我饿了。"当我们走近我们的车时，阿斯特说，"什么时候吃晚饭？"

"比萨。"科迪说。

"我们先去医院，"我说，"让你们看看小妹妹。"

阿斯特看看科迪，他也看着她，两人又一起转向我。

"小宝宝。"科迪嘟囔着摇摇头。

"我们想先吃饭。"阿斯特说。

"莉莉·安等着你们。"我说，"还有你们的妈妈。上车吧。"

"可我们饿了。"阿斯特说。

"你们不觉得见小妹妹更重要吗？"

"不。"科迪说。

"小宝宝又不去哪儿，躺在那儿什么也不做，也许除了拉屁屁。"阿斯特说，"而我们在那个没劲透了的楼里待了好几个小时，而且饿坏了。"

"我们到医院买点儿糖果。"我说。

"糖果？"阿斯特说，听上去好像我刚让她去吃被撞死了一个星期的路边野兽。

"我们想吃比萨。"科迪说。

我叹口气。"还是上车吧。"我说，瞥见两人都不满地瞪着我。

回医院的路上，科迪和阿斯特气冲冲地沉着脸，一言不发。不仅如此，每当我们路过一个比萨店，阿斯特就会叫："棒！约翰！"①要不就是科迪静静地说："达美乐。"②我这辈子在这些街道上来往了无数次，从来不知道迈阿密的城市文明都贡献给了比萨，满城皆是。

我意志坚定，咬紧牙关，顺着又直又窄的迪克西高速公路开下去，不久就到了医院的停车场，我准备驱赶两个不情不愿的孩子走进大楼。

他们拖沓地走过停车场。有一下，科迪站住脚四下打量，像是听到有人叫他的名字。他不想挪动，即便还没走到便道上。

"科迪，"我说，"走起来，你要被撞到了。"

他不理我，眼睛扫过一排排停着的车辆，锁定五十英尺外的一辆车。

"科迪。"我又叫一遍，并且去拉他。

他轻轻摇头。"影子家伙。"他说。

---

① "棒！约翰"是全球三大比萨店之一。
② 比萨连锁店。

我感到一只小而多刺的触须在我的脊梁骨上滑过，伴随着远处黑色羽翼张开的声音。"影子家伙"是科迪给他的黑夜行者起的名字。我停下来，看着那辆被他盯着的小小红色轿车，想找出让我自己也觉得可疑的地方。透过风挡玻璃能模糊地看到一个人正在读《新时代》，那是迈阿密的小众周报。不管他是谁，显然对我们没兴趣，或者他对头条新闻太感兴趣了，那是一个关于本市按摩院的专题报道。

"那人在看我们。"阿斯特说。

我想起自己早先的警觉，还有那束神秘的玫瑰。但我已经下定决心，除非那花里有缓慢释放的毒害神经的物质，并没有什么太危险的。就算车里那人有所图，但这里毕竟是迈阿密，我反正没有觉得他是刻意盯着我们。

"他在看报纸，"我说，"而我们站在停车场上浪费时间。走吧。"

科迪慢慢转过身来看着我，脸上的表情又惊讶又生气。我摇摇头，指指医院。他俩交换了一下他们的招牌眼神，又对我做出一副失望而平淡的表情，好像对我不够水准的表现已经麻木了，然后他们一起转过身朝医院大门走去。

德克斯特如果不信守诺言就枉为男人，所以我先带他们去了贩售机旁买糖果。但他们再次陷入僵局，只是瞪着机器，好像那是什么刑具。我开始失去耐心了。"好了，"我说，"挑一个。"

"我们一个都不要。"阿斯特说。

"可你不是饿了吗？"我说。

"可我们想吃比萨。"科迪柔和地说。

我能感觉到自己下巴收紧，但仍维持着冷静，说："你们看这机器上有比萨吗？"

"妈妈说吃太多糖果会得糖尿病。"阿斯特说。

"吃太多比萨会让你胆固醇升高。"我咬着牙说，"挨饿其实对健康有利，所以让我们忘了糖果吧，上楼。"我朝他们伸出手，并作势朝电梯转身，"走了。"

阿斯特犹豫着，嘴巴半张，我们又站在那里度过了漫长的几秒钟，最终科迪说："奇巧。"魔咒就此打破。我给科迪买了奇巧巧克力，阿斯特挑了三剑客巧克力奶糖，我们终于走进电梯，上楼去看莉莉·安。

我们径直往丽塔的房间走去。走到门外的时候，阿斯特突然站住脚，科迪也跟着停下来。"要是我们不喜欢她怎么办？"阿斯特说。

我眨眨眼。这念头打哪儿来的？"你们怎么可能不喜欢她？"我说，"她是个美丽的小宝宝，你们的妹妹。"

"同母异父。"科迪轻声说。

"珍妮·鲍姆加特就有个小妹妹，她们整天打架。"阿斯特说。

"你们不会和莉莉·安打架，"我说，"她只是个小娃娃啊。"

"我不喜欢小孩。"阿斯特说，脸上一副倔强的表情。

"你们会喜欢这个小孩的。"我说，被自己声调中的坚定惊到了。阿斯特犹豫地看看我，又看看弟弟，我趁机说："来，进去吧。"我一手按着一个的肩膀，推着他们进了门。

场面和我走时没什么变化，仍然是圣母和圣子。丽塔用一只手抱着莉莉·安，睁开困倦的眼睛朝我们微笑，莉莉·安微微动了一下，继续酣睡。

"快来看你们的小妹妹。"丽塔说。

"你们都这么说。"阿斯特说着气呼呼地站在那里。科迪朝床边走去，饶有兴味地端详了莉莉·安许久。阿斯特忍不住过去，好似对科迪反应的惊讶胜过了对婴儿的兴趣。我们都看着科迪，他慢慢地把一根手指伸向莉莉·安，很小心地摸摸她攥着的小拳头。

"软的。"科迪说。莉莉·安张开拳头，科迪让她握住了他的手指。莉莉·安又把拳头攥起来，奇迹发生了，科迪微笑起来。

"她握着我的手。"他说。

"我也要试试。"阿斯特说。她挤过去想摸莉莉·安。

"还没轮到你。"科迪说。阿斯特退后半步，不耐烦地晃着身子，直到科迪把手指从莉莉·安的拳头里抽出，把位子让给她。她赶忙学科迪的样子做，结果当莉莉·安握住她的手指时，她也笑起来。他俩轮流把这个游戏玩了十五分钟。

整整半小时我们都没有再提比萨一个字。

看着我的三个孩子黏在一起玩儿可真带劲儿！可是，只过了一会儿，丽塔就看看表说道："好啦，明天还要上学。"

科迪和阿斯特又交换一下他们深沉的眼神，一言不发，但胜过千言万语。"妈妈，"阿斯特说，"我们在和我们的小妹妹玩儿呢。"

"你明天可以和莉莉·安多玩儿一会儿。"她说，"但现在，德……爸爸要带你们回家，让你们睡觉。"

他俩看着我，那眼神好像我背叛了他们一样，我耸耸肩。"起码能吃比萨了。"我说。

孩子们走的时候和来时一样勉强，但我好歹带他们出了医院，上了车。为避免像来时那样一路惊心动魄地被全城比萨店的香味熏死，我干脆让阿斯特用我的手机叫了外卖比萨，到家十分钟后晚餐就送到了。科迪和阿斯特好像一个月没吃过东西那样扑到比萨上，我运气不错，不仅抢到两小块，而且胳膊还没断。

吃完饭，我们看了会儿电视，到了上床时间，刷牙，换睡衣，上床。由我来指挥这套仪式感觉有点儿奇怪，我老怕自己做错什么。我不断回想丽塔在医院说的话，她结巴着说"德……爸爸"。我现在真成德爸爸了，这里就是我的战场。很快我就要带莉莉·安举行同样的仪式，想到这个我感到无比舒心。这想法支撑着我，直到最终把科迪和阿斯特放到床上并伸手去关灯。

"嘿，"阿斯特说，"你还没有做祷告。"

我眨眨眼，突然觉得很不舒服："我不会念祷告词。"

"你不用念，"她说，"只要听就行。"

任何一个稍微有点儿私心的人在孩子面前都会觉得自己是个彻头彻尾的

虚伪的家伙，我现在就有这种感觉。我面带庄严的神色坐下，听他们说着每晚都要说一遍的单调而没意义的话。我肯定他们并不比我更信这些话。

"好了。"我说，站起来关灯，"晚安。"

"晚安，德克斯特。"阿斯特说。

"晚安。"科迪轻轻说。

我沿着走廊去了那个被丽塔叫作"德克斯特的书房"的小房间。我主要在那里从事跟我的兴趣相关的研究。那里有一台电脑，让我顺藤摸瓜，搜索引起我兴趣的人。还有个小壁橱能藏几件无害的东西，比如胶带和承重五十磅的渔线。

还有一个小小的文件柜，平常我都锁着。里面有几个文件袋，是我收集的有希望的游戏伙伴们的资料。我坐在我的小桌子旁打开这个柜子，里面暂时没有太多内容。我有两个机会，但是由于忙别的事情，我哪个都没能真正跟进。现在我都拿不准我是不是永远都没机会了。我打开一个文件袋，往里看了看。那是一个残忍的恋童癖，两次逮捕都因为有不在场证据而被释放。我相当有把握我能证明他的罪行。在南海滩有个俱乐部，那里是几个失踪者最后出现的地方。那个俱乐部叫"尖牙"，对俱乐部来说真够难听的了。但除了在失踪人口的报告上出现过之外，这个俱乐部的名字还出现在了移民局的文件中。他们厨房工作人员的流失率出奇地高，移民局里已经有人怀疑有问题，尽管迈阿密的水很难喝，但也不至于让这些洗碗工全都跑回墨西哥老家。

非法移民是最棒最容易的目标。即便他们失踪了，也没有正式报告，家人、朋友和雇主都不敢告知警察局。很显然这个俱乐部中有人在利用这个情况，我猜经理会确切知道员工流失率。我翻看着档案，找到了他的名字：乔治·库卡罗夫。他住在迪利多岛上离俱乐部不远的一片很棒的海滩上。这地方很便于上班和游戏：做做账，雇个唱片骑士（DJ），杀了洗碗工，然后回家吃晚饭。我都能看见那情形，很棒的布局，干净、方便得简直让我忌妒。

我把文件放下，想了一会儿。乔治·库卡罗夫，杀人犯。非常合理，合理得让德克斯特蠢蠢欲动。黑夜行者也拍打着翅膀表示赞同，伸展双翼，发出暴烈的沙沙声，说："没错，就是他。今晚，一起……"

我能感到月光穿过窗户倾泻到皮肤上，让我内心悸动，我都能看到那个杀人犯被绑在桌子上，他颤抖着，被恐惧煎熬，我能看见锋利的刀举起来——

可是我突然想到了莉莉·安，月亮不再明亮诱人，刀刃的呼唤减弱了。德克斯特那个新生的自我低语着"再也不要啦"。月亮躲到代表莉莉·安的银色云朵后面去了，刀也收回鞘中，德克斯特变回普通男人，库卡罗夫则逍遥法外，继续着他那邪恶的勾当。

可是黑夜行者反击了，我的理智也在帮腔。真的吗，德克斯特，我们真的要让所有这些坏蛋为所欲为吗？我又想了想在医院里下定的决心：我要做个更好的人。我第一次觉得生命宝贵难得，为了莉莉·安，我要改变自己，我能做到。

我以坚定的手势将文件塞进碎纸机，然后上床睡觉。

第二天，我比平常略早到了办公室，因为我得先送科迪和阿斯特去学校。过去这都是丽塔的活儿，现在所有事儿都不同了。现在是莉莉·安纪年的第一年。今后相当长的一段时间，我都要负责送两个大孩子去学校，直到莉莉·安长大一点儿，能用上汽车安全座椅的时候。如果这要我付出每天第一个到办公室的代价，似乎算不得什么。

可是当我终于到了办公室的时候，我发现代价好像变得大了一点儿。除了劳模德克斯特，另外有人带了面包圈，关键是全都没了，只剩下一个带着糖渍的纸盒。不过，当一个人的生活比蜜还甜的时候，谁还需要吃面包圈呢？我投入工作，带着满脸微笑，嘴上还哼着小曲儿。

今天没有夺命电话让我马上去犯罪现场，我在头九十分钟里处理完了大量日常文件。我还给丽塔打了个电话，确定莉莉·安一切都好，我告诉丽塔下午再去看她。

　　我订了些易耗品，把报告归档，把我的整个职业生涯都整理得井井有条，尽管这一切都不能完全弥补面包圈的损失，我对自己还是相当满意的。德克斯特不喜欢乱七八糟。

　　十点之前我都沉浸在粉色的自恋祥云里，直到我桌上的电话响起来。我接起电话，用愉悦的声音说："嘿，我是摩根。"回复我的是我妹妹德博拉无礼的声音。

　　"你在哪儿？"她说。

　　"我就在这儿，电话的另一端。"我说。

　　"到停车场来见我。"她不由分说就挂了电话。

　　我在警车旁找到德博拉。她不耐烦地靠着车前盖，脸色阴沉。从聪明的策略出发，我决定先发制人。"我干吗要在这儿见你？"我说，"你有那么好的办公室，有椅子，还有空调。"

　　她站起来摸钥匙："我的办公室遭虫灾了。"

　　"什么虫子？"

　　"戴克，"她说，"那马屁精弱智狗杂种不肯让我一个人待着！"

　　"他不该让你一个人待着，他是你的搭档。"

　　"他把我整疯了。"她说，"他把屁股放到我的桌子上，就坐在那儿等我扑到他怀里。"

　　"为什么你要扑到他怀里？"

　　她摇摇头。"你注意到他长得傻好看傻好看的了吗？"她说，"如果你没注意，那你大概是整座楼里唯一这样的人了。连戴克自己都知道。"

　　我当然注意到了，可我不知道就算他帅得惊动美国政府又有什么大不了的，有什么好讨论的。"好吧，"我说，"我注意到了，那又怎么样呢？"

　　"那他就觉得我应该向他投怀送抱，跟他以前遇到的女人一样。"她说，"这可真恶心。他比一盒石头还笨，他就坐在我的桌子角上，剔着他傻拉巴唧的完美的牙，等着我给他派活儿。如果让我看他超过两秒，我就会崩了他傻拉巴唧的脑袋。上车！"

德博拉从来不是会掩盖感情的人，但像这次的爆发，还是史无前例的。她钻进车，踩了几脚油门，按了一下警笛。我钻进车，还没来得及把门关上，她就已经开动车，冲上了街道。

"我不认为他跟着我们。"我趁她大力轰油门提速的时候说。德博拉没理我，只是飞快地绕过一辆拖着堆得高高的西瓜的平台货车。

"这是去哪儿？"我怀着对生命的眷恋问道。

"学校。"她说。

"什么学校？"我问道，真怕咆哮的引擎声盖住什么重要的信息。

"萨曼莎·阿尔多瓦上的富家子弟学校，"她说，"叫什么来着？威廉特纳私立中学。"

德博拉开着车穿过大街小巷。她转向勒琼大道，然后是椰树林路。在美国一号高速公路左转，在道格拉斯街右拐，在凤凰木大道左拐，穿过主街高速路，最后到了学校。

我们穿过珊瑚石大门，一个门卫出来拦下了我们。德博拉向他出示自己的警徽，门卫凑过去仔细看了一会儿才挥手放行。我们从一排楼后面转过来，在一棵巨大而古老的菩提树下停了车，车位上写着"为斯托克斯先生预留"。德博拉停好车，钻出车来，我跟着她。我们走过树荫掩映的小路，来到太阳下，我看着这个一直被我们认为是富家子弟上的学校。建筑物很干净，看着像新的一样。地面非常平整。这里的太阳似乎更亮，棕榈叶似乎摇摆得更温柔，合在一起，这应该是有钱人家的孩子相当美好的一天。

办公楼在校园中心区两侧，中间由带屋顶的天桥连接，我们进了里面的接待处。他们要我们等助理之类的人出来接待。我回忆起我们中学的校长助理。他个头很大，有着克罗马农人的前额，看着像个膝盖。所以当我看见一个小小的斯文整洁的女士出来迎接我们时，我惊讶了一下。

"警官？"她礼貌地说，"我是斯坦。我能帮到你们什么？"

德博拉摇摇头。"我需要问些问题，关于你们的一个学生。"她说道。

斯坦女士挑起一侧的眉毛，表示这事儿相当少见，警察不会来询问她的学生。"来我办公室谈。"她说。她带着我们走过走廊，进了一间带桌子、椅子和几块匾额和照片的房间。"请坐。"斯坦女士说。德博拉没看我，径直在桌子对面的塑胶椅子上坐下，剩下我看着墙上没有钉框的地方，舒服地靠墙站着。

"好吧。"斯坦女士说，她坐进桌后的椅子，看着我们，脸上是礼貌而冷漠的表情，"关于什么？"

"萨曼莎·阿尔多瓦失踪了。"德博拉说。

"是的，"斯坦女士说，"我们当然听说了。"

"她是什么样的学生？"德博拉问。

斯坦女士皱皱眉。"我不能告诉你她的分数之类的信息。"她说，"但她成绩相当好，中等偏上。"

"她上这个学校拿了助学金吗？"德博拉问。

"这是保密信息。"斯坦女士说。德博拉严厉地看着她，可是她令人惊讶地毫不退缩。也许她习惯了有钱家长的怒视。这显然是个死局，我决定帮忙。

"她被其他孩子欺负吗？"我说，"比如，钱或是别的方面。"

斯坦女士看看我，做出一个"一点儿都不好笑"的微笑。"我理解你的意思，你是说她的失踪和钱有关。"她说。

"你知道她有男朋友吗？"德博拉问。

"我不知道。"斯坦女士说，"就算我知道，我也不确定是否应该告诉你。"

"斯坦小姐。"德博拉说。

"斯坦。"斯坦女士说。

德博拉没理会她。"我们没在调查萨曼莎·阿尔多瓦，我们调查的是她的失踪。如果你什么都不说，就是不让我们找到她。"

"我不认为……"

"我们想找到活着的她。"德博拉说。我为她语调的冷静和坚定感到自豪。斯坦女士的脸色变得苍白了。

"我没……"她说，"我真不知道。也许我可以找个她的朋友跟你们谈。"

"那会非常有帮助。"德博拉说。

"我觉得她最好的朋友是泰勒·斯巴诺。"斯坦女士说，"但我必须在场。"

"去带泰勒·斯巴诺来吧，斯坦小姐。"德博拉说。

斯坦女士咬着嘴唇站起来，出门的时候姿态已经完全没有了进来时的冷静沉着。德博拉坐进椅子，稍微转了转身体，好像在找一个舒服的角度。没法儿舒服。她试了一会儿后只好放弃，重新坐直身体，把腿一会儿架起，一会儿放下，坐立不安。

我的肩膀都酸了。终于，我们听见有声音从门外传来，声调和音量越来越高，持续了半分钟的样子，又安静下来。过了漫长的好几分钟，斯坦女士冲了进来。她依然面色苍白，而且看上去不大高兴。

"泰勒·斯巴诺今天没来。"斯坦女士说，"也许昨天就没来。所以我给她家里打了电话。"她犹豫了一下，好像有些窘。

"她病了？"德博拉问。

"不是，她……"斯坦女士又犹豫起来，咬着嘴唇，"他们……她和别的同学合做一个作业，他们说，为了做作业……她一直和另一个女孩住在一起。"

德博拉猛地坐直。"萨曼莎·阿尔多瓦。"她说。这毫无疑问。

斯坦女士还是回答了。"是的。"她说。

其实细抠法律的话，学校可以要求免除官方打扰学校的正常秩序。特别是以像威廉特纳这种学校的家长和毕业生的势力，有可能给我们对双人失踪的调查带来极大阻力。但学校最终决定配合，利用这个事件搞危机管理。他们让我们坐在同一间墙上挂满纪念品的办公室。斯坦女士则跑进跑出忙着提醒教职员们。

我环视房间，注意到椅子的数目还跟上次一样。我那墙上的倚靠点看上去不再特别诱人。另外我觉得在两个学生失踪之后，我们的重要性上升了好几个台阶，我的待遇也得到了提升。再说了，房间里毕竟还有一把特别舒服的椅子。

我刚坐进斯坦女士的椅子，手机就响了。我看一眼来电显示，是丽塔打来的。我接起来："喂？"

"德克斯特，是我。"她说。

"我一猜就是你。"我说。

"好吧，听着，"她说，"医生说我能回家了，你能来接我们吗？"

"你什么？"我完全惊呆了，莉莉·安昨天才出生。

"可以出院了，"她耐心地说，"我们可以回家了。"

"这也太快了。"我说。

"医生说这不算什么，"她说，"德克斯特，我不是第一次生小孩。"

"可是莉莉·安，她可能会传染上什么。"我说道，发觉自己因为莉莉·安要离开安全的医院太震惊而变得说话很像丽塔。

"她没事儿，德克斯特，我也没事儿。"她说，"我们想回家了，请来接我们，好吗？"

"可是丽塔……"我说。

"我们在这里等你，"她说，"再见。"我还没想出合理的理由劝她不要这么快出院，她就已经挂了电话。我瞪了手机屏幕一会儿，想到莉莉·安要进入充满细菌和恐怖分子的世界，我立刻进入行动模式。我把电话插入皮套，跳了起来。"我得走了。"我对我妹妹说。

"嗯，我听见了。"她说着把车钥匙扔给我，"尽快回来。"

我用纯迈阿密的方式向南驶去，在车流中自由穿梭，好像地上没有画线的车道似的。丽塔到底是怎么想的呢？她是怎么说服医生同意的呢？莉莉·安那么小，那么脆弱，完全没有自我保护能力，这么快就把她扔到冷酷艰难的世界里，这可真够狠心的。

我先回家拿上全新的婴儿安全座椅。我已经预先练习了好几个星期，就想着等时刻一到我可以手脚娴熟。可是这时刻来得太早，我那平常敏捷的手指此刻笨得不行，怎么也没法儿把座椅安到车上。椅子背后那堆东西无比复杂。我连推带拽，最后被硬塑料划伤了手指，我把整个玩意儿摔到地上，吮吸着手指。

这能叫安全？它能这么欺负我，怎么能保护莉莉·安呢？即便它真的好用，我又如何才能保护莉莉·安在我们这样一个世界上安然无恙？才生下来一天就带她回家，这可真是疯了。

我最终把座椅安好，然后冲向医院。我到的时候丽塔正坐在轮椅里等在走廊上，一个紧紧包裹的婴儿在她的臂弯中。她抬起头看着我，脸上浮起一个懒散的笑容，说："德克斯特，你来得真快。"

"哦，"我答道，想适应一下事情居然还不错的感觉，"哦，正好我在附近。"

"你载我们回家可不会开那么快，对吗？"她说。我还没来得及指出只要带着莉莉·安我就不会开快，我觉得她应该在医院里多待一阵儿，一个快活的毛发浓密的年轻人就奔了过来，抓住丽塔轮椅背后的手柄。

"哦，爸爸来啦。"他说，"你们能走了吗？"

"啊，这是……谢谢。"丽塔说。

年轻人眨眨眼说道："那好吧。"他开始把丽塔朝大门推去。我深吸一口气，然后吐出，跟着他们走去。

到了车那儿，我把莉莉·安从丽塔手里接过来，小心地把她放进那厉害的座椅。可是不知怎么，我拿阿斯特的椰菜娃娃①练手过的技巧并不能在真娃娃身上施展出来。最后还是丽塔帮忙给莉莉·安系好安全带。一无是处、笨手笨脚的德克斯特钻进驾驶室，发动引擎，把车开上大街。

"别开太快。"丽塔对我说。

"好的，亲爱的。"我说。

我慢慢地开回家。回到家我发现把莉莉·安解下来还没有把她系好一半难，所以转眼之间我就把她和丽塔带进了家，把她们在沙发上安顿下来。

---

① 美国颇受欢迎的一款玩具。

我看着她俩，突然之间所有的东西都不同了，这是她们第一次一起出现在这儿，在家里。看着我的新生宝宝在这旧有的环境中出现，我顿时觉得人生崭新、奇妙而又脆弱。

我毫不害臊地沉迷于这终极的狂欢中。我摸摸莉莉·安的小脚趾，用手指背面蹭她的脸蛋，它们比我这辈子摸过的任何东西都要柔软。丽塔抱着孩子，微笑着陷入半睡眠状态。最后我看了一眼钟，惊觉居然过了这么久。我想起来我的车还是借来的，车主人以能用语言不费吹灰之力杀死人而著称。

"你真的没事儿吗？"我问丽塔。

她睁开眼，脸上还带着微笑。"德克斯特，我不是生手啦。"她说，"我们没事儿的。"

我万般难舍地离开了她们。

我开着德博拉的车回到威廉特纳中学，发现她被安置到另一座古老木质建筑中能看见海湾风景的办公室，这里成了临时的问讯室。这座楼叫作宝塔，坐落于田径场上空的平台上，它摇摇欲坠，看起来无法经受一场夏季的暴雨，可是居然矗立至今，成了一个历史性的地标建筑。

一个过分清秀的男孩正在跟德博拉说话，我进去的时候她只抬眼看看我并点点头，没有打断男孩的话。我坐在她旁边的椅子上。

这天剩下的时间，学生和老师都鱼贯进入这座危楼，跟我们讲述他们所知道的萨曼莎·阿尔多瓦和泰勒·斯巴诺。学生看上去个个都聪明认真，我都开始欣赏私立学校的教育质量了。

结束问讯的时候是五点半，我们掌握了萨曼莎·阿尔多瓦和泰勒·斯巴诺一些相当有趣的资料，只是没有任何信息说明她俩能在迈阿密的凶猛丛林中不带信用卡和iPhone（苹果手机）生存下来。

萨曼莎·阿尔多瓦还有些情况不清楚。学生们知道她获得了学校的助学金，不过没人拿这当回事儿。他们都说她很讨人喜欢，安静，数学很棒，没有男朋友。没人想出来她有什么理由要编说自己失踪，没人记得她和哪个坏孩子走得很近，除了泰勒·斯巴诺。

泰勒显然是个相当不乖的孩子，从表面看，这两个姑娘的友谊极不可能发生。萨曼莎每天由她妈妈开着开了四年的现代汽车送去学校，泰勒则开着她自己的保时捷来学校。萨曼莎安静害羞，泰勒则像个典型的有钱人家的孩子，哪里热闹哪里就有她。她也没有男朋友，但那只是因为她不想让自己耽搁在一个男孩子手里。

大约从去年开始，她俩发展出亲密的友谊。两个女孩每天的午饭时间、放学后以及周末几乎总是形影不离。这不仅奇怪，简直让德博拉百思不得其解。她静静地倾听着、问着问题，给泰勒的保时捷贴上警察物证的标签，并不情愿地把她的搭档戴克派去和斯巴诺家谈话，以上一切都未能在德博拉像大海一样深不可测的脸上掀起任何波澜。但这两个女孩的奇怪友谊，却让她像猎犬闻到牛排一样激动起来。

"这他妈的一点儿都没道理。"她说。

"她们是十几岁的孩子。"我提醒她，"她们就不该有道理。"

"错。"德博拉说，"有些事儿永远都应该有道理，特别是对这帮十几岁的孩子。书呆子只和书呆子玩儿，运动健将只和啦啦队员玩儿，这永远都变不了。"

"也许她们有什么共同的神秘爱好。"我猜着瞟了一眼手表，发现该回家了。

"我猜肯定是这样。"德博拉说，"如果我们能知道那爱好是什么，我们就能找到她们了。"

"可是这儿没人知道那爱好是什么。"我说，特别想找出托词体面地撤退。

"你他妈的是有什么毛病？"德博拉突然说。

"什么？"

"你一直磨磨叽叽的，跟憋着泡尿似的。"她说。

"啊，其实，"我说，"我该走了，得在六点前接科迪和阿斯特。"

我妹妹盯了我一会儿，这一会儿感觉很漫长。"我可真没法儿相信。"她最后说。

"相信什么？"

"你居然结了婚，有了孩子，成了一个住家男人。就你干的那些事儿！"

"我也不觉得我该相信，不过，"我耸耸肩，"我现在有个家要照顾。"

"是啊，"她说着看向别处，"在我有家之前。"

我看着她拼命调整表情，回复到一向坏脾气的政府官员的样子，但这费了一些时间。有那么几个瞬间，她看上去让人惊异地脆弱。

"你爱她吗？"她突然说，转过脸对着我。我惊讶地眨眼。这太不像德博拉了。因为她不这样，我们才相处得来。"你爱丽塔吗？"她重复着，我无处躲闪。

"我……我不知道。"我谨慎地回答，"我是……习惯她了。"

德博拉看着我，摇摇头。"习惯她，"她说，"说得她像个安乐椅之类的东西似的。"

"没那么安乐。"我说，想掺进点儿俏皮话，因为这谈话突然变得让人很不安。

"你曾经有一点儿感觉到过爱吗？"她质问道，"我的意思是，你能吗？"

我想到莉莉·安。"能。"我说。

德博拉看了我的脸好一会儿，最终她转过头，透过旧木头窗框望向海湾。"靠，"她说，"回家吧，接你的孩子去，和你的安乐椅老婆待着去吧。"

我成为人类的时间还不久，即便如此，我也发觉有什么事情不对劲儿，我没法儿让德博拉一个人陷在这种情绪里。"德博拉，"我说，"怎么了？"

她的脖子绷着，执拗地看着另外一边的水面。"这些关于家庭的屁话，"她说，"这两个失踪的女孩和她们乱七八糟的家庭，你的家庭和乱七八糟的你，什么事儿都不对，从来都没对过，但每个人都有家，除了我。"她深吸一口气，摇摇头。"可我真想有个家。"她猛地转过头，冲我恶狠狠地说，"别他妈的跟我鬼扯什么我的岁数到了急着要把自己嫁了，好吗？"

我惊呆了。我不可能拿她开玩笑，说什么岁数到了把自己嫁了之类的话。

我知道自己必须说点儿什么，我想了半天，只想到凯尔·丘特斯基——和她同居了好几年的男朋友。"凯尔还好吗？"我说。

她哼了一下，但表情变得柔和。"傻瓜丘特斯基，他老觉得自己是不中用的老东西，配不上年轻的我。他老说我能做得比现在更好。我说也许我就不想比现在更好，他就只是摇头，看着很伤心。"

我搜肠刮肚地想了半天既能安慰人又能暗示我得马上走了的话，最终我说："哦，我肯定他是好意。"

德博拉看了我半天，重重地叹了口气，又转过脸看着窗外。"是啊，"她说，"我也知道他是好意。"她看着海湾，不再说话。

我妹妹的这一面我以前没有见过，我也不想见到。我习惯了充满愤怒语言的德博拉，会捶我胳膊的德博拉。看到她柔软脆弱自怜自爱的一面，我难受到了极点。我别扭地站在那儿，直到必须马上走的迫切胜过了责任感。

"对不起，德博拉，"我说，"我必须去接孩子们了。"

"嗯，"她没转头地应着，"去接你的孩子们吧。"

"啊，"我说，"我得让你把我送到我的车那儿。"

她慢慢从窗边转回头，看着大楼的门。斯坦女士正在徘徊。"好吧，"她说，"我们收工。"她从我身旁走过，只停下来和斯坦女士说了几句客套话，然后就沉默地径直向她的车走去。

德博拉将车开进警局停车场，在我的车旁停下，透过风挡玻璃笔直地看着前面，满脸是她保持了一路的郁闷的沉思表情。我看了她一会儿，但她没看我。

"好吧，"我说，"明天见。"

"是什么感觉？"她说话的时候，我停下了正在推门的手。

"什么什么感觉？"我问。

"你第一次抱着自己的孩子。"她说。

这我不用想就能回答。"特别棒，"我说，"无与伦比，和世上任何感觉都不一样。"

　　她看看我，最后慢慢摇摇头。"去接你的孩子们吧。"她说。

　　我下了车，在原地目送她慢慢驶去，想弄清楚我这妹妹怎么了。但这对刚成为人的我来说太过复杂，所以我耸耸肩，不再想了。我上了自己的车，去接科迪和阿斯特。

　　我沿着老刀匠路向南开去，路上车很多，可是今晚大家居然都很礼貌。一个开着辆大悍马的男人居然在前方道路并线的时候停下来让我插到他前面，我以前从来没有过这种待遇。不过在接下来去接科迪和阿斯特的路上就没再遇到什么天使了，我赶在六点之前到了那里。那个年轻姑娘带着科迪和阿斯特等在门边，她焦急地抖动着钥匙，甚至因为不耐烦而跳起舞来。见到我后，她几乎是将两个孩子扔给了我，脸上带着机械的笑容，然后朝着她停在停车场另一边的车奔了过去。

　　我把科迪和阿斯特放进后座，自己钻进驾驶座。他们显得很安静，甚至连阿斯特也是如此，为了扮演好我为人父的新角色，我决定让他们的情绪变得好一点儿。"大家今天都开心吗？"我带着装出来的高涨热情问。

　　"安东尼就是个蠢驴。"阿斯特说。

　　"阿斯特，你不应该用这个词儿。"我告诉她，稍微有点儿惊讶。

　　"妈妈开车的时候也说，"她说，"而且我还在她车上的广播里听到过。"

　　"嗯，你还是不应该说这个词儿，"我说，"这是脏话。"

　　"你没必要这么跟我说话，"她说，"我都十岁了。"

　　"这还不到用这个词儿的岁数。"我说。

　　"那你都不管安东尼干了什么？"她说，"你只关心我说不说这个词儿？"

　　我深吸一口气，使劲儿忍着没撞向我前面的车。"安东尼说什么了？"我问。

　　"他说我不性感，"阿斯特说，"因为我没有咪咪。"

　　我的嘴巴张了又合好几次，完全是不自觉的，差点儿忘了呼吸。我实在太惊讶了，好不容易才想起来应该说点儿什么。"哦，我……"我说，"很少有谁在十岁的时候就有咪咪。"

"他就是个大笨蛋。"她恶狠狠地说。然后，她又用甜得发腻的腔调补充道："德克斯特，我能说大笨蛋吗？"

我又结结巴巴地想说点儿什么，可一个有意义的音节还没吐出来，科迪就开口了。"有人跟着我们。"他说。

出于条件反射，我看看后视镜。在这样繁忙的路上，很难看出是否有人在跟踪我们。"科迪，你为什么要那样说？"我问，"你怎么知道？"

透过后视镜，我看见他耸耸肩。"影子家伙。"他说。

我又叹了一口气。先是阿斯特狂喷了一阵粗口，现在又是科迪和他的影子家伙。显然我正处于为人父母都不时会遭遇的那种难忘之夜。"科迪，影子家伙有时候也会出错。"我说。

他摇摇头。"同一辆车。"他说。

"什么？"

"就是那辆在医院停车场里的车，"阿斯特解释道，"红色的。你说那人没看我们，可他就是在看。现在他尾随我们，你还是说他没有。"

如果我要保持决心生活在阳光下，我就得让他们学着放弃那些黑色的念头，这会儿就是个好机会。

"好吧，"我说，"让我们看看他到底是不是在跟踪我们。"

我上了快车道，打灯作势要拐弯，没有人跟着。"你们看见谁了吗？"我说。

"没。"阿斯特生气地说。

我左转进了一大片商场后面的一条小街："现在有人跟着我们吗？"

"没。"阿斯特说。

我在这条街上加速，右拐。"现在呢，"我开心地喊着，"我们后面有谁吗？"

"德克斯特。"阿斯特嘟囔着。

我朝一座小小的不起眼的房子开去，它看上去和我们家差不多，我把前轮都开到了草地上，脚踩到刹车上。"现在呢？谁在跟着我们吗？"我一边夸张地说，一边尽量不让自己听上去太幸灾乐祸。

"没。"阿斯特气哼哼地说。

"有。"科迪说。

我转过身正要数落他，突然停了下来。透过后窗我看见几百英尺以外的地方，一辆红色的车正慢慢地朝我们开来。黑夜行者谨慎地展开双翅，发出咝咝的警告声。

我没有多想，猛踩油门，都没来得及完全将车头掉转，甚至铲下来一小片草皮。我再次转身去看，这下差点儿撞到信筒。车子开上柏油路时微微打滑。"抓紧。"我告诉孩子们，自己几乎带着惊慌的心情拼命朝前开去，很快回到了美国一号高速公路上。

我能看见另一辆车就在我们后面，不过我开上公路的时候，已经把它甩出去很远，我很快右转，加入车流。我加速跨过三个车道，在疾驰的车辆中移到了最左边的车道。我加大油门穿过一个刚要变红的灯，又在下一条街猛开了半里地，在一个路口急速左拐，车子尖叫着进入了一条安静的居民区的街道。我又开过两个路口，再次左拐，街道黑暗而安静，现在背后看不见任何东西在跟着我们，连辆自行车也没有。

"好了，"我说，"我想我们甩掉他了。"

从后视镜中我看见科迪正朝后窗外看，他转过头，遇上我的目光，点点头。

"可那是谁？"阿斯特问。

"就是莫名其妙的疯子。"我说，声音里带着连我自己也不相信的坚定，"有些人就喜欢吓唬不认识的人。"

科迪皱起眉头。"还是他，"他说，"医院那个。"

"你怎么知道？"我说。

"我就是知道。"他说。

"只是巧合，两个不同的疯子。"我对他说。

"同一个。"他不屑地说。

"科迪!"我说。我能感觉到自己的肾上腺素在分泌,我不想吵架,于是不再说话。

为了安全起见,我一路都走小路,以免跟着我们的人在高速路上监视我们。另外,比起在美国一号高速公路透亮橙黄的街灯下,在黄昏的居民小区街道上更容易发现跟踪的人。没有人跟着我们。有一两次有车灯的光从后视镜里反射出来,但都只是回家的人,转进自己家所在的街道,停在自己家的车道上。

最后我们开向路口,从这里我们将驶向我们家的小房子。我慢慢接近美国一号高速公路,仔细地四下打量。没有任何可疑的痕迹。等交通灯变绿,我穿过高速路,又转了两个弯,开进我家所在的街道。

"好啦,"我们那像天堂一样的小房子慢慢出现在视野中时我说道,"今天的事儿一句话也不要跟妈妈提起,她会担心的,好吗?"

"德克斯特!"阿斯特说着,身体前倾,指着我们的房子。我顺着她伸出的胳膊看去,猛地一脚踩在刹车上,咬紧了牙。

一辆小小的红色轿车停在我们的房子前,车头冲着我们。车灯亮着,马达转着,我看不见车里面,但我无须多看也能感觉到黑色的羽翼在飞速扇动,黑夜行者在愤怒地低语。

"坐在这儿,把门锁上。"我对孩子们说,又把手机递给阿斯特,"如果有事情发生,就打 911。"

"要是你死了,我能把车开走吗?"阿斯特问。

"待着别动。"我说完深吸一口气,聚集起黑色的力量。

"我会开车。"阿斯特说着开始解安全带并往前挤。

"阿斯特,"我厉声说,语气中带着冷酷,"坐好!"她乖乖地坐了回去。

我朝车子走去,想着对策。现在看上去不像是素不相识的疯子,不然他不会知道我住在哪里。可那会是谁呢?谁有理由要这么干?

我朝前走着,做好迎接任何一种挑战的准备。我离驾驶座只有十英尺远的时候，车窗摇下，我停住了脚。过了很久，什么都没有发生。然后一个人的脸从车窗后面出现，这是一张熟悉的脸，带着一个灿烂的假笑。

"好玩儿不啊？"那张脸说道，"你打算什么时候给大家介绍我这个伯伯啊？"

是我哥哥布赖恩。

Chapter
布赖恩归来 3

　　几年前那个有纪念意义的夜晚是我和布赖恩成年之后第一次相见，之后我就再没见过我这个兄弟。他给了我一把刀，让我帮他活体解剖被他选中的游戏伙伴。当时我下不去手，因为他选中的是德博拉。

　　事实上，他是我所知道的我唯一有血缘关系的亲人，但比血缘关系更重要的是我们之间的另一条纽带。布赖恩有着和我完全一样的经历，我变成了今日黑暗的德克斯特，他则获得了十足的理由去杀人。他在长大成人的过程中没有得到哈里式的戒律约束，所以他无拘无束地对任何人施展他的能力，只要她们是年轻的姑娘。在我们的人生之路交会之前，他已经对迈阿密的妓女们下手了。

　　我最后一次见他，他带着枪伤一瘸一拐地走在黑夜里，德博拉急着要以警察的身份跟他交手。显然他找到了救治自己的办法，如今他看上去气色不错。当然看上去老了一点儿，但还是和我很像。他从小红车里抬起头看我，眼神里带着空虚的嘲讽意味。

"你收到我送的花了？"他问。我点点头，朝他走近一步。

"布赖恩，"我说着靠向他的车，"你看上去挺好。"

"你也是，亲爱的兄弟。"他笑嘻嘻地说着，伸手拍拍我的肚子，"你还长胖了一点儿，你妻子肯定是个好厨子。"

"的确，"我说，"她把我照顾得很好，从身体到……灵魂。"

我那童话般的语气把我俩都逗笑了，这让我再次觉得有个真正了解自己的人是多么好啊。如今我明白自己放弃的都是什么了，也许他也放弃了，所以他出现在这里。

可是当然了，没有什么事情是那么简单的，特别是对我们这种从黑暗城堡里出来的人来说。我抑制不住心中的疑惑，问道："你来这儿干吗，布赖恩？"

他摇摇头，做出一副很假的自怜表情，说："这么快就怀疑我了？你的亲哥哥？"

"呃，我是说，一想到……"

"你干吗不请我进门，我们好好谈谈？"

这建议好像冰水突然浇到了我的脖子上。让他进门？进入我的家，我那被小心分隔开的垫在干净的雪白棉花上的窝？让带血的口水溅到我那纯洁的缎子织就的假面上？这个主意太坏了，我立刻就觉得浑身不舒服。另外，我还从来没跟任何人提起过我有个兄弟，此处"任何人"是指丽塔，她必定会对这种省略感到奇怪。我怎么能请他进门，进入丽塔那由煎饼、迪士尼录像带和干净的床单所组成的世界？请他进入莉莉·安的圣洁居所？这事儿不对。这太亵渎神圣了，简直……

简直什么？难道他不是我的亲兄弟吗？难道这还不足以胜过空洞虚伪的虔诚吗？我当然能信任他……不过信任他的一切？考虑到我的秘密身份，我的隐居城堡，还有莉莉·安，我的稀世珍宝……

"别流口水，兄弟，"布赖恩的话打断了我的疯狂思绪，"这可不好看。"

我用袖子擦擦嘴角，还在绞尽脑汁地想合适的回答，可还没能说出一个音节，附近一声汽车喇叭响，我转过头，看见阿斯特正气哼哼地透过风挡玻璃看着我。科迪的脑袋在她旁边，安静而警觉地看着我们。阿斯特不安地扭动着，张着嘴无声地说："好啦，德克斯特！"她又按了一下喇叭。

"你的继子们，"布赖恩说，"我肯定他们是可爱的小家伙。能让我认识一下吗？"

"嗯。"我说。科迪和阿斯特远远不是手无缚鸡之力的小孩，他们已经有了好几次出色的表现，让他们见见他们的继伯伯应该没什么吧？

我朝阿斯特挥挥手，叫她过来。他俩争先恐后地钻出车，朝我们跑过来，布赖恩刚刚来得及从他的车上下来，站到我旁边。

"哎呀，瞧瞧，"他说，"多帅的孩子啊。"

"他帅，"阿斯特说，"我是可爱。等我长出咪咪，我就会变得性感。"

"我肯定你会。"布赖恩转向科迪，"你呢，小男子汉，你会……"他的眼神和科迪相遇，闭上了嘴。

科迪打量着布赖恩，他双脚分开，双手直直地举在身侧。他们的眼神相交，我能听见他俩之间有羽翼伸展扑打的声音，那是他们心里仿佛孪生的黑色幽灵在互相问候。科迪的脸上是桀骜不驯的奇异神情，他久久地盯着布赖恩，布赖恩也看着他，最后科迪看看我。"和我一样，"他说，"影子家伙。"

"太惊人了！"布赖恩说，科迪闻声转回头看看他，"你都干了什么啊，兄弟？"

"兄弟？"阿斯特说，显然是在要求得到同样的注意，"他是你兄弟？"

"是的，他是我兄弟。"我对阿斯特说，又对布赖恩答道："我什么也没干，是他们的亲生父亲干的。"

"他以前狠狠地打我们。"阿斯特平铺直叙地说。

"是这样，"布赖恩说，"这种创伤带来的后果造就了今天的我们。"

"我猜是这样。"我说。

"那么你对这奇妙的潜能都干了什么呢？"他依然看着科迪。

我现在的处境很别扭。我以前一直想按照哈里的方式训练他们，但现在我已经打定主意要避免这样，我实在不想公开聊这事儿，更不想在这个时候。"我们进屋吧，"我说，"你来喝杯咖啡什么的。"

布赖恩慢慢地把空洞的目光从科迪身上移开，然后看向我。"我很高兴，兄弟。"他说着又看了孩子们一眼，然后转身朝家门走去。

"你从来没说你有个哥哥。"阿斯特说。

"像我们。"科迪补充道。

"你们从来没问过。"我说。

"你应该主动说。"阿斯特说。科迪看着我，眼神里带着同样的责备，好像我辜负了某种起码的信任。

这还不算完。我怎么跟丽塔交代这一切呢？自从上次那个短暂的会面之后，我从来没想过会再见到他，我都不知道他是否还活着。显然他还活着，可他为什么要回来呢？我觉得他应该躲得远远的。德博拉当然还记得他，他们的交手不太容易被遗忘。而她呢，恰好是那种会把抓住布赖恩这样的家伙当成职业成就的人。

我也非常清楚，他回来不是因为想念我，他没有这种感性的神经。那么他在这儿究竟想干什么？而我该怎么办？

布赖恩的手放到门上，回头看着我，挑起一侧的眉毛。我给他开门，他向我微微鞠躬，进了门，科迪和阿斯特紧跟着他。

"多可爱的家啊，"布赖恩说，环顾起居室，"真舒服。"

旧沙发上堆着DVD，地板上是一堆袜子，茶几上是两个空了的比萨盒。丽塔在医院里住了将近三天，今早才回家，当然没力气收拾屋子。尽管我喜欢整洁，可近来分心的事儿太多，完全顾不上打扫，所以我们的家远远不是最佳状态，事实上，乱得一团糟。

"抱歉，"我对布赖恩说，"我们这阵子……"

"嗯，我知道，喜事临门，"他说，"家庭生活让人顾此失彼。"

"什么意思？"阿斯特问。

"德克斯特？"丽塔在卧室里喊道，"是不是有谁来了？"

"是我。"我说。

"他哥哥也来了。"阿斯特起哄说。

一阵沉默，之后伴随着一阵惊慌的骚乱，丽塔出来了，一只手还在梳着头发。"哥哥？"她说，"可那是……"她闭上嘴，瞪着布赖恩。

"亲爱的女士，"布赖恩带着惟妙惟肖的快乐微笑说，"你看上去真可爱，德克斯特的眼光总是很好。"

丽塔拍着自己的头。"哦，我的天哪，我这乱七八糟的，"她说，"屋子也是……可是德克斯特，你怎么从来没说过你有哥哥，这真是……"

"真是，"布赖恩说，"给你添麻烦了，真抱歉。"

"可你哥哥，"丽塔重复道，"你从来没说过。"

"这都怪我，"布赖恩说，"德克斯特以为我早死了。"

"是啊。"我说，好像突然被提醒了台词一样。

"可还是，"丽塔说着，还在下意识地梳理头发，"我是说，你从来没……你怎么能……"

"很痛苦的感觉，"我试着说，"我不想提这事儿。"

"可是……"丽塔重复道。

"你想来杯咖啡吗？"我说。

"哦，"丽塔的怒气立刻变成了内疚，"对不起……你愿意……我是说，是啊，这里，请坐。"她向沙发走去，把绊手绊脚的杂物收起来。"这儿，"她把满怀的杂物放到沙发一边，朝布赖恩招呼道，"请……坐下吧，哦，我叫丽塔。"

布赖恩朝前跨出一步，大献殷勤地握住她的手。"我叫布赖恩，"他说，"你也请坐，亲爱的女士，你不应该这么快就下床。"

"哦，"丽塔说着，脸都红了，"可是咖啡，我得去……"

"德克斯特不至于没用到不会煮咖啡吧？"布赖恩挑起一侧的眉毛说道。丽塔咯咯地笑起来。

"我们要是不让他试试的话，这可不好说，"她几乎是朝他傻笑着说出了这句话，自己坐到沙发里，"德克斯特，请你……三勺咖啡粉做六杯咖啡，你把水倒进……"

"我应该会的。"我走进厨房给他们煮咖啡。我把水灌进咖啡壶，又倒进咖啡机。我听见黑夜行者的翅膀收了起来，可是从德克斯特那冷峻强健的大脑里传来的只有困惑和不安。我脚下的地面有些不稳，我感到自己被揭露和威胁，被黑夜的军队攻打。

为什么我这兄弟回来了？为什么这让我觉得这么不安？

几分钟之后，我将咖啡倒进杯子，把杯子放在托盘上，还有糖罐和两只小勺。我小心地端着托盘穿过走廊，走向客厅，眼前的情景让我呆住了。这是多么和谐的家庭画面啊，只是没有我的份儿。我兄弟和丽塔坐在沙发里，好像他一直属于那里。科迪和阿斯特站在几步之外，一脸仰慕的神情。我看着这一切，越来越觉得不舒服。这一切太超现实了，它们是那么不对劲儿，就好像你进了一座正在做弥撒的天主教堂，却看见人们在圣坛上交配。

布赖恩丝毫不以为意。他看见我端着咖啡站在一边，就朝沙发旁边的椅子比画了一下。

"坐啊，兄弟，"他说，"自在点儿，跟在家里一样。"丽塔赶紧坐直身体，科迪和阿斯特都朝我转过头，看着我端着咖啡走过去。

"哦，"丽塔喊着，在我听来她有点儿内疚，"你忘了奶了，德克斯特。"她说完就进了厨房。

"你老管他叫兄弟，"阿斯特对布赖恩说，"你怎么从来不叫他名字？"

布赖恩冲她眨眨眼，我感觉到了涌动的亲情。我不是单枪匹马。阿斯特就让他说不出话只顾眨眼睛了。"我也不知道，"他说，"我猜是因为我俩都对我们的血缘关系很惊讶吧。"

科迪和阿斯特齐齐地把脑袋朝我转过来。

"是啊，"我说，这的确是真的，"非常惊讶。"

"为什么？"阿斯特说，"好多人都有兄弟啊。"

"很多人还都有家庭呢，"他说，"就像你俩。但德克斯特兄弟和我就没有。

我们是……被抛弃的，在让人非常不愉快的情况下。"他冲她开朗地笑笑，我肯定他别有深意，"特别是我。"

"这什么意思？"她问。

"我是个孤儿，"布赖恩说，"在寄养家庭长大，好多个不同的寄养家庭。他们不喜欢我，不想让我跟他们生活在一起，但他们跟我在一起生活能拿到报酬。"

"德克斯特有家。"阿斯特说。

布赖恩点点头："是的，他有家。而且他现在又有了一个家。"

不知道为什么，我觉得后背上有冰冷的爪子划过。布赖恩的话里没有威胁，可是……

"你俩应该知道你们有多幸运，"布赖恩说，"有一个家，有了解你们的人。"他看看我，又微笑了一下。"现在，有两个了解你们的人。"他朝我无比假地挤挤眼睛。

"你是打算以后和我们在一起吗？"阿斯特问。

布赖恩的笑容更大了。"我很愿意，"他说，"不然要家干吗呢？"

布赖恩的话让我觉得仿佛后背被烫了一下，我朝他凑过去。"你确定吗？"我说道，每一个字都好像变成了冰块堵在嘴里，可我还是结结巴巴地往下说，"我的意思是，很高兴见到你，可是，这肯定有很多危险。"

"什么危险？"阿斯特问道。

"我会非常小心，"布赖恩对我说，"这我们都知道。"

"可是，你知道，德博拉可能也会来我家。"我说。

"她有两个星期没来过了。"他说，嘲讽地扬起一侧的眉毛，"不是吗？"

"你怎么知道？"阿斯特说，"这和德博拉姑姑来不来有什么关系？"

听到"两个星期"可真有意思，这我就知道布赖恩监视我们有多久了，这很重要，所以我们都没理会阿斯特的问话。如果德博拉在这儿碰上布赖恩，我俩就惨了。但布赖恩说的是事实，德博拉最近不常来。我倒没怎么想原因，但也许和她最近的脆弱心境有关，以及我先于她有了自己的家庭，我猜这让她觉得痛苦。

幸运的是丽塔拿着一个小奶罐和一盘饼干过来了。"来，"她说着放下手里的东西，把桌面重新布置了一下，"我们还有些牙买加咖啡，你说过这种咖啡特别好，德克斯特。你用的是那个吗？"我点点头，没吭声。"既然你那么喜欢，也许你哥哥也会喜欢。"她说到"哥哥"这个词儿时加重了语气。

"闻上去太好了，"布赖恩说，"我都已经觉得精神振奋了。"

布赖恩的话假得要命，我打赌丽塔会带着莫名其妙的表情端详他，可她只是微微红着脸，坐到沙发里，把咖啡杯推向他。"你要加奶和糖吗？"她说。

"哦，不，"布赖恩说，朝我笑笑，"我喜欢黑咖啡。"

丽塔把咖啡杯的把手转向他，在旁边放上一张餐巾纸。"德克斯特喜欢加一点儿糖。"她说。

"亲爱的女士，"布赖恩冒出一句，"我得说他已经找到他的蜜糖了。"

我不知道布赖恩受了什么刺激变成了坐在我家沙发上的假话大王。他的恭维话是那么露骨、虚伪和粗糙。天黑了，咖啡喝了，比萨吃了，我这兄弟当然会留下来吃晚饭，他越发兴奋了。我真希望老天开开眼，来个闪电把他劈死，至少给他个警告，让他收敛点儿。可是布赖恩的恭维越露骨越虚伪，丽塔就越开心，连科迪和阿斯特都被他迷住了。

更让我受不了的是，当莉莉·安在隔壁房间里哼唧起来时，丽塔把她抱到客厅里展示给大家看。布赖恩也相应地做出了最过分的表演，夸她的脚趾、鼻子，她美丽的手指头，甚至她的哭声。丽塔微笑着照单全收，竟然还宽衣解带，当众给孩子喂奶。

所有这一切加在一起，构成了我自上次见到布赖恩以来最不舒服的一个晚上。丽塔至少高高兴兴地说了三遍"我们是家人"。为什么不能围坐在一起交换开心的谎言呢，家庭不就是用来干这个的吗？

当九点钟布赖恩站起身告辞时，丽塔和孩子们都被这个新亲戚给笼络得兴高采烈。我把布赖恩送到门边，丽塔紧紧地拥抱了他一下，告诉他一定要常来，科迪和阿斯特也都像小大人一样和他握手道别。

　　我趁送布赖恩到他的车旁的机会，把屋门紧紧关上。在钻进小红车之前，他转过身看着我。

　　"兄弟，你有多好的一个家啊，"他说，"完美家庭。"

　　"我还是不知道你来干吗。"我说。

　　"你不知道？"布赖恩说，"我表现得还不明显吗？"

　　"明显得让人难受，"我说，"但意图不清楚。"

　　"你就这么难相信我也想有家庭归属感吗？"他说。

　　"是很难。"我说。

　　他把头歪向一边，不解地看着我。"可这不是最初让我们相遇的理由吗？"他说，"这不是特别自然的事儿吗？"

　　"也许，"我说，"但我们不是这样。"

　　"啊哈，太对了。"他用惯常的夸张语气说，"不过，我发现自己在思考这件事儿。在想你，我唯一的亲人。"

　　"就我们所知……"我说着，惊讶地听见他在说一模一样的话。他发现了这一点，笑了起来。

　　"看见没？"他说，"你没法儿跟遗传较劲儿。本是同根生，兄弟，我们是一家人。"

　　这话重复了整个晚上，直到布赖恩的车开走，它仍然在我耳边萦绕。这一点儿都没能让我觉得好过，直到上床睡觉，我还觉得有谁的脚指头在我的脊梁骨上别扭地划着。

　　这一晚我时睡时醒，内心深处被焦躁的情绪笼罩。那是一种莫名的恐惧，被黑夜行者的不安所孵化。和我一样，他表现出前所未有的惶恐，好像感到有什么可怕的事件正在酝酿。我真想把他赶回笼子里，好让我有几个小时的安眠。可是，我想到了我还有莉莉·安。

　　亲爱的、甜蜜的、宝贵的、无可替代的莉莉·安，德克斯特那新生出来的人类心肝和灵魂，她有着绝妙的本领。她拥有一副强大而美妙的肺，而且她打定主意要和我们分享她的天赋，整夜如此，每二十分钟一次。每次我刚要进入梦乡，莉莉·安就开始施展她的哭技。

丽塔似乎完全不被这噪声打扰，每次孩子一哭，她就说："德克斯特，把她抱过来。"显然她都没醒。她俩一起沉沉睡去，然后丽塔连眼睛也不睁地说："请把她抱回去吧。"我蹒跚地把莉莉·安放回婴儿床，仔细地给她盖好小被子，默默地求她，哀求她睡上个把小时。

在这个辗转反侧的夜晚，德克斯特做梦了。梦中的形象像床单一样拧巴：莉莉·安用小拳头握着一把刀，布赖恩倒在血泊里，丽塔为德克斯特哺乳，科迪和阿斯特泅过同一摊血水。这完全不可理喻，并且一团糟，我从内心深处觉得不舒服。当我天亮时从床上爬起来时，感觉跟没睡一样。

我挪到厨房，丽塔砰地把一杯咖啡放到我面前，和她给布赖恩端咖啡的细致劲儿完全不能比。

"布赖恩看起来真不错。"她说。

"是啊。"我应道，心里想"看起来"和"实际上"差得太远了。

"两个孩子都很喜欢他。"她说。我那说不清道不明的不舒服感更厉害了，我那未经咖啡刺激的大脑完全没法儿对付这感觉。

"是啊，哦……"我边说边喝了一大口咖啡，"其实他以前不怎么跟孩子们合得来，而且……"

"他结过婚吗？"丽塔高兴地问道。

"我不觉得他结过。"我说。

"你怎么会不知道？"丽塔尖锐地指出，"我是说，德克斯特，他是你的兄弟啊。"

也许我这新长出来的人类感情绷不住了，烦恼的情绪终于穿过晨雾喷薄而出。"丽塔，"我恼火地说，"我知道他是我兄弟，你用不着老告诉我。"

"你应该告诉我的。"她说。

"可我没说。"我富有逻辑地回答道，还有点儿不高兴，"那我们能换个话题了吗？"

　　她看上去还兴致勃勃，但还算识相地住了口。可是她没有把我的煎蛋做熟。我带着科迪和阿斯特出门的时候心中顿时觉得轻松了许多。当然了，生活本就不是什么让人愉快的事儿，比如孩子们和他们的妈妈沉浸在同样的思绪里。

　　"德克斯特，你怎么从来没跟我们提起过布赖恩伯伯？"我刚发动车，阿斯特就问道。

　　"我以为他死了。"我说，希望我的语气表现出了足够的意思让他们不要再继续谈论这个话题。

　　"可是我们没有任何别的叔叔伯伯。"她说，"其他人都有。梅利莎有五个叔叔。"

　　"梅利莎听上去是个很有意思的人。"我说着避开了一辆莫名其妙地停在路中央的大 SUV①。

　　"所以我们希望起码有一个伯伯。"阿斯特说，"我们喜欢布赖恩伯伯。"

　　"他很酷。"科迪轻轻地补充。

　　布赖恩有他的目的，我像知道自己姓什么一样清楚这一点。直到弄清楚他的意图，我才能从这糟糕的心情中解脱出来。我把孩子们送到学校后去上班，心情仍然没能好转。

　　文斯·增冈带来了面包圈。想到我的家庭生活让我受的罪，面包圈实在是太安慰人了，充满了正能量。"哈，面包圈，来得太是时候了。"我对抱着盒子费劲儿地走进来的文斯说。

　　"哈，聪明的家伙。"他说，"来自高卢的礼物。"

　　"法国面包圈？"我说，"他们不会放香菜吧？"

　　他打开盖子，露出几排闪闪发光的面包圈。"没香菜，也没蜗牛。"他说，"但有巴伐利亚奶油。"

　　"我得请参议员为你颁奖。"我边说边迅速拿起一个面包圈。在建立在爱、

────────────

① Sport Utility Vehicle，运动型多功能车。

智慧、同情基础上的世界中，我那让人极其不舒服的早晨终于可以画上句号了。不过，当然了，我们没那样的福气生活在这样的世界里，所以面包圈还没来得及被我吞下肚，我桌上的电话就响了。不知怎的，从那铃声我就能猜出是德博拉。

"你干吗呢？"她连招呼也不打就问。

"消化面包圈呢。"我说。

"来我的办公室消化。"她说完就挂了电话。

你没办法跟一个已经挂断电话的人争论，我知道德博拉懂这个诀窍。所以我没让自己再费劲儿拨一遍号码，而是朝德博拉的办公桌走去。其实她的地盘不能称为办公室，而只是带隔板的办公区。

德博拉坐在桌前的椅子里，手里抓着一份看上去是公文报告的东西。她的新搭档戴克站在窗前，英俊得不像话的脸上是一副说不上是超然物外还是空虚的表情。"瞧瞧这个，"德博拉说着，用手背拍着那沓纸，"你能相信这堆狗屎吗？"

"不能，"我说，"因为离得太远，我都看不清狗屎。"

"大酒窝先生去调查了斯巴诺家。"她说着朝戴克示意了一下。

"哦，嘿。"戴克说。

"他给我找到一个嫌疑人。"德博拉说。

"案件相关人士，"戴克用官方口吻严肃地说，"他还不能算是嫌疑人。"

"他是我们他妈的目前唯一的线索，你却把这事儿压了整整一宿，"德博拉吼起来，"我要到第二天早上九点半才能读这浑蛋报告。"

"我得打字。"他说，听上去有点儿受伤。

"俩姑娘失踪，上头盯着我不放，媒体等着看好戏，而你在打字，都不赶紧告诉我。"她说。

"得了，有什么大不了。"戴克耸耸肩说。

德博拉咬牙切齿，搜肠刮肚地想说点儿特别厉害的话，可最终只是将报告扔到桌子上。"戴克，去给我倒杯咖啡。"她最后说。

戴克站起来，朝德博拉一指，说："两块糖，加奶。"然后朝走廊尽头的咖啡壶溜达过去。

"我记得你喜欢喝黑咖啡。"我对德博拉说。

德博拉站了起来。"如果这是他最后一次犯错，我太巴不得了。"她说，"过来。"

她说着朝和戴克相反的方向走去。我叹口气跟着她，好奇德博拉是从哪里学到的这一套作风，也许是一本叫《欺负人的管理方式》的书吧。

我在电梯前赶上了她，说："我能问问咱这是去哪儿吗？"

"蒂法尼·斯巴诺。"她说，使劲儿按了两下向下的按钮。"泰勒·斯巴诺。"我说，跟着她进了电梯，"那个和……萨曼莎·阿尔多瓦一起失踪的女孩。"

"没错。"她说。电梯门关上，我们晃荡着下行。"笨仔向蒂法尼·斯巴诺问起她姐姐。"我猜笨仔是指戴克，所以我点点头。"蒂法尼说泰勒对哥特式建筑感兴趣有一阵儿了，然后她在'哥特正方形'聚会上碰到了这家伙。"

我自己平常循规蹈矩，所以觉得哥特聚会是年轻人的一种聚会形式。就我所知，这个团体的孩子都穿黑衣服，皮肤苍白，听欧洲流行音乐，热衷看《暮光之城》的 DVD。在我看来和正方形一点儿关系都没有，可德博拉的想象力丝毫不受阻挡。

"我能问问哥特正方形是什么吗？"我谦虚谨慎地问道。

德博拉瞪了我一眼。"那是个吸血鬼。"她说。

"是吗，"我说，感到很惊奇，"在这个年代？在迈阿密？"

"是啊。"她说，电梯门开了，她朝门外走去。

我紧紧跟着她。"那我们会去见这家伙吗？"我问，"他叫什么？"

"弗拉德，"她说，"名字挺好记，是吧？"

"弗拉德什么？"我说。

"我不知道。"她说。

"但你知道他住哪儿吧？"我试探地问。

"我们能找到他。"她朝出口走去。我觉得受够了，我抓住她的胳膊，她转身瞪着我。

"德博拉，"我说，"我们到底要干什么？"

"和那个绣花枕头的白痴再多待一分钟我就要疯了。"她说，"我必须离开这儿。"她想抽出胳膊，可我没放手。

"我和任何人一样不想跟你的搭档多待一会儿，"我说，"可我们是要去找人。不知道他的全名，不知道他在哪儿，那我们要去哪儿？"

她又试图把胳膊抽出来，这次成功了。"咖啡网吧，"她说，"我不蠢。"显然我蠢，因为我又一次扮演了跟班的角色，随着她冲出门，朝停车场奔去。

"你付钱买咖啡哦。"我边跟着跑边没用地说。

十个街区外就有一家网吧，所以我没费什么时间就坐在了电脑前，旁边是一杯上好的咖啡，还有坐立不安的德博拉。我妹妹是个神枪手，而且她有很多其他本领，但让她坐在电脑前，就仿佛让驴子跳波尔卡舞一样，所以她非常有自知之明地把这些活儿交给了我。"好吧，"我说，"我能搜'弗拉德'这个名字，不过……"

"牙齿美容，"她飞快地说，"别装傻。"

我点点头。这是个聪明的主意，毕竟她是受过训练的侦查员。几分钟之后我就有了迈阿密十几个牙医的名单，都是从事牙齿美容的。"要我打印吗？"我问德博拉。她看看长长的名单，使劲儿咬着牙，我怕她这样下去很快就该自己去看牙医了。

"不，"她说，抓起电话，"我有个办法。"

她拨了个快拨号码，几秒钟之后我就听见她说："我是摩根，给我那个法院牙医的电话。"她的手在空中挥挥，表示她需要一支笔。我从键盘旁边拿过一支笔，还从旁边垃圾桶里找出一张纸，一并递过去。"嗯，"她说，"古特曼医生，没错，是他。好的。"她写下号码，挂断电话。

她立刻照着记下的号码拨出去，和接线员谈了一分钟之后，我从她用脚点地的样子判断，古特曼先生来接电话了。"古特曼医生，"德博拉说，"我是摩根探长。我需要本地牙医的电话，能把人的牙齿修得像吸血鬼的牙医。"古特曼说了些什么，德博拉看上去很惊讶。她拿过笔记着并说道："嗯，记下了，谢谢。"说完挂断电话，对我说："他说全市只有一个牙医蠢到会做这样的事儿，南海滩的伦诺夫医生。"

我很快在刚才搜出的牙医名单上找到了他。"就在林肯路旁边。"我说。

德博拉已经从椅子上站起来并朝门口走去。"来吧。"她说。忠于职守的德克斯特赶紧站起来，屁颠屁颠地跟着出去了。

伦诺夫医生的办公室离林肯路商厦两个街区远，在路边一个陈旧的两层楼的一楼。这座楼是那种在南海滩一度流行的半装修风格，如今被重新精心装修过，还涂上了淡淡的青柠色。德博拉和我经过一座看着像是在工具箱里做爱的几何图形的雕像，直接朝楼后面走去，那里的门上挂着"伦诺夫医生，牙齿外科博士，美容牙齿专科"的牌子。

"我看就是这儿了。"我说。

德博拉推开了门。

前台是个很瘦的非洲裔男人，头剃得锃亮，耳朵上、眉毛上甚至鼻子上穿了一打小钉子。他穿着紫红色的手术服，戴着金项链。他桌子上的牌子上写着"劳埃德"。我们进门时他抬头看看，很开朗地笑起来，说："嘿，我能为你们做点儿什么？"那样子好像在说"一起来玩儿吧"。

德博拉递过她的警徽，说："我是迈阿密戴德警察局的摩根探长，要见伦诺夫医生。"

劳埃德笑声更大了："他现在有病人，你等一两分钟可以吗？"

"不可以，"德博拉说，"我现在就要见他。"

劳埃德显得有些迟疑，但笑容不改。他的牙很大很白，形状堪称完美。如果是伦诺夫医生给他整的牙，那这手艺真不错。"能告诉我是关于什么事情的吗？"他说。

"关于他要是不在三十秒之内出现我就带着搜查令回来看他的药物执照的

事情。"德博拉说。

劳埃德舔舔嘴唇，犹豫了两秒，站了起来："我去告诉他您来了。"说着消失在了一道通向诊所背面的弯曲的墙后面。

伦诺夫医生在二十八秒后出现。他喘着气从弯墙后面出来，用纸巾擦着手，看上去很疲惫："你们他妈的……我的执照怎么了？"

作为一个牙医，他看上去很年轻，大约三十岁，坦白说看上去有些太结实了，仿佛是把填龋齿的时间都用来抡铁锤了。

德博拉肯定也是这么想的。她从头到脚地打量着他问："你是伦诺夫医生？"

"我是。"他说话间还在微微喘息，"你到底是谁？"

德博拉又递过去她的警徽："迈阿密戴德警察局的摩根探长，我需要跟你谈一下你的一个病人。"

"你需要的是，"他带着医学权威说，"停止扮演突击队，跟我解释这一切都是怎么回事儿。我那边还有病人在椅子上躺着。"

我看见德博拉的下巴绷紧，因为太了解她的性格，我赶紧预备接下来有几轮费劲儿的谈判。她会拒绝吐露任何信息，因为这与警务相关。而他会拒绝透露病人信息，因为这是医患协议保密的内容。他们会来来回回地交涉，直到各自把王牌亮出来。我则会一边旁观一边诧异我们干吗不收工去喝咖啡。

我正要找个椅子准备翻着杂志等结果，可是德博拉让我感到惊讶。她深吸一口气，说："医生，我这里有两个姑娘失踪了，唯一的线索是有这么个家伙，他把牙齿修尖，看上去像吸血鬼。"她又吸了口气，迎着他的目光说："我需要帮助。"

如果天花板消融，露出一队天使吟唱"我那疼痛的小心肝"，我都不会比现在更惊讶。让德博拉公开示弱，这是前所未有的事情。我都想不好是不是该给她找心理医生了。伦诺夫医生看上去似乎也有同感，他眨着眼睛看了她半天，又看看劳埃德。

"我本不该这样，"他这样说的时候看上去更加年轻，"病例是保密的。"

"我知道。"德博拉说。

"吸血鬼?"伦诺夫说,他把嘴唇朝后咧开,指着自己的牙齿,"在这个地方?尖牙?"

"没错,"德博拉说,"像尖牙。"

"是特殊的齿冠,"伦诺夫高兴地说,"我在墨西哥的一个家伙那里定做的,一个真正的艺术家。然后采用普通的镶齿冠步骤,效果的确很棒,我必须承认。"

"你给很多人做过这个?"德博拉说,听上去有些惊讶。

他摇摇头。"我做了大概两打吧。"他说。

"年轻的,"德博拉说,"大概不超过二十岁。"

伦诺夫医生缩着嘴唇琢磨。"大概有三四个吧。"他说。

"他管自己叫弗拉德。"德博拉说。

伦诺夫笑着摇摇头。"没人叫这个名字,"他说,"但如果他们都这么叫自己,我也不奇怪,这是在他们这群人里很流行的名字。"

"真是一群人吗?"我脱口而出道。在迈阿密有一大群吸血鬼,不管是真的还是冒充的,都挺让人惊惶,即便只是化装出来的。真的吗?那些黑衣客太"纽约"了,不过是去年开始流行的。

"是啊,"伦诺夫说,"有不少这样的人,他们没有都做这种尖牙,"他带着遗憾的口气说,然后耸耸肩,"不过,他们有自己的组织、口号之类的,还挺够瞧的。"

"我只需要找到他们中的一个。"德博拉说,流露出一点儿她惯常有的不耐烦。

伦诺夫看着她,点点头,不自觉地活动了一下脖子。他把嘴唇伸缩了几下,突然做出了决定,说道:"劳埃德,帮他们调出费用记录。"

"好的,大夫。"劳埃德说。

伦诺夫朝德博拉伸出手:"祝你好运,探长。"

"好的。"德博拉说着握了握他的手。

伦诺夫握得有点儿超时，正在我觉得德博拉会甩开他的手的时候，他微笑着补充道："你知道，我能矫正你的龅牙。"

"谢谢，"德博拉说着抽回手，"我挺喜欢这样。"

"啊哈，"伦诺夫说，"那么，好吧……"他把一只手放到劳埃德的肩膀上，"帮他们一下吧，我还有病人等着。"说完又使劲儿看了看德博拉的龅牙，转身消失在后面的办公室里。

"就在这儿，"劳埃德说，"在电脑里面。"他指着自己刚才坐的桌子，我们跟着他走过去。

"我要一些参数。"他说，德博拉朝我眨眨眼，好像他说的是外语。我再次挺身而出拯救了她。

"二十四岁以下，"我说，"男性，尖牙。"

"真棒！"劳埃德说，他敲打了一会儿键盘。德博拉看上去有些不耐烦。我扭头看着会客室的另一头。一个大大的水族箱放在杂志架旁边。这屋子看上去有点儿拥挤，但也许鱼喜欢。

"齐活。"劳埃德说道。我转过脸，正好看见打印机吐出来一张纸。劳埃德取过来递给德博拉，她一把夺过去端详着。"只有四个名字。"劳埃德言语间带着和伦诺夫医生有些相仿的遗憾口气，我有些好奇他是不是在镶尖牙的业务上有提成。

"浑蛋。"德博拉瞪着那张纸说。

"什么浑蛋？"我说，"你嫌名字少？"

她用手指弹弹那张纸。"头一个名字，"她说，"你听着阿科斯塔这名字耳熟吗？"

我点点头。"它意味着麻烦。"我说。乔·阿科斯塔是市政府的大人物，带着一种五十年前芝加哥老大的气派。如果我们的弗拉德是他的公子，我们可就捅了马蜂窝了。"是重名吧？"我充满希望地问。

德博拉摇摇头。"地址一样，"她说，"靠。"

"也许不是他。"劳埃德也帮腔道。德博拉抬头看了他一眼，只一眼就让他的笑容消失了，好像被在七寸上踢了一脚似的。

"来。"她旋风似的朝门口走去。

"谢谢你的帮助。"我对劳埃德说，但他只点了一下头，好像全部乐呵呵的劲头儿都被德博拉给吸走了。

在我出来的时候，德博拉已经坐在车里发动了引擎。"来啊，"她透过车窗喊道，"进来。"

我钻进车，坐到她旁边，还没坐稳，她就开动了车。"你知道，"我边系安全带边说，"我们可以把阿科斯塔留到最后，因为也很有可能是别的家伙。"

"泰勒·斯巴诺上的是威廉特纳私立学校，"她说，"所以跟她来往的都是有钱的公子哥儿，浑蛋阿科斯塔就是这样的公子哥儿，就是他。"

因为很难反驳她的逻辑，所以我一声没吭。我只是坐在那里，任由她把车开得飞快，穿过中午的车流。

我们开车上了麦克阿瑟辅路，又沿着它开上 836 号公路，朝着勒琼大街的方向，驶向科勒尔盖布尔斯。阿科斯塔家在科勒尔盖布尔斯的高档住宅区，如今建这样的小区，四周肯定会围上围墙。房屋巍峨，而且数目众多，都是大型珊瑚石建造的西班牙风格建筑。草地碧绿，边上有一座两层车库，用一个带屋顶的过道和住宅相连。

德博拉把车停在屋前，停了一下，熄掉引擎。我看她深吸一口气，诧异她是不是还要经历一场感情动荡，最近她总是这样不期然地表现出软弱的一面。"你确定你想这样吗？"我问。她看我一眼，这时她的样子不再是那个我所熟知的严厉专注的德博拉。"我是说，你知道，"我说，"阿科斯塔会让你日子很难过，他可是大家伙。"

她好似被抽了一记耳光，瞬间恢复了神志，又用我熟知的方式咬起了牙。"我才不在乎他是不是上帝。"她吼道。亲眼看到她恢复凶狠劲儿可真好。她下了车，大步迈过过道，朝大门走去。我下车跟随，在她按门铃的时候追上了她。没人应，她不耐烦地踮脚，正待要抬手再按，门开了，一个矮胖的用人装束的女人看着我们。

"您找……"女佣用浓重的中美洲口音说道。

"罗伯特·阿科斯塔住在这里吗？"德博拉问。

女佣舔舔嘴，转了一会儿眼珠，然后哆哆嗦嗦地摇头。"你们找博比干吗？"她说。

德博拉举起她的警徽，女佣倒吸了一口冷气。"我需要问他几个问题。"德博拉说，"他在吗？"

女佣使劲儿咽了一口唾沫，一言不发。

"我只需要和他谈谈，"德博拉说，"这很重要。"

女佣又咽了一口唾沫，朝我们身后望去。德博拉也转身看去。"车库？"她说，转回头看着女佣，"他在车库？"

女佣终于点点头。"在车库，"她极快极轻地用西班牙语说道，好像害怕被听见似的，"博比在二层。"

德博拉看看我。"他在车库，二层。"我翻译道。德博拉在学校里选修的是法语。

"他现在在吗？"德博拉问女佣。

她飞快地点头。"我想是的。"她又用西班牙语说道，舔舔嘴唇，突然哆嗦着把门关上。

德博拉看了看紧闭的门，摇摇头。"她为什么那么怕？"她说。

"害怕被遣返？"我说。

她哼了一下："乔·阿科斯塔不会雇用非法移民。以他的势力，他想给谁绿卡都可以。"

"也许她怕丢饭碗。"我说。

德博拉转身看着车库。"啊哈，"她说，"也许她怕的是博比·阿科斯塔。"

"嗯。"我说，但还没容我继续说下去，德博拉就已经跳起来朝屋角走去。我跟着她走过车道。"她会去告诉博比我们来了。"我说。

德博拉耸耸肩。"那是她的工作。"她说，在车库大门前停下，"大概有另外一个门，或者楼梯。"

"在侧面？"我提示道，并朝左边走了两步。这时我听到一阵轰隆隆的声响，车库门升了起来。我退后一步看着。等门升得足够高了，我看见一辆摩托车，一个二十岁左右的瘦削男子骑在发动的车上看着我们。

"罗伯特·阿科斯塔？"德博拉朝他喊道。她朝前迈了一步，准备拿警徽给他看。

"×蛋警察！"他说着转动一下把手，然后发动摩托车，故意将车头对准德博拉。摩托车直直地朝德博拉开过来，她跳到一旁。摩托车冲上街道并加速，等德博拉站稳，它已经跑了。

Chapter
食人族的盛宴 *4*

在我为迈阿密戴德警察局工作期间，不止一次听到"狗屎暴风雨"这个说法。但老实说，真正看到那阵势是在德博拉对本地市长的独子发出缉拿通告之后。五分钟之内就来了三辆警车和一辆电视台的新闻采访车，停在房子前面德博拉的车旁。第六分钟的时候德博拉跟马修斯局长通了电话。我听到她在说："是的，长官。是的，长官。不，长官。"整整两分钟的通话就没听到她说别的。到放下电话时，看她那牙关紧咬的样子，我都觉得她可能再也没法儿嚼硬东西了。

"靠，"她咬着牙说，"马修斯撤了通缉令。"

"我们知道他会这样。"我说。

德博拉点点头。"到了，"她说着望向街道，"靠。"

我转头顺着她的目光看去。戴克正从车里钻出来，往上提着裤子，还朝一个正在采访车前梳头发准备开拍的女人使劲儿笑了一下。她停下动作也冲他笑，他点点头，然后朝我们溜达过来。她目送了他好一会儿，舔着嘴唇，又重新梳起了头发。

"从理论上说，他是你的搭档。"我说。

"理论上他是个脑死亡的笨蛋。"她说。

"嘿，"戴克对我们说，"局长说了，我得盯着你，别让你又把什么事儿搞砸了。"

"你他妈怎么知道搞砸的会是我？"德博拉朝他吼道。

"哦，你知道。"他说着耸耸肩，又回头看女记者，"我是说，别跟媒体说话，好吗？"他朝德博拉挤挤眼，"总之我这会儿得看着你，确保别出事儿。"

我还以为她会发出一连串恶毒诅咒，让戴克当场在阿科斯塔家精心修剪的草坪上烧焦，但她显然也从局长那儿收到了同样的指令，她是个听话的士兵。纪律为上，所以她只是看了戴克一会儿，然后说："行吧，查查名单上其他人的名字。"说完就乖乖地朝她的车走去。

戴克又提了一下裤子，看着她走远。"哦，好吧。"他边说边跟了过去。电视台女记者的眼光追随着他，脸上怅然若失，她身边的制片人差点儿要用麦克风敲她一下，她才醒悟过来。

我搭一辆警车的顺风车回到警察局，开车的是一个叫威洛比的警察，他是迈阿密热火队的粉丝。我在下车之前跟他学了好多控球后卫和掩护走位的战术，我肯定这些信息说不定哪天就能用上，可我还是很高兴终于能从他的热火谈话中逃出来，钻进下午的热火空气中，最后钻进我自己办公室的小格子间里。

我就在那儿和我的仪器度过了余下的时间。我去吃午饭，试了一家附近餐馆的沙拉三明治。可惜有头发，酱汁味道也很糟糕，所以我回来的时候胃里很不满足。我又做了一些常规的实验室工作，归档了文件，独享孤独，直到差不多四点的时候，德博拉走了进来。她抱着一大沓厚厚的文件，看上去和我的胃一样委顿。她拿脚钩出一张椅子，瘫坐进去，一言不发。我放下正在读的报告，看着她。

"你看上去很颓，妹妹。"我说。

她点点头，看着自己的手。"漫长的一天。"她说。

"你查了牙医名单上的其他人吗？"我问她，她又点点头。我想帮她改进人际关系，于是又补充道："是和你的搭档戴克一起？"

她的头猛地抬起来，怒视着我。"那个笨蛋。"她说着耸耸肩，又懒得说话了。

"他怎么了？"我问。

她又耸耸肩。"没什么。"她说，"他在常规事情上倒没那么糟糕，问答都还得体。"

"德博拉，那你干吗不高兴？"我问。

"他们带走了我的嫌疑人，德克斯特。"她说，声音里的脆弱和倦意又把我吓了一跳，"阿科斯塔家那小子肯定知道什么，我肯定。他不一定窝藏了那俩姑娘，但他知道是谁干的，可他们不让我查他。"她朝走廊挥了一下拳头，"他们还叫笨蛋戴克盯着我，怕我让市长为难。"

"哦，"我说，"博比·阿科斯塔也许完全无罪。"

德博拉朝我龇了一下牙，如果她不是那么郁闷，那几乎能算是个微笑。"他罪行累累。"她说，打开手里的纸夹，"他的档案你都没法儿相信，你都不用看他们加密的他未成年时干的那些事儿。"

"少年时期的档案不能为他的这次行为定罪。"

德博拉身体前倾，我还以为她要拿博比·阿科斯塔的档案打我。"可惜不能。"她说，打开档案，"侵犯，蓄意侵犯，偷车大案。"她说到"大案"的时候看着我，语气中带着不服气。她耸耸肩，又继续看文件。"他被捕两次，因为有人死亡，原因可疑，而他在现场，至少是过失杀人。可是这两次他老爹都把他保释出来了。"她合上文件，拿手拍着，"还有好多，但每次都一样。他手上有血，但被他老爹保释。"她摇摇头，"这个一塌糊涂的坏小子，他至少杀了两个人，我确定他知道两个姑娘的下落，如果他还没杀了她俩的话。"

我相信德博拉有可能是对的。并不是因为他有前科，但当德博拉念文件的时候，我感到黑夜行者表现出了兴趣。换作旧日的德克斯特，他肯定已经把博比·阿科斯塔的名字加到了游戏伙伴的小本本上。我赞同地点点头。"你可能是对的。"我说。

德博拉猛地抬起头。"可能?"她说,"我就是对的。博比·阿科斯塔知道姑娘们在哪儿,可是因为他爸,我不能碰他。"

"哦,"我说,"你当然没法儿和市政府较劲儿了。"

德博拉看看我,一脸疑惑。"这话是你自己想出来的?"

"唉,好了,德博拉,"我说,自己也觉得有点儿卖萌,"你知道事情就是这样的,现在它就这样发生了,你何必为这个烦恼呢?"

她长出了一口气,双手在腿上合拢,她低头看着自己的手,这比她骂回来还要糟糕。"我不知道。"她说,"也许不是这么简单。也许……我也不知道,什么都不知道。"

如果任何事儿都让我妹妹烦恼,那倒好理解她的愁苦情绪了。但以我有限的和人类打交道的经验,我知道如果他们说任何事儿,往往是因为一件具体的小小的某件事儿。以我妹妹为例,她正被一件具体的事儿吞噬,让她行为乖张。想起她提到过她的同居男友凯尔·丘特斯基,我觉得可能就是因为他。

"是丘特斯基吗?"我问。

她猛地抬起头:"什么?你以为他打我了,还是他欺骗我?"

"没有,当然没有。"我说着举起手以防她突然想打我。我知道他不敢玩弄她的感情,而有谁敢打我这妹妹呢?想一想就很可笑。"你那天不是提起他吗?"

她又不言语了,低头看摊在腿上的手。"哈,我是说过,对吧?"她说着慢慢摇头,"唉,这是真的。×蛋的丘特斯基,他都不跟我多说这个。"

我看着我妹妹,第一反应居然是"哈哈,我真的能对人类感情产生同情了",德博拉没完没了的软弱自怜情绪把我也打动了。在我内心深处刚刚被莉莉·安开垦过的处女地上,我第一次不用搜肠刮肚想我过去的经验体会,直接就感受到了某种情感,这可真让我惊讶。

我没多想,站起来朝德博拉走去。我把手放在她的肩膀上,轻轻按了按,说："真抱歉，妹妹。我能为你做点儿什么？"

德博拉挺直肩膀，把我的手打了下去。她站起来看着我，用起码恢复了一半的咆哮口气说："作为初学者，你就别学弗拉纳根神父① 了。天哪，德克斯特，你是出什么毛病了？"

在我能发出一个有意义的简单音节之前，她已经走出了我的办公室，消失在走廊里。

"我很高兴能帮到你。"我朝她后背喊道。

也许我还太嫩，还不能真正理解人类感情并做出相应的反应。也许德博拉需要多点儿时间来适应新的富有同情心的德克斯特，至少现在看上去更像是有哪个坏蛋往迈阿密的水里撒了药。

我收拾停当准备下班，奇诡的感觉又上了一个档次。我的手机响了，是丽塔，我接起来。

"德克斯特，是我。"她说。

"当然是你。"我鼓励地说。

"你还在上班吗？"她问。

"正要下班。"

"哦，好，因为……我是说，如果……不用接科迪和阿斯特，"她说，"你今晚不用了。"

我快速翻译了一下这句话，她的意思是我由于某种原因不必去接孩子们了。"哦，为什么？"我问。

"就是……他们已经走了。"她说。有那么一刹那，我使劲儿想弄明白她的话，觉得有什么可怕的事儿发生了。

"怎么回事儿，他们去哪儿了？"我结结巴巴地问。

"哦，"她说，"你哥哥接走了他们，布赖恩，他带他们去吃中餐。"

我惊得哑口无言。思绪翻滚，将我席卷，好像混合了愤怒、惊愕、怀疑。

---

① 罗马天主教神父，曾为一些无家可归和有品行问题的男孩建立"男孩之家"。

不管我的思绪多么活跃，我什么也说不出来，只能发出"啊"，我正挣扎着要说句整话，丽塔说："哦，我得挂了，莉莉·安哭了，再见。"她挂断了电话。

我有好几秒钟的时间都站在那里，听着一片寂静无声，这好几秒显得无比漫长。最后我发现自己口干舌燥，因为我张了半天的嘴。而我的手也因为一直紧紧握着手机而满手心是汗。我闭上嘴，把手机收起来，下班回家。

我在家里静静地看电视，一有机会就抱着莉莉·安。我一抱着她她就睡着了，我觉得这代表她非常信任我。一方面我希望她能快点儿不再这样，因为如此信任别人不是一件明智的事儿；可另一方面，我感到心里充满奇妙的感觉，并且下定决心要保护她，不让任何黑夜里的妖魔鬼怪伤害她。

我发现自己老闻莉莉·安的脑袋，那气味非常棒，和我以前闻过的任何东西都不一样。我闻了闻，分辨不出那是什么，所以我闻了又闻。突然一种新的气味升起，从尿布的方向传来，那味道还是挺容易分辨的。

换尿布没有听上去那么糟，我一点儿都不介意干这个。丽塔像俯冲的炸弹一样猛地冲进来，大概想看我是不是不小心把孩子给弄伤了。她停下来，观看我给孩子服务时恬静而又胜任的情景，我暗自高兴。当我干完这一切，她把孩子从换尿布的台子上抱走，对我说"谢谢你，德克斯特"的时候，我感觉到一种成功的暖流涌上心头。

丽塔喂莉莉·安吃奶，我继续看电视。我看了几分钟冰球，真不好看。第一场，美洲豹队本已领先三分；第二场，毫无对抗性。我本来因为运动员所表现出的赤裸裸的杀戮欲望而培养起了看这比赛的兴趣，可现在我发现自己应该抵触这些凶悍的节目。新的我，尿布老爹德克斯特，应该抵御暴力以及代表暴力的冰球。也许我应该去看保龄球。那特别没劲儿，但也没有鲜血，而且比高尔夫有意思多了。

我还没拿定主意，丽塔又抱着莉莉·安过来了。"你能给她拍拍嗝儿吗，德克斯特？"

"太能了。"我说。我把一块小毛巾垫在肩膀上，让孩子脸朝下趴在上面。这回又居然一点儿都没让我觉得恶心，甚至当莉莉·安打了小嗝儿，牛奶带着气泡吐到毛巾上时也是如此。我发现自己默默地祝贺她每一个小嗝儿，直到最后她沉入梦中，我把她换成脸朝上的姿势，抱在胸前，温柔地摇着她，哄她睡觉。

布赖恩把科迪和阿斯特带回家的时候我正保持着这个姿势，那时已经九点了。从理论上说，这有些过分，因为九点是孩子们上床睡觉的时间，而他们至少需要十五分钟才能上床。但丽塔看上去毫不介意，而且每一个人都心情奇佳，我也不好说什么。甚至连科迪都似乎在微笑。我决定弄清楚布赖恩带他们去了哪家中餐馆，能让他们高兴成这样。

形势对我有点儿不利，因为我当时正抱着莉莉·安。但丽塔忙着催孩子们去换睡衣刷牙，我只好站起来跟我兄弟寒暄几句。"哦，"我朝站在门边一脸得意的他说，"他们看上去玩儿得很开心。"

"哦，是的。"他带着那讨厌的假笑说道，"很棒的孩子，两个都是。"

"他们吃春卷了吗？"我问。布赖恩看上去有一阵子没明白我在问什么。

"春……哦，我给他们点的，他们都吃完了。"他说，带着那种不怀好意的开心，我肯定他没在说食物。

"布赖恩……"我还没说完，丽塔就进来了。

"哦，布赖恩，"她把莉莉·安从我怀里抢走，"我不知道你是怎么做到的，但孩子们都特别开心，我从来没见过他们这么高兴。"

"我太荣幸了！"他说。我背后一凛。

"你要不要再坐一会儿？"丽塔说，"我煮点儿咖啡，或者来杯葡萄酒？"

"哦，不了。"他高兴地说，"很感谢你，亲爱的女士，但我得走了。信不信我今晚有约？"

"哦！"丽塔带点儿负疚感地红了脸，"我希望你不会……我是说，孩子们，你不必……"

"完全没有。"布赖恩说，"我有的是时间，不过我必须向你们告别了。"

"哦。"丽塔说，"我真不知道该怎么感谢你，因为那……"

"妈妈！"阿斯特在过道一端喊道。

"哦，亲爱的，"丽塔说，"对不起，但是……很感谢你，布赖恩。"她凑过去亲了亲他的脸。

"这是我的荣幸。"布赖恩又说一次。丽塔笑笑，急急忙忙地朝阿斯特和科迪奔去。

布赖恩和我彼此打量了一会儿。我有很多话想跟他说，又不知道该从何说起。"布赖恩……"我说。他笑得假透了，却又洞察一切。

"我知道。"他说，"但我真的有个约会。"他转身开门，回头看看我。"他们实在是太棒了。"他说，"晚安，兄弟。"

他走进黑夜，留下我一个人呆呆地站在那儿琢磨他的假笑。一种不安的感觉涌上心头，有某件非常糟糕的事情正在发生。

我特别想弄明白我兄弟和孩子们是怎么了，但我还没来得及问，丽塔就把两个孩子轰上床睡觉了。我忐忑地睡去，早上也没机会趁他们的妈妈不在的时候跟他们说话。一定不能让丽塔知道，而且孩子们可能已经被警告过什么都不许说。我了解布赖恩——其实好好想想，我并不了解他。我觉得我知道他在某些特殊情况下会怎么想怎么做，可除了这个，他是谁？除了偶尔的杀戮取乐之外，他活着的目标是什么？

我没太多时间琢磨我哥的事儿，我到了工作地点，二楼就是法医部，那里乱成一片，跟正在发生犯罪案件一样。卡米拉·菲格是个为人正直的三十多岁的法医技术员，她正拿着她的工具箱从我身边冲过去，碰到我胳膊的时候脸都没有红一下。当我走进实验室时，文斯·增冈正跳起来把什么东西往他的包里塞。

"你有遮阳帽吗？"他朝我喊。

"当然没有了。"我说，"蠢问题。"

"你也得弄一个。"他说，"我们得去远行。"

"啊，我们又去肯德尔吗？"我说。

"去大沼泽地，"他说，"昨晚那儿出大事儿了。"

"别说了。"我说，"我得带上驱蚊虫喷雾。"

一个小时之后我从文斯的车里下来，站在大沼泽地旁的 41 号公路旁边，离四十英里弯道只有一两英里远。哈里在我小时候曾经带我来露营过，我对这里有着愉快的记忆，也包括一只小动物对我的认知教育贡献了生命。

除开路边停着的几辆警车，还有两辆大面包车正开进狭小而尘土飞扬的停车场。其中一辆带着小拖车。一群穿着童子军制服的人——大概十五个十几岁的男孩和三个大人——正围着面包车，个个都有些六神无主的样子，两个警探正分别和他们说话。路边有一个全副武装的警察，正在指挥过往车辆。文斯走过去拍拍他的肩膀。

"嘿，罗森，"文斯说，"童子军怎么了？"

"是他们发现的。他们今早过来野营旅行。"罗森边说边对一辆停下来打量的车说，"继续开。"

"发现什么了？"文斯问他。

"我只管朝浑蛋汽车们挥手，"罗森悻悻地说，"你们才是去摆弄尸体的人。继续开，快点儿。"他又对另一个伸着脖子看热闹的司机说。

"我们去哪儿？"文斯问。

罗森指指停车场远处，然后转回了头。我想要是我不得不站在这儿指挥交通，而别人去玩儿尸体，我也会很火大。

我们走过那群童子军，朝小路的起点走去。他们肯定看到了什么特别可怕的东西，可他们看上去又并没有被吓破胆，因为他们在低声笑着推来搡去，好像在过什么特殊的节日。

我们顺着小路走下去，向南走进一片树林，路变得弯曲，向西延伸约莫半里地，直到尽头。我们到达那里时，文斯已经汗流浃背，气喘吁吁，我却急不可待，因为我心里那细小的声音在向我低语，说有好东西等着我去看。

第一眼望去没什么稀奇，只不过是一大片被踩平的草地，中间是一个烧火的坑。篝火的左边是一小堆看不清是什么的东西，卡米拉·菲格正躬身在那里挡着。不管是什么，它都引起了黑夜行者的兴趣。我压抑不住兴奋，走了过去，忘了自己已经发誓戒除这黑色的快乐。

"嘿，卡米拉，"我对她说，"我们发现了什么？"她突然就脸红了。不知道为什么，只要我和她说话她就会这样。

"骨头。"她低声说。

"不会是猪或山羊的吗？"我问。

她使劲儿摇摇头，举起一只戴手套的手，递过一块我认出是人的臂骨的东西，这可不怎么好玩儿。"不可能是动物。"她说。

"哦，这样啊。"我说，注意到骨头上有烧焦的痕迹，我听见心里那个声音在发出咝咝的笑声。我判断不出这是不是死后被烧的，是为了销毁罪证还是……

我看看周围。地面被踏平了，有上百个脚印表明这里举行过一个盛大的聚会。我不觉得是童子军们弄出来的。他们今早才到，没有时间。空地看着像有很多人折腾了好几个小时。不是静静地站着，而是来回走动跳跃。全都围着火坑，骨头就在那里，这看着像……

我闭上眼，听着心里的低语，我几乎能看见那场面。"看。"他说。透过一个小小的窗户，我看见一个盛大的节日狂欢。一个孤独的祭祀品被绑在火上。没有酷刑，只是一个人被执行死刑，其他人在观看和庆祝。一场老式的烧烤。

"嘿，"我睁开眼对卡米拉说道，"骨头上有牙齿的痕迹吗？"

卡米拉犹豫了一下，端详着我，那表情几乎是惊吓。"你怎么知道？"她说。

"哦，就是正巧有种直觉。"我说。可她看上去没信，于是我又补充道："猜出性别了吗？"

她又看了我半天，好像最后才听懂我的问题。"哦。"她朝骨头猛地转过头。她伸出一根戴手套的手指，指着一块比较大的骨头。"盆骨的形状表明是女性，好像很年轻。"她说。

德克斯特那堪称超级电脑的大脑被轻轻击打，一张卡片滑落到打印机出口。"年轻女性",那卡片上写道。"哦,嗯,谢谢。"我对卡米拉说完,就继续琢磨这个念头。卡米拉点点头,又弯下腰去对付骨头。

我看看平地。那里小路消失,融入一片沼泽。我看见基恩少校正和我认得的一个佛罗里达执法局的人说话。这个单位相当于州一级的联邦调查局。和他们站在一起的是个我见过的块头最大的人。他是个黑人,大概六英尺五英寸高,起码五百磅,可看上去并不显胖,也许是因为他那凶狠的目光吧。我看不出他到底是干什么的。如果他是警察局或是布劳沃德县来的,我肯定见过或者听说过,因为他的块头是这么大。

看到巨人虽然好玩儿,但还不足以吸引我的注意力。我看看空地另一边。穿过一小堆警察是一片清静地带,有几个警察在那里站着。我走过去,把溅血分析箱放下,使劲儿琢磨起来。我知道有年轻姑娘失踪,也知道正在找姑娘的人非常乐于把这些事儿联系起来。可是该怎么做这件事儿呢?我并不是一个善于玩弄政治的人,虽然我非常了解其中的诀窍。政治不过是我曾经的业余爱好的变种,它用象征物代替真实的刀子。我知道政治对一个复杂的环境,比如迈阿密戴德警察局非常重要。德博拉不精通这套,尽管她通常都是通过强硬的作风和漂亮的结果取胜。

但德博拉最近太不像她自己了,变得自怨自艾,我不知道她能否胜任对付非常政治的较量。另一个警探正经手这个案子,她要想夺过来会很困难。也许一块硬骨头正是她所需要的,能让她恢复旧日的自我。我踱到一边,掏出手机。

德博拉没有马上接听,这也非常不像她。我正要挂断,她接了。"怎么了?"她说。

"我在大沼泽地的犯罪现场。"我说。

"不错。"她说。

"德博拉,我觉得这受害者是当众被杀、被烤、被吃了。"

"哦,可怕。"她说着,语气中却没有真正的兴奋,我有点儿不高兴。

"我告诉你这死者是年轻女性了吗?"我说。

她有一会儿没吭声。"德博拉？"我说。

"我在路上。"她说，声音里有了一丝旧日的火花，我满意地合上了手机。但在我开始工作之前，我听见有人在我背后尖叫起来："我——靠！"然后是一排枪弹声响起。我卧倒，想藏在溅血分析箱后面，这比较难，因为它不过一个午餐盒大小。不过我还是尽量躲起来，朝外窥视。

原先站着的警察都蹲着朝附近的灌木丛开枪。和大众心目中警察的威武形象相反，他们都显得没那么冷静，瞪着眼，表情慌乱。其中一个警察正抖出空弹夹，疯狂地摸索着另一个弹夹。其他人则在不停射击。

那片密集火力攻击之下的灌木丛摇摆不停，我看见一片银色和黄色的光，在太阳下闪了一闪就消失了，可警察们继续射击了几秒，直到基恩少校跑过来喊叫着让他们停火。"你们这群傻瓜在干什么？"基恩吼道。

"少校，我向上帝发誓。"一个警察说。

"蛇！"第二个说，"特别他妈的大的蛇！"

"一条蛇，"基恩说，"你想让我帮你踩住它吗？"

"你脚够大吗？"第三个人说，"那可是缅甸巨蟒，大概十八英尺长。"

"哦，扯淡。"基恩说，"其他人都没事儿吗？"

我发现自己还蹲着，赶紧站起来。执法局的人走过来。"要是你们这些执法悍将打中了蛇，"执法局的一个人说，"组织上能考虑给你们发奖金。"

"我打中了。"第三个家伙不高兴地说。

"扯淡，"对方说，"你拿鞋都什么也打不中。"

大个子黑人走到灌木丛那边查看，然后走回来，摇着头。我发现热闹已经过去，就提着溅血分析箱，回到火坑那里。

令人惊讶的是，有非常多的血需要我分析。几分钟之后我已经在开心地工作了。血还没有干透，也许是因为气候潮湿，不过大量的血已经渗入地下。由于有一阵子没下雨了，尽管空气中有大量水分，地表还是干透了。我取了几个样品，准备带回去分析，心里也慢慢对发生的事情有了概念。

大量的血都集中在一处，在火堆旁边。我画了一个圈，六英尺之外是人的鞋印。我标出这些痕迹，巴望着有人能证明鞋印的主人。然后我就回到了溅血地带。血来自受害者，不是喷出来的，不像是来自砍伤的伤口。附近也没有第二处溅血，也就是说，只有一处伤口。围观的人没有跑进来加入。这是一个缓慢的杀戮过程，是实打实的屠宰，由一个人操刀，控制得非常好，很冷静。我发现自己都有点儿欣赏这专业水准了。这种冷静难度很大，我很清楚这一点，特别是在众人围观的情况下。他们还会醉醺醺地叫喊，出着各种残忍的主意。这真让人过目不忘，所以我仔细地观察着，做出它应得的评价。

我跪下一条腿，把最后一个指印检查完，这时我听见一阵喧哗，一串怒气冲冲的威胁语言。这只能代表一件事儿。我站起来朝路口看去，没错，我猜对了。

德博拉到了。

这一架打得真热闹，如果不是佛罗里达执法局的人出面，还有得打呢。这人我听说过其威名，叫钱伯斯，他插进来，站在德博拉和另一个叫伯里斯的大块头警探中间。他一只手放在伯里斯的胸口上，另一只手礼貌地隔着空气举在德博拉面前。钱伯斯说"打住"，伯里斯立刻闭了嘴。德博拉吸了一口气，想要说什么，但钱伯斯看着她。她也看着钱伯斯，憋住那口气，轻轻地呼了出去。

我可真惊讶，转过来想好好瞧瞧执法局的这个能人。他头剃得锃亮，个子不高，当他转过身来我看见他的脸时，就明白了德博拉为什么会一声不吭。这人有着神枪手的眼睛，那种你只在西部警匪片的老电影里见过的眼睛。你不会跟有着这样的眼睛的人顶嘴，看着它们就像盯着两只冰冷的枪口。

"看，"钱伯斯说，"我们想解决问题，而不是打架。"伯里斯点点头，"所以先让法医部把检查做完，拿到受害人的身份资料。如果实验室说是你的姑娘，"他说，朝德博拉点点头，"这案子就归你管。如果不是，"他朝伯里斯歪歪头，"好好干，就都是你的，那时候……"他直直地注视着德博拉，德博拉没有躲闪，而是盯回去，"你就保持安静，让伯里斯做事儿，好吗？"

德博拉看着伯里斯。"好吧。"她说。

大沼泽地的争斗平息了，结局皆大欢喜，当然，除了卖苦力的德克斯特。因为德博拉形影不离地跟着我，向我提出连珠炮似的问题。我一边把知道的、猜测的都告诉她，一边用蓝星喷雾朝剩下的最后几处地方喷着，希望能找到溅血点。这种喷雾可以把最微小的溅血点显示出来，但又不会影响到样品的DNA①。

"是什么？"德博拉问道，"你发现了什么？"

"什么也没有。"我说，"但你踩到一个脚印上了。"她赶紧愧疚地站到一边。我从包里掏出相机，站起来，转过身，又结结实实地撞到了德博拉身上。"德博拉，劳驾，"我说，"你再这么黏着我，我真没法儿干活儿了。"

"好吧。"她说完就走到火坑对面。

我刚拍完主要溅血点的照片，就听见德博拉在喊："德克斯特，带你的喷雾过来。"我朝她站的方向看过去，文斯·增冈正跪在那儿提取样品，我拿着蓝星喷雾走了过去。

"往这儿喷。"德博拉说。文斯摇摇头。

"不是血，"他说，"颜色不对。"

我低头看看他们正在查的地方。这里很平坦，好像有个重物靠着一排植物压在这里。树叶被暑气蒸得打卷儿了，在那上面和低处的地面上有几个棕色的小点，似乎是从原来放在这里的某种容器里洒出来的。

"喷啊。"德博拉说。

我看看文斯，他耸耸肩。"我已经取了干净的样品。"他说，"不是血迹。"

"好吧。"我说完朝枝干上的一个小点喷了一下。几乎是马上，一个非常微弱的蓝色的光斑显现了出来。"如果不是血，"德博拉不屑地说，"那这他妈的是什么？"

---

① 即脱氧核糖核酸。带有遗传信息的 DNA 片段称为基因。

"屎。"文斯嘟囔着说。

"没什么血,"我说,"闪光太弱了。"

"但这多少有点儿血吧?"德博拉说。

"嗯,是的。"我说。

"所以这是另外一种屎,带血的。"她说。

我看着文斯。"嗯,"他说,"我猜是这样。"

德博拉点点头,看看周围。"这儿开过派对,"她说着指指火坑,"那儿就是受害者。而这边,在火坑的这边,我们找到了这玩意儿,"她瞪着文斯,"里面带血。"她转向我。"那这是什么?"她问。

这突然就成了我的难题,我不该对这感到奇怪,但我还是觉得奇怪。"够了,德博拉。"我说。

"不,你才够了呢。"她说,"我现在需要你的那种灵感。"

"我在警察局有你要的灵感,"文斯说,"他叫伊凡。"

"闭嘴吧你,"德博拉说,"行了,德克斯特。"

可是我什么都没感觉到。我闭上眼,深吸一口气,聆听着……几乎是马上,我听到黑夜行者开心地做出了回答。"酒杯。"我突然睁开眼说道。

"什么?"德博拉说。

"是派对用的大酒杯。"我说。

"带人血的?"她说。

"宾治鸡尾酒?"文斯说,"天哪,德克斯特,你真有病。"

"嘿,"我无辜地说,"我可一口都没喝。"

"你真疯了!"德博拉煽风点火地补充一句。

"德博拉,你瞧,"我说,"这里离火挺远,我们在这处地面上发现了污点。"我跪在文斯旁边,指着低处的土壤,"有什么沉重的东西压在这里,里面的东西洒了出来。周围有很多杂乱的脚印。如果叫它宾治鸡尾酒让你不舒服,就叫它别的好了,但就是这种饮料。"

德博拉朝着我指的地方看去,看到火堆那边的低地,又低头看自己脚边的地面。她慢慢地摇摇头，在我身边蹲下来，说："鸡尾酒的酒杯，浑蛋。"

"你真有病。"文斯重复道。

"是的，"德博拉说，"不过我想他是对的。"她站起来，"我跟你赌一打面包圈，你在那边还能找到毒品的痕迹。"她语气中明显带着得意。

"我会查的，"文斯说，"我测试能让人飘飘然的毒品是行家。"他说着冲她抛了个可怕的媚眼，"你喜欢和我一起做飘飘然的测验吗？"

"不，谢谢。"她说，"你连做试题的铅笔也没有。"她趁他想出讨厌话做反击之前就转身走开，我跟着她。我刚走了三步就发现她非常不对劲儿。我赶紧站住脚，把她转过来对着我。

我惊讶地看着我妹妹。"德博拉，"我说，"你居然在笑。"

"是的，"她说，"因为我们刚刚证明了这个案子是我的。"

"你什么意思？"

她捶了我一下，非常用力。这也许是她开心的表示，却把我给疼坏了。"别傻了，"她说，"谁会喝血？"

"哎哟，"我叫道，"贝拉·卢戈西①？"

"他，以及所有其他的吸血鬼。"她说，"你需要我告诉你'吸血鬼'这三个字怎么写吗？"

"那又怎么……哦。"我说。

"是啊，"她说，"我们找到了一个崇拜吸血鬼的人，博比·阿科斯塔。现在我们又找到一大群吸血鬼聚会。你觉得这是巧合？"

"我们会搞明白的。"我说。

"是的，没错。"她说，"拿上你的东西，我载你回去。"

我们重返文明世界的时候已经是午饭时分，可不管我怎么含蓄地朝德博拉暗示，她似乎都没意会，一口气把我拉回了警察局。尽管 41 号公路经过第八街，一路上有很多地道的古巴餐馆，我们本可以停下来，随便走进一家

---

① 匈牙利裔电影演员，曾多次在银幕上扮演吸血鬼，是哥特电影史上的一位杰出人物。

吃饭。

回到法医部的德克斯特又饿又累，被他妹妹逼着要马上查出大沼泽地受害者的身份。我把带回来的样品取出来，瘫坐在椅子里，搜肠刮肚地想知道如何回答心中的疑问：我该不该一路开回第八街？还是就简单地去附近有很棒的三明治的咖啡厅？

跟生活中所有的重大问题一样，这个问题也没有答案，我使劲儿想了半天，究竟是吃快餐，还是好好大吃一顿？如果我要快，那会让我像个性格软弱的家伙吗？为什么今天非要吃古巴餐不可呢？为什么不能是，比如说，烤肉？

这想法刚涌入脑海，我就没食欲了。大沼泽地那姑娘被烤熟了，不知道为什么，我觉得特别不舒服，怎么也没法儿摆脱那个画面。那姑娘被鞭打，慢慢流血致死，火焰慢慢升高，众人呐喊，大厨抹着烧烤酱。我几乎能闻见人肉烤熟的气味。那让我把烤肉和午餐一起抛到九霄云外去了。

我的生活从此就这样了吗？要是我对每天都能看到的受害者感到人类的同情心，我还怎么继续干我的差事呢？更糟糕的是，我现在怎么不吃饭就干工作？

无论如何，我这架巨型机器需要加油。所以我驱除掉不愉快的心情，迈着沉重的脚步朝贩售机走去。透过玻璃看着寥寥几种可供选择的零食，这一点儿都没法儿让我开心起来。在医院的时候，巧克力糖看上去像天赐，此刻却像天谴。什么都引不起我的食欲，都不能给我带来满足感。可是要维持机体高速运作，我需要吃点儿东西，所以我挑了最温和的零食——中间据说是夹了花生酱的饼干。我塞进硬币，按下按钮，饼干落入取货槽。我弯腰去捡，一个细小的声音从德克斯特城堡的黑暗地下室里冒出来。我侧耳聆听，除了一面小旗子发出丝质的扇动声外，什么也没听见。我慢慢站起来，小心地转过身。

我身后什么也没有，可那小声音仍在低语着提醒我注意。

显然，黑夜行者在拿我寻开心。也许他不满我最近没有给他喂食和锻炼他。"闭嘴吧，"我对他说，"走开，让我静一静。"可他还在冲我笑，我索性置之不理，回到大厅。

我差点儿撞到多克斯警官怀里。

多克斯一直讨厌我，甚至在一个疯狂的医生把他的双手、双脚和舌头都切掉，而我没来得及救他之前。我真的尽力了，可是没成功，以致多克斯失去了几个重要的器官。他是所有我见过的警察里唯一怀疑我的本相的人。我从来不曾给他一点儿线索或马脚，可不知怎么，他就是知道。

现在他用假肢站在那里，瞪着我，眼睛里是从一千条眼镜蛇身上提取的毒液。我希望那个疯狂的医生把他的眼球摘了，可我立刻意识到这个念头太不善良，对一个像我这样的新生的人来说不合适，所以我把这念头压下去，向他做出友好的微笑。"多克斯警官，"我说，"见到你真高兴，特别是看你行动自如。"

多克斯不理我，仍然死盯着我看，我低头看看他那代替手的银色铁爪。他没带那个小型的笔记本大小的发声装置，也许他想腾出双手来掐死我，或者更有可能的是，他也想从自动贩售机买吃的。因为他没了舌头，不借助发声装置说话，发出的声音就很让人尴尬，充满"嗯嗯啊啊"之类的声音。大概他也丢不起这个人，所以他只是瞪了我一会儿。

"好吧，"我说，"和你交谈很愉快，祝你今天开心。"我朝我的实验室走去，只回头看了一眼，多克斯仍用狠毒的目光瞪着我。

"我告诉你了。"黑夜行者幸灾乐祸地说。

当文斯和其他人三点左右回来时，饼干那让人不舒服的味道还残留在我的舌根。

"哦，"文斯进来的时候说，他将背包扔到地板上，"我觉得我被太阳晒伤了。"

"你午饭怎么解决的？"我问他。

他眨眨眼，好像我问了一个很过分的问题。"一个警察开车，去的汉堡王，"他说，"怎么了？"

"你的食欲一点儿都没受影响？想着那姑娘被烤熟了，你在那儿还吃得下饭？"

文斯看上去更惊愕了。"没事儿啊，"他边说边慢慢摇头，"我吃了双层芝士汉堡，还有薯条。你没事儿吧？"

"我只是饿了。"我说。他又看了我一会儿，这回更久。与其坐在那儿进行凝视比赛，不如转身投入工作。

天还没亮，电话就把我吵醒了。我翻身看了一眼床头的收音机闹钟，刺眼的液晶屏上显示的是四点四十七分。上次莉莉·安哭闹结束后，我才睡了二十分钟，我可不感激这种叫醒服务。但是我更不希望这铃声吵醒莉莉·安，于是赶紧抓起电话。"喂。"我说。

"我需要你早点儿来这儿。"又是我那亲爱的妹妹的声音。她听上去她毫无倦意，这让我感觉比在这个时间被吵醒还糟糕。

"德博拉，"我用还没睡醒的嘶哑声音说，"就是早，也得等两个半小时以后吧。"

"我们核对了你提交的DNA样本，"她说，"是泰勒·斯巴诺。"

我快速眨了几下眼睛，努力让头脑恢复清醒。"那个在大沼泽地发现的女孩？"我说，"是泰勒·斯巴诺？不是萨曼莎·阿尔多瓦？"

"对，"她说，"所以今天早上他们组建了一个特别行动队。钱伯斯负责协调各方，我被任命为调查组长。"我能听出她声音中的兴奋。

"那太好了，"我说，"但是你干吗让我去那么早啊？"

她压低声音，好像怕被人听见似的。"我需要你的帮助，德克斯特，"她说，"这马上就成了一件挺大的事儿，我他妈有点儿不灵了。这个……你知道，跟政治挂钩了。"她稍稍清了清嗓子，听着有点儿像马修斯局长，"所以我派你做特别行动队的取证组长。"

"可我得送孩子们上学。"我抗议道，同时听到身旁有轻微响动。

丽塔把手搭在我的胳膊上，说："我能去送孩子们。"

"你还不能开车，"我又一次抗议，"莉莉·安还太小。"

"她不会有事儿的，"丽塔说，"我也不会。德克斯特，我以前就是这么过来的，前两次都没有人帮忙的。"

"但是那个婴儿座椅……"我说。

"没事儿的，德克斯特，真的。"丽塔说，"去忙工作吧。"

我听见德博拉从喉咙里涌出的笑声。"跟丽塔说我谢谢她。"她说，"待会儿见。"她挂断电话。

"但是……"电话里面传来忙音。

"去穿衣服吧。"丽塔说，"真的，我们不会有事儿的。"

我起来淋浴。当我穿戴整齐的时候，丽塔已经做好了一个煎蛋三明治给我带在车上吃，还有一个装好咖啡的金属旅行杯。

"努力工作，"她说，疲惫的脸上带着微笑，"我希望你能抓到那些人。"我看着她，有点儿惊讶。"新闻上都说了，那是……那个可怜的女孩被吃了。"她有点儿发抖，抿了一小口咖啡，"在迈阿密，在今天这样的时代，我没法儿……我是说，食人族？一群这样的人？你们怎么能……"她摇了摇头，又抿了一口咖啡，然后把杯子放下。我惊讶地看见她的眼角挂着一滴泪珠。

"丽塔……"我说。

"我知道，"她说着用手指抹去泪珠，"因为小宝宝吧，现在是别人的女儿……去吧，德克斯特。这是现在最重要的。"

我上路了，感觉有点儿怪怪的。我惊讶于听到丽塔说的那个词儿，"食人族"。好像这么说有点儿愚蠢，但我还真没想到这个词儿。德克斯特并不迟钝，我知道那个可怜的女孩是被人吃掉的，我也知道吃人的人被称作食人族，但是把两者结合起来，说食人族吃了泰勒·斯巴诺，这就把整件事儿放到了一个比较怪异和可怕的级别上。一大群人会聚在一起，在户外烧烤中分食一个年轻女性？这真使他们成了食人族——在当今社会，在迈阿密。这让人感觉那坏的程度又上升了好几个层次。

整件事儿还有一点儿离奇，就好像一本神话故事集变成了现实生活：先是吸血鬼，然后是食人族。迈阿密突然变成了一个非常好玩儿的地方。也许接下来我会遇见人马怪或者恐龙，又或者是个诚实的人。

我在黑暗中驶向单位，一路畅通。一轮大月亮挂在天边，仿佛在责怪我的懒惰。"该开工了，德克斯特，"它低语着，"该切割点儿什么了。"我冲它竖了下中指，继续行驶。

二楼的一个会议室已经被用作德博拉特别行动队的指挥中心了，当我逛荡进去时，那里已然一派忙碌景象。钱伯斯，佛罗里达警察局的光头男士，坐在一张硕大的桌子后面，桌子上摆满了卷宗、报告、地图，还有咖啡杯。他手边放着六七个手机，他正对着另一个手机讲话。

真不幸，所有人都注意到了我。坐在钱伯斯旁边的是特别调查员布伦达·雷希特。她鼻子上架着一副别致的老花镜，她为了突显对我不满的眼神，特意把那眼镜压得更低。我冲她笑了一下，然后看向房间最里面，那里站着一个军装整齐的人，他旁边是我在犯罪现场看到的黑大个儿。他转头看着我，我只好点点头，然后移开视线。

德博拉正在用她惯有的风格给迈阿密戴德县的两名警探下达指令，她的搭档戴克坐在她身旁，用牙线剔着牙。她抬头看了我一下，示意我过去。我拽了把椅子过去，加入到他们当中，像个警探似的坐在那儿。一个叫雷·阿尔瓦雷斯的家伙打断了她。

"嘿，听我说，"他说，"我觉得这根本不行。我的意思是，那家伙是他妈市政府的，你们已经被叫停一次了。"

"可现在不同了，"德博拉告诉他，"我们现在对凶手一无所知，媒体会疯的。"

"当然，"阿尔瓦雷斯说，"但是你知道阿科斯塔正他妈等着爆什么人的蛋呢。"

"不用管这些。"德博拉说。

"你当然不用管了，"阿尔瓦雷斯说，"你又没蛋可给他爆。"

"你别这么认为哟。"胡德说，他是个又笨又鲁莽的警探，"她的蛋可比你多一倍哟。"①

"去你妈的!"阿尔瓦雷斯说。戴克咕噜了几声,既像笑,又像被食物呛着了。

"你就去给我找到博比·阿科斯塔,"德博拉严肃地说,"否则,让你担心的蛋会没有的。"她瞪着他,他耸了耸肩,然后看向天花板,好像在问上帝为什么会选上他。"从摩托车开始查,"她说,看了一眼腿上的文件夹,"就是那辆红色铃木隼鸟,一年新。"

戴克吹了声口哨,阿尔瓦雷斯说:"是什么?"

"隼鸟,"戴克说,看上去很神往,"非常火的摩托车。"

"噢,明白了。"阿尔瓦雷斯说,看着戴克,疲惫中带着无可奈何。德博拉转向胡德。

"你去查泰勒·斯巴诺的车,"她说,"那是辆 2009 年的保时捷,蓝色,敞篷。它会在某个地方出现的。"

"没准儿是哥伦比亚。"胡德说。德博拉刚要开口骂他,他补充道:"成,我明白。如果它没消失,我就能找到它。这东西帮不上什么忙。"他耸了耸肩。

"嘿,"戴克说道,"我们得按常规办事儿,明白吗?"

胡德看了他一眼,消遣道:"是的,戴克,我明白了。"

"好啦,"钱伯斯大声说,房间里所有眼睛齐刷刷地看向他,"大家都注意听我说几句。"

钱伯斯站起来,退后几步,到一个能看到所有人的位置。"首先,我想感谢纳尔逊少校。"他冲那个穿军装的人点点头,"还有从米科苏基部落警察局来的威姆斯探员。"那个黑大个儿抬起手挥了挥,怪里怪气地冲大家微笑。

我捅了下德博拉,低声说:"好好看,学着点儿,德博拉,这就是政治。"

她用胳膊肘使劲儿回敬了我一下,小声说:"闭嘴。"

钱伯斯继续说道:"他们来这儿是因为这个案子已经转变为一个世界级

---

① 英文中的 "ball" 既可指男性生殖器,也可指女性乳房。

的、顶级的奇案，我们也许会需要他们的帮助。我们已经和大沼泽地方面达成默契，我们需要一切可以帮助我们控制全州的公路资源。"他冲威姆斯点了点头。纳尔逊少校眼睛一眨不眨地听着。

"那联邦调查局是干吗的？"胡德指着特别调查员雷希特说。钱伯斯盯了他一会儿。

"联邦调查局也在这儿了，"钱伯斯谨慎地说，"因为我们要找的是一个团伙，那么如果这是有组织的，也许是全国范围的，他们想要了解这个案子。此外，我们目前还有一名女孩失踪，也许是绑架。坦率地讲，这案子如今纷乱如麻，现在财政部、烟酒枪支管理局、海军调查处没来这儿，就是他妈的万幸了。所以都把嘴给我闭上，把精神给我打起来。"

"是的，长官。"胡德说着敬了个滑稽的军礼。钱伯斯看着胡德，直到看得他紧张得浑身难受，才又开始讲话。

"好了，"钱伯斯说，"摩根警官主管迈阿密地区这条线，涉及其他地区的任何问题都要先向我汇报。"德博拉点点头。

"还有问题吗？"钱伯斯说，巡视了一下房间，没人吭声。"好，"他说，"摩根探长现在要简要通报一下目前我们掌握的情况。"

德博拉站起来，走到钱伯斯站的位置，他则坐下，把那块宝地让给她。德博拉清了清喉咙，开始她的通报。这看着真让人痛苦。她不擅长当众演说，看着她磕磕巴巴地倒出那些话，喘息得如同溺水一样，我真是替她难受死了。还好，一切都有结束的时候，德博拉终于抵达最后那一句："还有问题吗？"然后她红着脸看着钱伯斯，好像怕他会因为德博拉使用了他的台词而不高兴似的。

威姆斯举起一只手。"你想让我们在大沼泽地做什么？"他的声音柔软而尖厉，真够刺耳的。

德博拉又清了一下喉咙。"就是，你知道，"她说，"把话放出去，如果谁看到什么，如果这些家伙试图扔什么，如果再有一次聚会，或者如果这种事儿以前也有过，或者什么地方有什么证物我们还没发现……"

德博拉还没来得及调整一下她僵硬的身体，钱伯斯就站了起来，说："好了，你会知道该做什么的。我只想加一句，把你们的嘴给我闭紧了。媒体已经在这个案子上找了很多乐子了，我不想再给他们提供佐料。明白了吗？"

大家都点头，甚至包括德博拉。

"好了，"钱伯斯说，"大家去抓坏蛋吧。"

会议结束了，伴随着推拉桌椅的声音和脚步声，大家起身仨一群俩一伙地一边议论着一边离开会场。负责公路巡逻的纳尔逊少校一边把自己的脑袋装进军帽里，一边阔步走出门。威姆斯走过去和钱伯斯说话，特别调查员雷希特仍然独自坐在那儿，环视四周，默默地表达不满。胡德看了她一眼，摇摇头。

"靠，"他说，"我真他妈讨厌联邦调查局。"

"我敢说，这件事儿一定让他们头疼。"阿尔瓦雷斯说。

"嘿，摩根，说正经的，"胡德说，"咱们有没有什么办法能教训一下那娘儿们？"

"当然有，"德博拉说，语调和缓，声音平稳，特别让人信服，"你可以先他妈去找到那个女孩，然后去抓住那个该死的凶手，做好你他妈的工作，让那女人没有任何借口对你不满。"她冲他咧了下嘴，"理查德，想想你能做到吗？"

胡德看了她一会儿，摇摇头。"靠！"他说。

"嘿，怎么样，你说对了，"阿尔瓦雷斯说，"她比你的蛋多吧。"

"靠。"胡德又骂了一句，随即去找一个容易攻击的目标想扳回来几分，"你怎么想，戴克？"

"什么怎么想？"戴克说。

"你干吗呢？"胡德说。

戴克耸了下肩。"哦，你知道，"他说，"局长是让我跟着……呃，摩根。"

"哇，"阿尔瓦雷斯说，"那可真够危险的。"

"我们是搭档。"戴克说，看着有点儿受伤。

"戴克，你得小心点儿，"胡德说，"当摩根的搭档可是有生命危险的。"

"是啊，她可经常失去搭档哟。"阿尔瓦雷斯说。

"你们这俩浑蛋是不是要我把你们拉到车辆管理局的资料库？"德博拉说，"不然就把你们的脑袋从裤裆里拿出来，自己去查！"

胡德站起身，说："马上就去，老大。"说着朝门口走去。阿尔瓦雷斯跟出去，边走边说："戴克，提防着点儿你身边的人哟。"

戴克望着他们的背影，皱了下眉，门关上后，他说："他们干吗老拿我开涮？是因为我是新来的，还是别的什么？"德博拉没理他，他转向我："我不明白是怎么回事儿，我该怎么做啊？"

我没法儿给他答案，虽然这再清楚不过。警察和其他动物没什么区别，也会选择异类或弱者攻击，戴克两者兼具——傻好看的相貌和智商有限的头脑，所以他首当其冲成了靶子。简单直白又不伤害人的回答可太难了，所以我只能冲他笑笑。"我相信当他们看到你的价值时，他们就不会这样了。"我说。

他慢慢摇了摇头。"我能怎么做呀？"他说，头冲德博拉歪了歪，"我跟着她就跟他妈的影子似的。"

他望着我，好像我该给他提供答案似的，我只好说："呃，我相信你会有机会表现你的主动性。"

"主动性？"他说，有一刻我都觉得我该给他解释一下这个词儿的意思。不过还好，他只是摇摇头，说："靠。"我们还没来得及讨论这个词儿，钱伯斯就走了过来，把一只手搭在德博拉肩上。"好了，摩根，"他说，"你明白你接下来该做什么了。九十分钟后，去楼下。"

德博拉看着他，表情接近于恐惧，我从没见过她这个样子。"我不行，"她说，"我以为你会去……难道你不去吗？"

钱伯斯摇摇头，脸上的笑有点儿不怀好意。"不能，"他说，"你是这儿的头儿，我只不过负责协调。你们局长想让你来做这个。"他拍拍她的肩膀，走了。

"靠!"德博拉骂道。这一刻,我觉得今天早上每个人脱口而出的词儿都该是这个。德博拉一只手插进自己的头发,我注意到那只手在颤抖。

"什么事儿啊,德博拉?"我说,琢磨着究竟是什么让我这大无畏的妹妹颤抖得像片风暴中的小嫩叶。

她深深吸了一口气,舒展了一下肩膀。"新闻发布会,"她说,"他们想让我去跟媒体说。"她咽了一口唾沫,舔了一下嘴唇,好像身体里都快干涸了。"靠!"她又说了一遍。

Chapter
受害少女的保时捷 **5**

德博拉把我拽进她的格子间，我看见她已经冒出了冷汗。她坐下去又站起来，来回走了三圈，又坐下，使劲儿把双手攥在一起。为了刺激自己已经很高的智商，她开始不停地用各种分贝和音调说着："靠，靠，靠，靠，靠，靠……"直到我开始认为她已经既没了智商也没了话语力。

"德博拉，"我终于忍不住了，"如果这就是你的发言，马修斯局长会很不高兴的。"

"靠！"她还说，我真不知道是不是该给她一耳光，"德克斯特，帮帮我，我该说什么？"

"什么都成，就是别说'靠'。"我说。

她又站了起来，走到窗前，两只手还攥在一起。不管怎么说，现在得拿出点儿德克斯特由于莉莉·安的出生才刚发现的慈悲之心。要是没有我帮忙，我敢说我亲爱的妹妹真能亲身证明一下自燃原理。所以当我觉得德博拉已经到达极限的时候，我从那把小办公椅上站起来，走到她身边，说："德博拉，这事儿对于马修斯局长来说是再容易不过了。"

　　我感觉她马上又要说"靠"，但是她控制住了，只是咬着嘴唇。"我不行，"她说，"那么多人……记者……照相机……我真不行，德克斯特。"

　　很高兴看到她好点儿了，最起码能分清"人"和"记者"了，但是很明显，我还没完成任务。"你行的，德博拉，"我用坚定的语气说，"这要比你想的容易得多，你以后甚至会喜欢这事儿。"

　　她开始磨牙，让我觉得要不是以此来发泄，她会给我一拳。"接着说！"

　　"这容易，"我继续说道，"我们来写几段话，到时候你只要读出来就成了，就像六年级时做读书报告那样。"

　　"我读书报告就没及格过。"她咆哮着。

　　"那是因为你没求教于我，"我语气中的自信比我心里的要大，"现在就开始，咱们坐下来把要说的话写下来。"

　　她磨着牙，绞着双手，愣了一会儿，看着有点儿像要从窗户跳出去。但这里是二楼，而且窗户还是死的。所以德博拉最终还是转过身，跌进自己的椅子。"好吧，"她从牙缝里挤出几个字，"开始吧。"

　　能跟媒体说的其实也就是警方常用的那几句套话。马修斯局长之所以能混到那身在媒体面前发言的高级警官制服就是因为他有能力把那些话记住，并且能在面对镜头的时候有条不紊地把它们说出来。这可真不是技巧问题，因为这根本用不着任何简单纸牌游戏中的小诡计。

　　当然，德博拉是不具备这种能力的，一点儿都不具备，跟她解释这些和跟一个瞎子描述苏格兰格子图案没什么两样。总之，这个过程快把人弄吐了。当我们前往新闻发布会现场时，我已经快跟德博拉一样浑身是汗精疲力竭了。当我们看到那一大群贪婪的正在吞咽口水的食肉一族等着我们，我俩谁都没觉得好过。德博拉僵持了一下，一只脚抬起来就放不下去了。接着，好像有人按了按钮，记者们都转向她，开始了他们的常规动作：叫喊着问问题，不停拍照。看着德博拉咬着牙、皱着眉，我替她做了一下深呼吸。她会没事儿的。她站上讲台，脸上带着我给她设计的骄傲。

　　当然这表情仅仅维持到她开口说话。此后的十五分钟，可怜的德博拉像中了邪。她结结巴巴、颤颤巍巍、小心翼翼地选择着每一个词儿，不断地冒着冷汗，混乱纠结得像在坦白自己强奸幼童。当她最终讲完我费尽心力给她准备的那段台词后，房间里静默了几秒钟。但是很快，记者们就闻到了水里的血腥味儿，疯狂地向德博拉拥来。之前的发言和这时相比简直不值一提了。德博拉在我的注视下小心翼翼地把绳子拴在自己的脖子上，把自己吊在空中，在风中痛苦地扭动着身体，直到最后，谢天谢地，马修斯局长实在是忍不下去了，他走上前去，说："提问结束。"他没把德博拉推下台去，但是很明显，他这么想过。

马修斯局长无畏地怒视着眼前的暴乱，好似他那人类的目光就能让他们屈从，确实，会场稍微静了点儿。"好了，"他停顿了一下后说，"那个……那家人，"他用拳头挡住嘴，清了清嗓子，我不知道德博拉是不是就是这样被传染的，"阿尔多瓦……先生和太太想在这里做个简短声明。"他点点头，伸手示意了一下。

面无表情的阿尔多瓦先生拉着他的妻子走近麦克风。阿尔多瓦太太看上去精疲力竭，一下子老了好几岁，但她努力打起精神，把丈夫推开，拿出一张纸。真奇怪，记者们居然全部安静了下来。

"致掳走我女儿的人，"她开始宣读，清了一下喉咙，"我们的萨曼莎……我们没有太多的钱，但是只要我们有的，都可以给你。只求你不要伤害我们的女儿……"她读不下去了。她用手捂住脸，手里的纸掉到地上。阿尔多瓦先生上前一步，抱住妻子，怒视着人群，好像他们明明知道萨曼莎的下落却不说出来似的。

"她是个好孩子，"他愤怒地说，"这个世界根本没有理由去……求你们了，"他用更加哀凄的语气说，"求求你们放了她。你们要什么都成，放了她吧……"他的面部肌肉开始扭曲，转过身去。马修斯局长走上前，又扫视了一遍房间。

"好了，"马修斯说，"你们都有萨曼莎的照片，请求你们帮助我们找到她。如果有人看见她，可以拨打特别行动队的热线电话，你们已经在媒体上看到了这个号码。我们可以循环播出这个号码和女孩的照片。让我们把这个女孩找回来，活着找回来。"他给了媒体一个招牌目光，坚毅、果断地直视镜头，"感谢你们的帮助。"他扬起自己很有男人味的下巴，给摄影师们留下足够长的时间把他最后一幕中那具有领袖风采的面容记录下来，然后说："好了，就到这儿。"然后转身离开。

可以预见，接下来屋子里会嘈杂混乱，而马修斯会挥挥手，然后转身去跟阿尔多瓦夫妇说点儿安慰的话，实际上也确实如此。我推开前面的人走向德博拉，看见我妹妹被晾在一边，做着手掌伸开再握紧的运动。她的脸上也恢复了点儿血色，看上去魂儿还没完全回来，像刚刚被从噩梦中唤醒似的。

"如果还要我做这事儿的话，我就他妈的把警徽上交了。"她从牙缝里挤出这句话。

"如果你再有这么一回，"我说，"马修斯局长会亲自收回你的警徽。"

"我靠，"她说，"真跟我感觉的一样糟吗？"

"噢，不，"我说，"得加个'更'字。"

我觉得是我的悲伤情绪让我忘了防备，肩膀上挨了德博拉重重一拳。好的一面是，我终于欣慰地看到德博拉恢复原样；不好的一面是，真挺疼的。

"谢谢你，"她说，"咱们赶紧离开这儿吧。"她转身，气哼哼地推开人群在前面开路，我一边揉着肩膀，一边紧随其后。

记者是很奇怪的动物。为了工作，他们必须特别高看自己。那些看了德博拉可怜表演的记者显然更善于这种自欺欺人，因为他们自以为是地认为只要他们把话筒举到德博拉嘴边，并且使劲儿喊着问题，德博拉就会屈服于他们的淫威，最终招供。但是真对不起他们的专业自信心，德博拉推开挡在她面前的一切东西，包括那些傻瓜记者，一往直前。

由于跟在德博拉后面，有几个记者盯上了我。不过经过多年的不懈努力，我的伪装很能迷惑他们，他们都认定我就是我想给大家看的样子——一块不会讲一句话的木头。所以除了肩膀被撞了几下，我没受什么干扰就走出了发布会现场，和妹妹一起回到了二楼指挥中心。

戴克不知道什么时候也过来了，悄悄地站在我们身后，倚着墙。有人在屋里放了咖啡机，德博拉拿起一个一次性热饮杯，倒了点儿咖啡，喝了一口，咧了下嘴。"这比咖啡店里的可差远了。"她说。

"我们去吃早餐吧。"我充满希望地说。

德博拉放下杯子，坐下。"我们还有好多事儿要做呢，现在几点了？"她说。

"八点四十五分。"戴克说。德博拉不满地瞟了他一眼，好像他选择的这个时间很让人不快。"有什么不对吗？就是这个时间啊。"戴克说。

门开了，探员胡德走进来。"我他妈简直太棒了，我自己都惊着了。"他边说边昂首阔步地走到德博拉面前坐下。

"你也惊着我了，理查德，"德博拉说，"你找到什么了？"

胡德从兜里掏出一张纸打开。"我的速度创纪录了，"他说，"泰勒·斯巴诺 2009 年的蓝色敞篷保时捷。"他用一根手指弹着那张纸，"一个经营地下拆车场的家伙欠我个人情，我去年放了他一马，那可是他第三次犯事儿了，"他耸了下肩膀，"他打电话叫我过去，给了我这个。"他又弹了弹那张纸。"它在奥帕洛卡一个给车喷漆的店里，"他说，"我在那儿安排了辆警车盯着那几个喷漆的家伙，是几个海地人。"他把那张纸往德博拉面前一推。"该评我当劳模了吧？"他说。

"滚一边儿去，"德博拉说，"不管你用什么方法，我要知道是谁把车卖给他们的。"

胡德冲她咧开嘴，做了个大大的笑脸。"得嘞，"他说，"我有时还真挺喜欢这个工作。"他从椅子上站起来，向门口走去，嘴里吹着《太阳出来了》[①]这首曲子。

德博拉看着他离开，门关上后，她说："我们能喘口气了，真得谢谢这个白痴呀。"

---

① 英国著名摇滚乐队披头士吉他手乔治·哈里森的一首原创歌曲。

"哎，我不明白，怎么就能喘口气了？"戴克说，"他们要是重新喷漆，那手印之类的东西就全没了。"

德博拉看着戴克，那表情能把我驱赶到家具后面去。"戴克，有些人很愚蠢，"她特意把重音落在"愚蠢"两个字上，"他们本该把那辆车藏在地洞里，但是有人想挣点儿快钱，就把它卖了，那么如果我们能找到是谁卖的这辆车……"

"那我们就找到了那个女孩。"戴克说。

德博拉看着他，表情居然柔和了许多。"说对了，戴克，"她说，"我们就找到了那个女孩。"

"那好吧。"戴克说。

门又开了，探员阿尔瓦雷斯走进来。"你会喜欢这个的。"他说。德博拉期待地看着他。

"你找到博比·阿科斯塔了？"她说。

阿尔瓦雷斯摇摇头，说："斯巴诺家的人来见你了。"

如果第一个走进门的是斯巴诺先生的话，那么泰勒的父亲就是一个二十八岁的肌肉男，头后面扎着个马尾，左臂下方鼓起来一块，让人会怀疑……这就意味着他十岁就生了泰勒，这可有点儿超越极限了，即使是在迈阿密。不管是谁吧，他看起来极其严肃，谨慎地观察了一下房间，当然也包括我和戴克，然后向走廊那边点点头。

接着走进来的倒是更像大家心目中少女父亲的样子。他是个中年人，个头不高，有点儿胖，头发稀少，戴副金丝眼镜。他满头大汗，看起来很累，嘴巴一直张着，喘着气。他晃晃悠悠地走进房间，无助地巡视了一会儿，然后站在德博拉面前，喘着粗气。

他身后的女人则是风风火火地走进来的。她比较年轻，比斯巴诺先生还高几英寸，金红色头发，身上珠光宝气。她身后还有一个肌肉男，没梳马尾，而是寸头，手里提着个中等大小的铝质手提箱。他进来后关上了门，倚着门框立在那儿。那女人跨步到德博拉跟前，拉了一把椅子给斯巴诺先生。"坐下。"她对他说，"把嘴巴闭上。"斯巴诺先生看看她，眨眨眼睛，然后让她扶着自己坐下。

那女人看看周围，发现会议桌旁边还有把椅子，就过去拽过来，坐在斯巴诺先生旁边。她看了他一眼，摇摇头，然后把注意力转向德博拉。

"探长……摩根？"她说。

"是的。"德博拉说。

这女人盯着德博拉看了半天，噘了下嘴，吸了口气，说："我是达夫妮·斯巴诺，泰勒的母亲。"

德博拉点点头。"对于你们失去爱女，我很难过。"她说。

斯巴诺先生抽泣起来，声音很大，把德博拉吓了一大跳。她睁大眼睛看着他，好像他在唱歌。

"别哭了，"达夫妮·斯巴诺对他说，"你必须振作起来。"

"我的宝贝女儿啊！"他说，很显然他还不能振作起来。

"她也是我的宝贝女儿，我的天哪，"她冲他嘘了一下，"你马上给我安静下来！"斯巴诺先生低头看着自己的脚，摇摇头。他深深地吸了口气，闭上眼睛，然后尽量坐直身体，平视德博拉。

"你负责找到那些作案的畜生，"他对德博拉说，"那些杀了我女儿的畜生。"

"斯巴诺先生，是一个特别行动队，"德博拉说，"我们有一队人马，由各个分区的警察组成。"

斯巴诺先生摆了摆手，打断了她："我不管什么队，他们告诉我你是负责人，对吗？"

德博拉瞟了一眼阿尔瓦雷斯，阿尔瓦雷斯立刻看向别处，一副事不关己的样子。她又看向斯巴诺夫妇。"是的。"她说。

斯巴诺先生盯着她看了好一会儿。"为什么不派个男的？"他说，"这个组织决定正确吗？"

我能看出阿尔瓦雷斯使劲儿控制着自己。德博拉倒没什么，她早就习惯了，但这并不意味着她喜欢这样。"我负责是因为我是最好的，我有这个资格。如果你觉得不妥的话，那是你的问题。"她说。

斯巴诺看着她，摇摇头。"我不喜欢这样，应该找个男人来干。"他说。

"斯巴诺先生，如果你有什么话要说就说吧。如果没有，那我现在要去抓凶手，你在浪费我的时间。"德博拉说，盯着他的脸，他看起来有点儿不自在了。他看着妻子，她紧闭着嘴，然后点点头。斯巴诺先生转过头跟马尾先生说："清场。"马尾走向戴克。

"你退后！"德博拉大声叫着，马尾僵在那儿。"这是警察局，清什么场？"她说。

"我有些事儿只能跟你说，"斯巴诺说，"我需要保密。"

"我是个警察，你要保密，去找律师。"德博拉说。

"不，"斯巴诺说，"这只能对你说，调查组的头儿，不是其他人。"

"这不行。"德博拉说。

"就这一次，"斯巴诺急切地说，"为了我的宝贝女儿。"

"斯巴诺先生！"德博拉说。

斯巴诺太太倾过身对德博拉说："拜托了，只需要几分钟。"她抓住德博拉的手，使劲儿握了握。"非常重要。"她说，"对于调查案件。"她看出德博拉开始动摇了，马上又握了握德博拉的手。"对你找到他们会有帮助的。"她小声说。

德博拉抽出手，看着他们，然后看了我一眼，询问我的意见。我得承认我很好奇，所以只是耸耸肩。

"你的人到走廊里等一下，"德博拉最后说，"我让我的两个队员出去。"

斯巴诺摇摇头。"就你和我们，"他说，"我们一家。"

德博拉的头冲着我的方向扭了一下。"我哥哥留下。"她说。斯巴诺夫妇看看我。

"你哥哥，"斯巴诺先生说，又看着他太太，她点点头，"好吧。"

"马凯斯，"斯巴诺先生说着伸出一只手，那个留寸头的家伙过来把手提箱交给他，"你和哈罗德到外面等着。"斯巴诺边说边把手提箱放到腿上，那两个肌肉男走向门口。"探长？"他对德博拉说，德博拉朝戴克摆了下手。

"戴克、阿尔瓦雷斯，到走廊上给我看着那两个家伙。"她说。

"我应该看着你，局长说的。"戴克说。

戴克固执地看了德博拉一会儿，阿尔瓦雷斯走过去拍拍他的后背，说："女老大说让咱走，咱就走吧。"

戴克扬起带酒窝的脸，冲着德博拉，那样子简直和星期六早上电视节目中的英雄一模一样。"两分钟。"他说。他又看了德博拉一会儿，好像还有什么话要说，但显然他又想不出该说什么，于是转身走了出去。阿尔瓦雷斯嘲弄地对德博拉笑了一下，跟了出去。

门关上了，房间里空气凝固了几秒钟后，斯巴诺先生的嗓子里发出咕噜声，他出人意料地把那只手提箱放到了德博拉的腿上。"打开。"他说。

德博拉看着他，愣在那里。"来吧，打开它，不会爆炸的。"他说。

她又看了他一会儿，然后低头看看那箱子。箱子上有两只扣锁，她慢慢打开，又看了一眼斯巴诺，打开箱盖。

德博拉看着箱子里面，完全僵住了。她的手停留在打开的箱子盖上，表情凝固。她抬起头看着斯巴诺，那表情是我记忆里最冰冷的。"这他妈是什么？"她从牙缝里挤出这几个字。

具有人类情感是我新近发现的，但好奇心是与生俱来的。我侧身去看，用不着费什么力气就能看见那到底是他妈的什么了。

钱，很多的钱。

最上面看得见的那层是一沓沓百元大钞，都带着银行的绑钞带子。箱子满满的，满到我都无法想象斯巴诺先生是怎么合上箱子的，除非马尾先生先站到箱子上，斯巴诺再把它锁上。

"五十万美金，"斯巴诺说，"现金。没人能抓到把柄，我可以把它存入你指定的任何账户，开曼群岛银行都成。"

　　"为什么？"德博拉声音平静地说。如果斯巴诺先生像我一样了解德博拉，那他这会儿应该紧张才对。

　　但斯巴诺先生不了解德博拉，她的发问好像让他更有信心了。他笑了，不是那种高兴的笑，而更像是为笑而笑。"几乎不为什么，"他说，"就一样，"他伸出手，摇着一根手指，"当你发现杀我女儿的那帮畜生后……"他的声音颤抖了一下。他停下来，摘掉眼镜，在袖子上擦了擦。他重新戴上眼镜，看着德博拉，说："你找到他们后，先告诉我，就这些。十分钟后，你再继续下面的行动。就是一个电话而已，然后这些钱就都是你的了。"

　　德博拉看着他，他也看着德博拉。仅仅这么一会儿，他不再是那个可怜的抽泣的人，取而代之的是一个知道自己想要什么并且自信知道怎么得到它的人。

　　我看着箱子里的钱，五十万，看上去真是挺多的。我从来就不是一个被金钱驱使的人。对我来说，钱就是那些傻瓜用来显示自己有多成功的东西。但是现在，当我看着那一沓沓的钞票，它们不再是抽象的符号和数字，而是莉莉·安的芭蕾舞课、大学学费、吊带裙，这些都在这个小箱子里。它们对我眨着小眼睛，说："有什么不行的？能对谁有害呀？"

　　当我意识到屋子里沉默得太久了时，我将目光从莉莉·安未来的幸福生活中挪开，抬头看向德博拉。就我判断，德博拉和斯巴诺的表情都没变。最后德博拉深呼吸了一下，把箱子放到地板上，又看着斯巴诺。

　　"把它拿起来。"她说着用脚把箱子踢向斯巴诺。

　　"这是你的。"他说，摇摇头。

　　"斯巴诺先生，行贿警察是重罪。"她说。

　　"怎么是行贿？这是礼物，拿着吧。"

　　"带上它，离开这里。"她说。

　　"一个电话而已，这是犯罪吗？"他说。

　　"对于你家的不幸，我很难过，"德博拉的语速很慢，"如果你现在拿起箱子离开这里，我可以当什么都没发生过。但是如果其他警察回来的时候看见它还在这儿，你就等着进监狱吧。"

"我明白了。"斯巴诺说，"你现在不能答应。没事儿，这是我的名片，找到他们后给我打电话，这钱就是你的。"他扔过来一张名片。德博拉站了起来，任名片掉到地上。

"回家吧，斯巴诺先生，带着你的箱子。"她说着走向门口，拉开门。

"就是打个电话嘛。"斯巴诺对着德博拉的后背说。他的太太又一次表现得更加实际。

"别犯傻了。"她说。她弯腰提起箱子，使劲儿合上，在戴克和阿尔瓦雷斯还有那两个肌肉男进来的瞬间锁上了箱子。斯巴诺太太把箱子递给寸头，站起身。"走吧。"她对丈夫说。他看看她，然后转身看着门边的德博拉。

"给我电话。"他说。

德博拉扶着门。"再见，斯巴诺先生。"她说。

他又看了德博拉几秒钟，斯巴诺太太挽着他，和他走了出去。

德博拉关上门，长长地呼出一口气，然后转身走回到自己的椅子前。阿尔瓦雷斯看着她坐下，咧嘴笑着。她抬头看看他的笑脸。

"很他妈好笑，是吗，阿尔瓦雷斯？"她吼着。

戴克过来靠着原来的地方站着。"多少啊？"他问德博拉。

德博拉抬起头看着他，有点儿惊讶："什么？"

戴克耸了耸肩。"我说，多少钱？箱子里有多少钱？"他说。

德博拉摇摇头，说："五十万。"

戴克哼了一声，说："就这么点儿啊。在锡拉丘兹有个家伙要给我哥们儿杰里两百万，不过是个强奸案。"

"是不算什么，"阿尔瓦雷斯说，"几年前，一个可卡因毒贩子给我三百万，让我帮他抓到偷他车的吸毒者。"

"三百万，你没要？"戴克说。

"啊，我要四百万。"阿尔瓦雷斯说。

"好了。"德博拉说，"我们在这上面耽误了太多时间，让我们回到正事上。"她指着阿尔瓦雷斯，"我没工夫听你说废话，我要博比·阿科斯塔，去给我把他找到。"

看着阿尔瓦雷斯溜达出门，我突然觉得五十万根本不是什么大钱了，根本和那个被吃的女孩不相配。因为那只是个小数目，所以好像即使收了斯巴诺的钱，给他打个电话也不是什么大事儿。不过德博拉显然不会这样做，甚至戴克都表现出对这事儿毫不惊讶，只是觉得好笑罢了。

德博拉站起身，看着我。"我们得把这个搞定，"她说，"我要了解那个东西，那个我们在大沼泽地找到的东西。那个有一部分是血，但其他部分可能会让我们有新的发现，继续找出来。"

"好。你和戴克做什么？"我问。

她给了我一个她瞟戴克的刻薄眼神。"我们，"她口气中的厌烦和她的表情很相配，"要去查牙医给的名单上的最后三个名字，那些装了吸血鬼尖牙的人。"她又看了一眼戴克，然后咬了咬牙，"有人知道，他妈的，其中一个知道点儿东西，我们去找出来。"

"好吧。"戴克柔声说。

"好吧，那我得回实验室了。"我说。

"对，你去吧。"德博拉说。

我离开房间，留下妹妹和她不喜欢的搭档。

我走进实验室的时候，文斯·增冈正忙得不亦乐乎。"嘿，我把从大沼泽地带回来的东西做分析？"他问。

"太好了，这正是我要跟你说的。"

"那么我做对了哟，"他说，"但是里面还有点儿别的东西。"他耸了下肩，无助地抬了抬手，"是有机物。"

"继续努力，我们会找到的，mon frère[①]。"我说。

[①] 法语，意为"我的兄弟"。

"又是法语？"他说，"你还要说多久的法语？"

"直到有面包圈吃。"我说。

中午的时候，我们几乎做完了在这间小实验室里能做的所有实验，发现了一两件并不重要的东西。其一他们喝的是一种流行品牌的高能量饮料，人血是加进去的。虽然用这么一小块证物做实验很难断定，我还是可以判断那是来自几个不同的躯体。但是最后那种成分，也就是那个有机物，还是难以确定。

"好了，我们换种方法吧。"我说。

"什么？用通灵板？"文斯说。

"差不多，用归纳法怎么样？"我说。

"好啊，福尔摩斯，比色谱法有意思多了。"文斯说。

"吃你的同类不是自然法则。"我说，努力用参加食人宴的人的思维思考，但是文斯打断了我的思路。

"什么？你是认真的吗？你没读过历史吧？食人主义是世界上最自然的法则。"

"不是在 21 世纪的迈阿密，"我说，"不管《国家询问报》是怎么说的。"

"那这也只是个文化问题。"他说。

"的确，我们的文化将其视为一个很大的禁区，你必须跨越这个禁区。"我说。

"我们已经看到他们在喝血，所以下一步就不那么难了。"

"有一群人，"我继续说道，努力屏蔽文斯，绘出自己的场景，"他们因那些能量饮料而蠢蠢欲动，心醉神迷，精神亢奋，也许是听某种催眠音乐……"我停了一下。

"什么？"文斯说。

"催眠，"我说，"就是一种可以使大脑进入被控制状态的东西，你明白吧，就是那种东西，与音乐一起发挥作用，还有其他所有的东西，使他们进入听从的状态。"

"大麻，它总能让我有无法控制的食欲。"文斯说。

"屎。"我脑子里闪现了一点儿记忆。

"不会，屎没这个效果，而且味道不好。"文斯说。

"我不想听你说你是怎么知道屎的味道的。那本药品管理笔记呢？"我说。

我找到书，一本巨大的整理笔记，记录了药监管理局给我们发来的所有文件。我翻了几分钟就找到了那页。"在这儿呢，就是这个。"我说。

文斯看着我指的地方。"鼠尾草，你觉得是这个？"文斯说。

"对，用归纳和演绎逻辑的观点来说。"我说。

文斯慢慢地点点头。"也许你该加上'初级'？"他说。

"这是个比较新的东西。"在指挥室里，我对德博拉说。德博拉坐在桌子前，文斯和戴克站在她后面。我指着那本药品管理笔记："他们几年前才刚刚把鼠尾草列为违禁品。"

"我知道这玩意儿，但是我没听说过它有多大作用，除了能让人有五分钟的愚蠢表现。"

我点点头："当然，但是我们不知道如果大剂量服用会起什么作用，特别是加了其他的东西。"

"我们所知道的是它的确不会有多大作用，也许有人就是觉得掺点儿进去好玩儿而已。"文斯说。

德博拉看看文斯。"你他妈能说明白点儿吗？"她说。

"在锡拉丘兹有人抽这个，然后他就想把自己冲走。"戴克看到我们三个都盯着他，耸了耸肩，"因为他在厕所里面。"

"呃，"我说，试图回到正题上，"重点不是他们为什么用这个，而是他们用了这个。想想他们的人数，他们会用很多，可能会超过一盎司。那么如果有人要用那么多的数量……"

"对啊，我们就能很快找到卖主。"戴克说。

"我他妈会算数。"德博拉弹了下手指，"戴克，去找毒品稽查队，跟法恩警官要个鼠尾草大卖家的名单。"

"马上就去。"戴克说。他看看我，挤了下眼睛："表现了点儿积极主动，是吧？"他用手做了个手枪的动作，又倒竖了下拇指。"乓！"他说，笑着转身离开，出门的时候差点儿撞到刚进来的胡德身上。胡德躲过他，来到我们面前，脸上带着得意的笑，不过并不好看。

"你应该用问候的姿态。"他对德博拉说。

"我现在是在用对待两个呆子和一个傻×的姿态。"德博拉说。

"嘿，我们不是呆子，我们是天才。"文斯抗议道。

"等会儿你们就知道了。"胡德说。

"知道什么？"德博拉说。

"我找到了那两个海地人，"他说，"真是他妈的幸运的一天。"

"希望如此，理查德，因为我真需要运气。"德博拉说，"他们在哪儿？"

胡德过去把门打开，朝走廊里的人招手。"到这儿来。"他喊了一声，扶着门，几个人鱼贯而入。

前面两个是黑人，很瘦，手被铐到背后，一个制服警察推着他们进来。第一个嫌犯有点儿跛脚，第二个的眼睛被打肿了，几乎睁不开。警察把他们推到德博拉面前。胡德伸出头向走廊里张望，显然是看到了什么，喊着："嘿，尼克！这边！"很快，最后一个人也进来了。

"我是妮可尔，不是尼克。"她对胡德说。胡德傻笑了一下，她摇摇头，捋了一下黑黑的鬈发。"事实上，对于你来说，应该是里克曼女士。"她直视胡德，胡德依然傻笑，她掉转目光，朝我们坐的桌子走过来。她高高的个子，穿着时尚，一只手拿着一个速写本，一只手抓着一大把铅笔。我认出她是警察局里的绘像专家。德博拉朝她点点头道："妮可尔，你好。"

"摩根探长，"她说，"能画个没死去的人可真好，"她朝德博拉扬扬眉毛，"他还没死吧？"

"我希望是，"德博拉说，"我可就指望他来救这女孩呢。"

"好吧，"妮可尔说，"我们来试试吧。"她把速写本和铅笔放在桌上，自己坐进一把椅子，开始工作。

与此同时，德博拉朝胡德带进来的那两个男人望去。"他们怎么了？"她问胡德。

他耸耸肩，做出一副很假的懵懂样子，说："你啥意思？"

德博拉瞪了胡德一会儿。他耸耸肩，挨着墙站着。她又转回头看两个犯人。"你好。"她用法语说道。那两位都没吭声，只是低头看脚。胡德清清嗓子，那个眼睛肿起来的人猛地抬头，紧张地看着胡德。胡德朝德博拉的方向点点头，那人转向德博拉，开始飞快地说起克里奥尔语。

当初德博拉修的是法语，她有一刹那似乎觉得这能让她明白那男人的话。她看着他，而他已经飞快地讲完了几段话。她终于摇摇头："我不懂（法语，有语法错误）……妈的！我不记得怎么说了。德克斯特，找翻译过来。"

另一个男人，就是跛脚那个，抬起头来。"没必要。"他说。他的口音很重，但至少比德博拉的法语要好懂一些。

"好。"德博拉说，"你的朋友呢？"她朝另一个点点头。

跛脚耸耸肩。"我代表我表哥。"他说。

"行，"德博拉说，"我们要请你描述那个卖保时捷给你们的人……是个男人吧？"

他又耸耸肩。"一个小子。"他说。

"好，小子。"德博拉说，"他看上去什么样儿？"

另一个家伙耸耸肩。"白人，"他说，"年轻的……"

"有多年轻？"德博拉打断他问道。

"我可说不好，反正大到能刮胡子啦，不过他可有三四天没刮了。"

"好吧。"德博拉说完皱起眉毛。

妮可尔凑过来。"让我来，探长。"她说道。德博拉看看她，点点头让开身子。

"行，"她说，"来吧。"

妮可尔朝两个海地人笑笑。"你们的英语很好，"她说，"我只想问你们几个简单的问题，可以吗？"

跛脚怀疑地看看她，她始终微笑着。过了一会儿，他耸耸肩，说："好吧。"

妮可尔问了一系列问题，在我看来都不着边际。我好奇地看着，因为听说过她很棒。一开始我觉得她徒有虚名，她只不过问了些"你都记得这个人的什么特点"之类的问题。跛脚说什么她都点头，在本子上画着，嘴里还说着"啊哈，对了"。她引导他把那个开着泰勒的保时捷去到他们车库的家伙完整地描述了一遍，包括他们说了些什么，等等。都是些没劲的细节。我没看出来这些能联系到一个人的长相，不管他是活的还是死的。很显然，德博拉和我想法一样。她没一会儿就烦了，清清嗓子，好像表明她在忍着不去打扰。每回她这样，两个海地人就紧张地看看她。

可是妮可尔无视她的小动作，继续着她那徒劳无功的问话。慢慢地我发现她得到了一些相当不错的描述。这时，她开始转向更精确的问题，比如："他的脸形是什么样的？"

犯人困惑地看看她。"轮廓？"他问。

"回答她的问题。"胡德说。

"我不知道。"那人回答。妮可尔瞪了胡德一眼。他傻笑着靠回墙上。她又转回去对着跛脚。

"我给你看几个脸形吧。"她说着拿出一大张纸，上面有几个粗略的椭圆图案。

"这里哪个形状像那人的脸？"她问道。犯人凑过去仔细看着。过了一会儿，他表哥也凑过去看，低声说了句什么。头一个家伙点点头，说："最上面那个。"

"这个吗？"妮可尔拿铅笔指着问。

"是的，"他说，"就是那个。"

她点点头，开始画起来，迅速而自信，偶尔停下来问问题，嘴巴的形状？耳朵？是不是这个图形？渐渐地，纸上出现了一张真正的脸。德博拉屏息静气，由着妮可尔引导两人完成整个过程。她每问一个问题，他们都凑在一起低声用克里奥尔语说一会儿，然后其中说英语那个回答，另一个点头。就这样，在两个戴手铐的家伙的低语中，像变魔术一样，纸上出现了一张脸，这真是一场引人入胜的表演，我都舍不得让它结束。

可它还是结束了。妮可尔举起本子给那两个人看，那个不会说英语的使劲儿看了半天，然后开始点头。"是他。"他用法语说道。

"是他。"另一个说。他突然朝妮可尔使劲儿笑了一下。"像魔术。"他发音奇特，可是意思很明显。

德博拉一直靠在椅背上，让妮可尔独自奋战。这会儿她站起来走到会议桌旁，目光越过妮可尔落在画面上。"我靠！"她说着抬起头看看胡德，那家伙还靠着墙，脸上还带着一丝猥琐的傻笑。"把档案拿过来，"德博拉对他说，"带照片的那本。"

胡德走到会议桌另一端，电话机旁边是一摞卷宗。他翻了顶上的五六本，德博拉不耐烦地等着。"你他妈的快点儿！"她对他说。胡德点点头，拿起来一本，走过来递给她。

德博拉把一摞照片扔到桌上，飞快地检索着，然后抽出一张递给妮可尔。"干得不错。"她说。绘像专家拿起照片，放在她的画旁边，点点头。

"是啊，真是很不错。"妮可尔说。她开心地笑着看看德博拉。"嗯，我还真不赖。"她把照片丢回给德博拉，德博拉拿起来给两个海地人看。

"卖保时捷的是这个人吗？"德博拉问他们。

肿眼睛的男人已经在点着头用法语说"是"，他表弟则很会演地盯着照片，凑过来仔细地端详，最后很权威地说："是，绝对是，就是他。"

德博拉看着他俩，说："你们肯定？你们两个都肯定？"他俩拼命点头。

"好，"德博拉用蹩脚的法语说道，"特别棒。"两个海地人微笑着。肿眼睛那个用克里奥尔语说了一句什么。

德博拉看看表弟，等他翻译。

"他说，你能不能说英语，这样他比较能够明白你在说什么。"他说着，忍不住笑。文斯和胡德都咪咪窃笑。

　　德博拉太开心了，对这个小打击完全不予理会。"这是博比·阿科斯塔，"她说着看看我，"我们可以认定是这小杂种了。"

　　制服警察把两个犯人带去拘留室。妮可尔收拾好自己的东西离开，德博拉坐回去盯着博比·阿科斯塔的照片。文斯看着我，耸耸肩，表情解读为"现在该干什么了"。德博拉抬头看看他，说："你怎么还在这儿？"

　　"没，我十分钟前就不在了。"文斯说。

　　"滚吧！"德博拉说。

　　"如果你能再多沉默一分钟，我就不必滚了。"文斯说。

　　"滚进你的汽车里去。"德博拉说。文斯带着他恐怖的假笑声走了出去。德博拉看着他离开，凭我对她的了解，我知道接下来会发生什么，所以我一点儿都不惊讶她对我说："好了，我们出发吧。"

　　"噢，"我努力做出没有预料到的样子，"你的意思是你不等你的搭档了？局里有规定，马修斯局长也特别嘱咐过。"

　　"赶紧让你的屁股离开这儿。"她说。

　　"那我的屁股呢？"胡德说。

　　"炖了。"德博拉说着从椅子上跳起来，直奔门口。

　　"那我怎么跟你的搭档说？"胡德说。

　　"让他去查那个鼠尾草的卖家。"她说，"走啊，德克斯特。"

　　我知道自己花太多的时间屈从并跟随妹妹，但是我不知道怎么才能避免，所以只好跟着。

　　德博拉驾车开上海豚高速公路，然后向北驶上95号公路。她没再多说什么，但猜出我们要去哪儿并不是难事儿，所以为了说点儿什么，我开口说道："你就凭看看那张照片就知道怎么找到博比·阿科斯塔了吗？"

　　"是的。"她简短地答，"事实如此，我已经知道了。"

　　"哇，"我说，想了一下，"牙科医生那个名单？那些装了吸血鬼尖牙的家伙？"

德博拉点点头，并道超过一辆带拖车的皮卡。"没错。"她说。

"你和戴克没把他们都查了呀？"

她看看我，我觉得这可不太好，因为我们正在以每小时九十英里的速度行驶。"就差一个，就是这个，我知道的。"她说。

"小心点儿。"我说，德博拉瞟一眼路，超过一辆正在并道的油罐车。

"所以你认为那最后一个人会告诉我们怎么找到博比·阿科斯塔？"我说。德博拉含糊地点点头。

"我就是有这么一种感觉，从一开始就有。"她说，转动着方向盘。

"所以你才把他留到最后？德博拉！"看到两辆摩托车切到我们前面然后减速要出高速，我叫了起来。

"对。"她说，车子滑向中间的车道。

"因为你要制造悬念？"

"是戴克。"德博拉说，我吓出了一身冷汗，好在她现在看着路了。"他就是……"她迟疑了一下，"他运气差。"

我到目前为止一直都在跟警察打交道，我觉得余生也会如此，特别是如果哪天我被逮住了，所以我知道某种超自然力会在某时某地突然显现。即便这样，我还是对从我妹妹嘴里说出这样的话感到惊讶。"运气不好？"我说，"德博拉，你要不要我找个法师？也许让他杀只鸡，然后……"

"我知道这听起来很滑稽，妈的！"她说，"但是还能怎么解释呢？"

我可以想出很多可能，但是好像这么说还是不够官方。德博拉停了一会儿继续说道："好吧，也许我他妈的什么都不行，但是在这个案子上我真需要点儿运气。那儿有只秒表在提醒我，还有那个女孩……"她停了下来，好像很感伤，我惊讶地看看她。感伤？钢铁雄心的德博拉探长？

德博拉没看我，只是摇摇头。"是，我知道，我不应该有这种情绪，只是……"她耸耸肩，好像脾气又上来了，这倒让人觉得自然点儿，"我觉得我今天……最近有点儿怪怪的。"

我回忆了一下这几天的事儿，好像是有点儿，我妹妹是有点儿脆弱和情绪化，这是她以往性格中所没有的。"是啊，你是有点儿，你觉得是为什么呢？"我问。

德博拉重重地叹了口气，这举动也有点儿不像她。"我觉得……我不知道，"她说，"丘特斯基说是那刀伤闹的。"她摇摇头，"他说那有点儿像产后抑郁症，就是受伤过后，你会有段时间老是难过。"

我点点头，有点儿道理。德博拉最近被扎伤，失血过多，并且曾经濒临死亡。当然她男朋友丘特斯基应该了解——他在残疾之前做过情报员，他身上的刀疤像地图。

"即使这样，你也不能让这个案子撩拨你的敏感神经。"我说着缩身往旁边躲，因为我知道我又会挨一肘了，但这次又让我惊讶了。

"我知道，"她轻柔地说，"但我就是不能克制。她就是个女孩，还是个孩子。学习好，家庭好，那些家伙……食人族……"她又开始情绪化了，沉默了。"很复杂，德克斯特。"她最后说。

"我也这样觉得。"我说。

"我觉得自己同情孩子，"她说，"也许是因为她和我在同样的时间里都很脆弱。"她直盯着路面，但是好像什么也没看，这真让人担心。"还有其他一些东西，我说不清。"

也许是我太在意自己这条命，在这样的道路上坐在这种速度的车里，我的脑子有点儿跟不上她的话。"其他什么东西？"我问。

"呃，你知道，"她说，"家庭的问题，我的意思是……"她突然看着我，"如果你敢把这些告诉文斯或其他什么人，我发誓我会杀了你。"

"是什么啊？"我说，感觉越来越惊讶。

德博拉瞪了我一眼，上帝保佑，她又看路了。"是的，我想我真的想有个家，德克斯特。"她说。

我觉得我之前应该把我的家庭感受跟她分享下，也许家庭被高估了，孩子是真正的灾难，能把人变老弄疯。但是当我想到莉莉·安，我突然想让我的妹妹也拥有自己的家庭，那样她就能感受到我所感受的一切。"是呀。"

我说。

"妈的，到出口了。"她突然变道上了匝道，这可真能有效抑制情绪，也把我想要说的话甩走了。道路标志瞬间闪过，我都来不及看清，只知道是驶向北迈阿密海滨，路两边是简朴的房子和店铺，在过去的二十年里几乎没什么变化，对于食人族来说会是奇特的街区。

德博拉在匝道末端放慢速度，但和其他的车相比还是很快。我们向东行驶了几个街区，然后又向北行驶，最后驶向第六街，也许是第七街，那里的房子周围都种了篱笆，把路全封了，只留下一条主街道。这种情况在这个地区很普遍，应该是为了减少犯罪，但是没人能告诉我是不是管用。

我们进入一个小区，过了两条街，德博拉把车停在一座简陋的黄色房子前面的草地上。"就这儿，"德博拉说，看着后座上的文件，"这家伙叫维克多·查宾，二十二岁，房子是阿瑟·查宾夫人名下的，她六十三岁，在城里工作。"

我看看那个小房子，已经褪色了，很普通，没有头骨露出来，也没有巫师之类的涂鸦，没有任何痕迹表明里面住的是魔鬼。一辆十年新的野马汽车停在车道上，总的来说是座安静的郊区小屋。

"他和他妈妈一起住？"我说，"食人族会这样吗？"

她摇摇头。"就是这家，我们走。"她说着打开车门。

德博拉下了车，走向房子的前门，我不禁想起自己上次就是坐在车里看着德博拉在人门前被扎伤，所以我立刻跳下车，站到她身边，看着她按门铃。房子里面传来悠扬的乐曲声，听起来很有韵律。"听着不错，是瓦格纳吧？"

德博拉摇摇头，不耐烦地用脚踢着门边的水泥门墩。

"也许他俩都上班去了。"我说。

"不可能，维克多在一家俱乐部上班，在南海滩一个叫尖牙的地方，十一点才开门呢。"

有那么一刻我感觉自己的小心脏紧了一下，内心深处那个黑暗势力有了反应。尖牙，我以前听说过这个地方，是在报纸上，还是文斯讲的某天夜里的艳遇？我不太记得了，我正想着，德博拉又按了一下门铃。

门里面又响起了音乐声，但是这一次除了悠扬的乐声，我们还听见有人喊道："妈的！来了！"接着门开了，一个人，应该是维克多·查宾站在门前，瞪着我们。他很瘦，也就五英尺七英寸高，黑头发，胡子几天没刮了，穿着一条睡裤和一件背心。"什么事儿？我正睡觉呢！"他的语气里带着挑衅。

"维克多·查宾？"德博拉问道。警察的专业腔调使他清醒了许多，他的身体突然变得僵硬，看我们的眼神也警惕了。他伸出舌头滋润一下嘴唇，看看德博拉又看看我，我可以看见那个牙医给他装的尖牙。

"啊，什么事儿？"他说。

"你是维克多·查宾吗？"德博拉又问了一次。

"你们是干什么的？"他问。

德博拉拿出警徽，还没完全亮出来，他就说了句："靠！"想把门关上。完全是一种本能反应，我用脚卡住了门，门没关上，查宾转身往后面跑。

"后门！"德博拉喊道，跑向屋后，"你待在这儿！"说着人已经绕到后面去了。接着我听见摔门的声音，然后是德博拉叫查宾站住，然后就没声儿了。我又想起妹妹最近被刺伤的场景，我看着她那么无助，奄奄一息。德博拉并不知道查宾是不是真的要从后门逃跑——他也许是去拿炸弹，也许他正袭击她呢。我努力看向房子深处，可什么也看不见，也没有任何声响，除了空调的声音。

我站在外面等着，又过了一会儿，还是没有动静，什么也听不到。远处有特殊车辆的警笛声，天上有飞机飞过，附近有谁家传来吉他声和歌声。

正当我等不下去，要去查看一下的时候，我听见后院传来吼叫，接着维克多·查宾出现了，手被铐在背后，德博拉跟在他后面，推着他向车那边走去。他的睡裤上沾着草屑，脸的一边有点儿红。

"你不能……靠……律师……他妈的！"查宾嚷道。也许这是食人族用语，但是对德博拉无用。她依然推搡着他往前走。我过去后，她看了我一眼，那种愉快的眼神我仿佛好久都没看到过了。

"真他妈的！"查宾转向我施展他的口才。

"是的，不是吗？"我表示赞同。

"太他妈的了！"他叫嚷着。

"上车，维克多。"德博拉说。

"你不能……干吗？"他说，"你们要带我去哪儿？"

"我们要带你去拘留所。"她说。

"你们他妈的不能带我去那儿。"他说。

德博拉冲他微笑着。我从没见过吸血鬼，但是我觉得她的笑比任何吸血鬼的笑都吓人。"维克多，你拒绝执行法令，试图逃跑，这就是我要带你走的原因，我就是他妈的要带你走，你他妈要回答问题，否则你将会很久不见天日。"德博拉说。

他张了张嘴，只是吸了口气。他那颗尖牙看起来也不那么吓人了。"什么问题？"他说。

"最近去参加过什么聚会吗？"我问他。

维克多的脸色变得苍白，德博拉还没来得及补充什么话，他就脱口而出："我发誓我什么都没吃过！"

"吃过什么，维克多？"德博拉满意地说。

他开始颤抖，摇着头："他们会杀了我，上帝啊，他们会他妈的杀了我！"

德博拉快速地看了我一眼，充满胜利的喜悦，然后把维克多推向车里。"上车，维克多。"德博拉说。

Chapter
又一个受害者 *6*

在去拘留所的路上，德博拉没说什么话，她给戴克打了几次电话，想让他去拘留所和我们会合，可不知道为什么，戴克一直没接电话，对讲机也没回应。于是她给戴克留言，让他尽快与我们会合。查宾被锁在后座上，这种特制的警车都有栅栏锁，就是为了干这个的。他不停地大叫，狂躁地咒骂，没完没了地用着那个好玩的词儿。快到目的地时，我都快烦死了，但是德博拉倒好像乐此不疲。每次从后视镜里看一眼查宾，她的脸上都会洋溢出快乐的表情。当她把车停好，把查宾从车里拖出来，她已经兴奋得无以言表了。

我们把手续办完后，维克多已经被锁在了审讯室里，他把胳膊放在桌子上，颓废地低着头，头几乎挨到手铐了。佛罗里达执法局的钱伯斯也过来夸奖我们。

"好了，我想我不用提醒你们得按程序审。"钱伯斯说。德博拉看他的眼神有点儿吃惊，他继续说道："你干得不错，摩根。你抓到了一个嫌犯，如果我们能注意点儿方法，再加上点儿运气，就会让这家伙服重罪。"

"我对他妈的判罪不感兴趣，我想赶快找回那个女孩。"德博拉说。

"我们都想快点儿找回那个女孩，但是把这家伙收监也很重要。"钱伯斯说。

"听着，这跟政治和公关无关。"德博拉说。

"我明白。"钱伯斯说，但是德博拉不想再听。

"这个家伙很可能知道内情，而且我认为他现在正感到孤独无助，害怕得要死，随时都会崩溃，我现在他妈的要赶快让他沦陷。"

"摩根，你之前的破案路子都是正确的，而且……"

德博拉转身看着钱伯斯，好像是他把萨曼莎·阿尔多瓦藏起来的似的。"我要做的是找到那个女孩，"她边说边用手指戳着钱伯斯的胸口，"这个死家伙会告诉我怎么找到她。"

钱伯斯平静地抓住德博拉的手指，然后把它推回给德博拉，慢慢地，小心翼翼地。他把手放在她的肩膀上，把脸凑近她，说："我希望他能说出我们需要的东西，但是不管他说不说，你都要按规则去做，不要冲动，别给自己找麻烦，明白吗？"

德博拉气愤地盯着他，他也回视着，谁都不眨一下眼睛，两人都屏住呼吸不出声，就这样持续了好几秒。我清清嗓子打破沉默。"啊，那个，"我说，他们一起瞪向我，"我真不愿意打断你们，但是时间不等人，对吧？"我边说边向窗子里面的查宾点点头。

他们都盯着我。钱伯斯扬起一侧的眉毛，看着德博拉，她也回看着，最后点点头，僵局打破。

"你的搭档呢？"钱伯斯问，"他应该在这儿和你一起做这件事儿。"

德博拉摇摇头。"他不接电话，我没法儿等他了。"她说。

"好吧，那我和你一起审。"钱伯斯说。他转向我，那冷酷的蓝眼睛里放射出的目光能伤人。"你待在这儿。"他说。我一点儿都不想跟他理论。

我透过审讯室的玻璃窗看着他俩进去，从监听的扬声器里，我能听到审讯的内容。德博拉说："查宾，你的麻烦太多了。"他连头都没抬。德博拉站在离他三英尺远的地方，手臂交叉抱在胸前："你跟我说你什么都没吃是什么意思？"

"我要找律师。"查宾说。

"绑架，谋杀，吃人。"德博拉说。

"是弗拉德，都是弗拉德。"他说。

"弗拉德让你做的？你是指博比·阿科斯塔？"

查宾抬起头看看德博拉，张着嘴，然后又低下头。"我要找律师。"他说。

"你告诉我们博比在哪儿你的麻烦就会少一点儿，否则……那是会五百年监禁的，如果他们不判你死罪的话。"德博拉说。

"我要找律师。"查宾说。他又一次抬起头，这次看向了桌子对面的钱伯斯。"我要找律师。"他重复道。然后他跳起来大嚷着："我他妈的要找律师！"

接下来的两分钟依然如此，没什么有用的信息。查宾喊叫着要找律师的声音越来越大，除了那几个反复喊叫的词儿，他什么都没说。钱伯斯试图让他安静，让他坐下。德博拉依然站在那儿抱着手臂，瞪着他。当钱伯斯最终设法让查宾坐回到椅子上后，他拉着德博拉走出了审讯室。

在走廊里，我看到了他们，正好听到钱伯斯说："你知道我们他妈的现在得给他找一个。"

"去你妈的，钱伯斯！"德博拉说，"我有手续，可以扣留他二十四小时！"

"他要求找律师。"钱伯斯说，就像告诉小孩晚饭前不能吃饼干似的。

"你要杀了我，你要杀了那女孩！"德博拉说。

我第一次看见钱伯斯脸上闪现出一丝红晕，他上前一步，站在德博拉面前。我想我会又一次见证妹妹人生中的一个新经历，我开始紧张，准备好随时过去拉开他们。但是钱伯斯做了一下深呼吸，把手放在德博拉的双臂上，非常认真地说："你的嫌犯要求见律师，法律规定我们必须给他提供，马上。"他盯着她，她回视着，钱伯斯松开她的手臂，走了。"我去找个公益律师。"他说着，消失在楼梯口。

德博拉看着他离开，很明显她脑子里在闪现一系列不愉快的景象。她回头看看审讯室的窗户，查宾依然坐在那儿，斜靠在桌子上。"靠，该死的钱伯斯。"德博拉说，她摇摇头，"如果戴克那个傻瓜在的话，就不会这样了。"

"如果你之前不把他支开，就不会找不到他了。"我说。

"去你妈的，德克斯特！"她说，然后转身走了。

迈阿密是一个法庭众多的城市，但是公益律师无比稀少。公益律师事务所一度拥有众多工作努力的好律师，但是现在已经成了年轻律师的训练所，他们都想去接可以使他们迅速崭露头角的案子，而不会为所谓的公益付出太多努力。

这也可以从另一个侧面体现我们这个案子有多么不同寻常，因为不到一个小时，一个精明的年轻女律师就出现在了我们面前，她愿意代表查宾。她穿着不错的职业装，效仿希拉里·克林顿①的最新风格。她昂首阔步，好像自己是美国正义的化身。她手里拿着一个文件箱，可能比我的车都值钱。她拿着它走进审讯室，坐到查宾对面，把文件箱放到桌子上，清脆地跟警卫说："我需要关掉所有监听设备和录音设备，马上。"

警卫是个上了年纪的家伙，好像自打尼克松②辞职以后，就对什么都无所谓了。他只是耸耸肩，说："当然，可以。"然后就走出去关掉所有设备，监听室里说什么都听不到了。

我身后有人说"靠"，我知道那是我妹妹回来了。我回头看了一眼，没错，德博拉正瞪着那个无声的房间。查宾的新律师身体倾斜过去，快速地说了几分钟，他抬头看着她，似乎兴趣越来越大，开始和她交谈。律师拿出一个文件夹记笔记，然后问了他几个问题，他都立刻回答。

也就过了十或十五分钟，律师起身走了出来。德博拉过去见她。她上下打量了一下德博拉，眼神里没有一点儿肯定之意。"你就是摩根探长？"她问道，语气冷得能结冰。

"是的。"德博拉也冷冷地答。

---

① 美国第六十七任国务卿，前联邦参议员，美国著名律师、政治家，美国第四十二届总统比尔·克林顿的妻子，美国前第一夫人。
② 第三十七任美国总统，美国历史上第一位在任期内辞职的总统。

"你就是去逮捕他的人？"律师的语气好像当她是幼童强奸者。

"是的。"德博拉说，"你是？"

"迪万达·胡普尔，公益律师。"她介绍自己的语气好像这个名字是大家都应该知道的，"我认为你们应该释放查宾先生。"

德博拉摇摇头，说："我不这么认为。"

胡普尔女士露出她整齐的牙齿，当然也可以管这样子叫微笑："你怎么认为不重要，摩根探长，非常简单，用一个简单的解释就是你没有证据。"

"这个坏蛋吃人肉，他知道我要找到失踪女孩的线索。"德博拉愤怒地说。

"天哪，你有证据吗？"胡普尔女士说。

"他要逃走，他还说他什么都没吃。"德博拉说，越发暴躁。

胡普尔扬扬眉。"他说他没吃什么？"她语气柔缓地说。

"意思很明确。"德博拉说。

"对不起，我不明白是什么意思。"胡普尔说。

德博拉深呼吸一口气，从牙缝里挤出一句："胡普尔女士，你的当事人知道萨曼莎·阿尔多瓦在哪儿，保护她的生命很重要。"

胡普尔女士的嘴咧得更大了。"再重也重不过人权法案，你必须释放他。"她说。

德博拉看着她，我看见她在颤抖。"胡普尔女士……"她最后说。

"怎么，探长？"

"当我们告诉萨曼莎的父母他们的女儿死了，这个家伙本来能救她，但是我们放他走了的时候，我要去，你也得在场。"德博拉说。

"这不在我的工作范畴之内。"胡普尔说。

"但这是你造成的。"德博拉说。胡普尔律师没说话。德博拉转身走了。

在交通高峰时段，我以龟速开车回家，一路上百思不得其解。许多诡异的事儿同时发生，萨曼莎·阿尔多瓦与迈阿密的食人事件，德博拉奇怪的感情崩溃，我兄弟布赖恩让人心烦的从天而降。也许所有事情里面最奇怪的是迎接这一切难题的新生之后的德克斯特，他不再是狡猾的黑夜之神，而已经脱胎换骨为老爹和住家好男人。

可是此刻我没和家人在一起，而是把全部的时间花在没意义地追踪坏人这件事情上。那女孩我完全不认识。工作是应该的，但这能成为我不管自己新出生的孩子以及所有这些加班加点的理由吗？只是为了支持德博拉对家庭的渴望？这不是有那么一点儿矛盾吗？

更奇怪的是，当我琢磨这些的时候，我的心情变得很不好。我，黑夜之神德克斯特，现在不仅仅有感觉了，而且还感觉不好，吓得我都不敢往下想了。本来我一直鼓励自己转变，可是实际上我已经从开心的切割手变成了一个从孩子身边缺勤的爸爸，这跟虐待儿童没什么两样，我的心情怎么能好呢？

内疚和羞愧的感觉席卷了我。原来为人父的心情是这样的。我有三个很棒的孩子，他们只有一个我。他们本应该从我这里得到更多的关注。他们需要父亲在身边指导他们的人生，却赶上我这样一个显然更愿意帮别人找到女儿而不是陪自己的孩子玩儿的父亲。这太可怕、太没人性了。我并没真正转变，我只是变成了另外一种不是人的家伙。

两个大孩子，科迪和阿斯特仍然喜欢邪恶的欲望。他们想让我教他们做黑暗的游戏。我不仅对这个渴望视而不见，更糟糕的是，我从来没设法把他们的兴趣转移开，这是错上加错。我知道必须好好花时间和他们在一起，把他们带回光明世界，告诉他们生活里还有更好的快乐，比任何一把刀能带来的都深刻。要做到这一切，我必须待在他们身边，和他们一起做事情，可是我没做到。

但应该还来得及，也许我仍然能够在他们的成长过程中留下印记。我毕竟不可能仅仅靠想就能脱胎换骨，变成崭新的父亲。我太嫩了，必须给自己一点儿信心，我还要学很多东西，不过我毕竟在努力。孩子们都是不记仇的。如果我真的从现在开始，特别用心地向他们表示事情已经变了，他们真正的父亲就在这里，他们当然会回报以愉快和尊重。

　　这么一想，我的心情立刻好转。德克斯特老爹又找到了方向。好像为了证明事情已经像大慈大悲的老天爷希望的那样回归正常轨道，我看见左手边的一大片商业区中有一家大型的玩具商店。我毫不犹豫地拐进停车场，停好车，下车走进商店。

　　我环顾商店，可是不怎么喜欢看到的场面。一排又一排的货架上都是凶杀暴力的玩具，简直像是专为昔日德克斯特的孩子设计的专卖店。有剑、刀、光剑、机关枪、炸弹、手枪、来复枪、塑料子弹、彩弹、孩之宝①玩具枪，以及能把你朋友或你朋友的城堡轰翻的火箭。一个通道又一个通道，都是杀人游戏玩家的训练装备。难怪我们的世界是一个差劲儿的暴力的所在，难怪有像昔日的我那样的人。如果我们教给孩子们的是杀戮很好玩儿，如果时不时有聪明的孩子真的学会了，我们还要惊讶吗？

　　我从毁灭性玩具的区域走过去，最后到了一个小角落，上面挂着"教育类"的牌子，有几层的太空船、科学组合玩具、棋类。我仔细找着，想找到对路的。没错，得是教育类，但又不能是单调的、书呆子气的，也不能是一个人玩儿的，比如组合玩具。我想要既有启发性又寓教于乐的，还得是大人和孩子都喜欢的。

　　我最终挑了一款"班级第一"的测试游戏。一个人提问，其他人轮流回答。太好了！这会把家人聚在一起，每个人都能学到东西，而且充满兴趣。科迪必须说整句。不错，就是它了。

　　朝收银台走去的路上，我经过一排有声书，就是那种有一排按钮，按下去可以发声的书。有几本童话，我马上就想到了莉莉·安。这能培养她一辈子都爱阅读。我给她念故事，她则可以按下正确的按钮。这不买不行，我挑了三本最有意思的童话。

　　我把车开进家所在的街道时，天已经黑了。七分圆的月亮孤零零地低悬在地平线上，用寂寞的声音召唤我，哀伤又挑逗地提醒我别忘了在这样一个

---

① 美国著名玩具公司。

夜晚，德克斯特能用刀成就什么。"我们知道查宾住在哪儿，"它低语道，"我们能把他切了，让他告诉我们很多有用的信息，大家就都高兴了。"

有一会儿，我被这充满诱惑的勾引给说动了，这充满毒性的黑暗旋涡席卷着我，逗得我想拔腿就走。可是我感到了手里抱着的书和玩具的分量，这把我从月光催醒的欲望中拉回到新生代德克斯特脚下的大地。不能再这样了。我不能屈服于月亮的召唤。我狠狠地骂了几句，把黑夜行者推回他的老巢，深深的、冷冷的所在。他必须知道我再也不是以前的我。

我在自家门前停下车，看见布赖恩的车已经停在那里，我发现自己还叫德克斯特笨蛋，因为我不知道这兄弟到底想干什么，我只知道不管他想干什么我都不喜欢。他代表我的过去，我再也不想回去，我不想要任何过去的痕迹出现在莉莉·安身边。

我下了车，围着布赖恩的小红车慢慢踱步，发现自己简直把它当成了真正的危险。这太傻了。以布赖恩的作风，他不会把车变成炸弹，而是用手中的刀切割，就像过去的我一样。我走近前门，听见从里面传出孩子们兴高采烈的尖叫。在所有的荒诞事儿中，这是最糟糕的，我竟然感到愤恨、怀疑，因为很显然孩子们不需要我也可以这么开心。

所以当德克斯特老爹推开门看到他的小家加上他的兄弟围坐在电视机前的时候，他感到很困惑。丽塔抱着莉莉·安坐在沙发一角，布赖恩坐在另一角，阿斯特坐在他俩中间，每个人脸上都是开心的笑容。科迪站在他们和电视机之间，手里拿着灰色塑料的什么东西，他朝着电视机挥舞着，跳上跳下，大家都在为他加油。

我走进家里，除了科迪，每个人都看了我一眼，然后又看向电视机，好像没认出我是谁。只有布赖恩仍然紧紧地盯着我，他那夸张的假笑变得更大了，因为他看出来我很想弄明白自己家里正在发生的是怎么回事儿，可更糊涂了。

接着大家的欢呼变成了一个拖长的"啊——"，科迪突然不高兴地从电视屏幕那边跳开。

"科迪，你很棒！"布赖恩眼睛仍然瞪着我说道，"非常非常棒。"

"我得了高分。"科迪说，令人惊讶地说了长句，这对他来说不亚于长篇演说。

"是的，没错。"布赖恩说，"来看看你姐姐能不能赢你。"

"我当然能！"阿斯特喊道，一蹦老高，挥着另一个塑料物件，"你完蛋了，科迪！"

"谁能告诉我这到底是怎么回事儿？"我问道，自己都听出了凄惨的意思。

"哦，德克斯特，"丽塔说，她看着我的眼神好像第一次发现我是平庸无奇的人，"布赖恩他……你哥哥给孩子们买了 Wii①，这真……但他不肯……"她继续说着，却又转回身去看电视，"我是说，太贵了，而且，你能问问他吗？因为……哦，阿斯特太棒了！"丽塔兴奋地跳了一下，把莉莉·安的头颠得晃了晃。显然我脱光衣服把自己点燃也不会有人注意，除了布赖恩。

"这对他们的确有好处，"布赖恩带着一脸柴郡猫②的笑容对我说，"非常好的运动，可以让他们掌握运动技巧。而且，"他耸耸肩补充道，"充满乐趣。你也应该试试，兄弟。"

我转身走开。看到丽塔和孩子们都沉浸在这个新玩意儿的乐趣中，我胳膊下夹着的盒子瞬间变得沉重而没用。我任由它掉在地板上，脑海中浮现出一幅卡通画面——德克斯特眼含泪水冲进屋子，脸朝下扑倒在床上，用哭声洗涤心中的伤痛。

为了全世界坚强慈爱的父亲们的形象着想，那卡通画面太荒唐了。我只是深吸了一口气，说道："哎呀！"然后弯腰捡起盒子。

沙发上没我待的地方，于是我走过快乐的人们身边，感觉到他们扭着身子躲过我的遮挡，不想错过屏幕上任何一个阿斯特奋力拼搏的瞬间。我把东西放到地板上，很不安乐地坐进安乐椅中。我感觉到布赖恩的目光，但我没

---

① 任天堂家用游戏机。

② 英国作家刘易斯·卡罗尔创作的童话《爱丽丝漫游奇境记》中的角色，形象是一只咧着嘴笑的猫，拥有凭空出现或消失的能力，甚至在它消失以后，它的笑容还挂在半空中。

看他，只是专心地装出一副很礼貌的兴致盎然的样子。过了一会儿，他收回目光去看电视。对于其他人来说，我已经完全消失了，就好像根本没有出现过一样。

我看看科迪和阿斯特，他俩轮流体验着这昂贵的玩具。这会儿他们换了一种杀戮游戏，武器从枪换成了剑，但那刀锋不能激发我任何兴致。我真希望德博拉这会儿出现，布赖恩就待不下去了，更重要的是，我就可以对她说："瞧你想拥有的孩子、家庭，哈哈！"我可以苦涩地笑一笑，嘲讽一切家庭的薄情寡义。

阿斯特使劲儿尖声喊道："啊——"科迪跳起来接着玩儿。他们长大后会变成什么样儿？变成目光呆滞装腔作势的残忍的人，就像布赖恩和我，随时能自相残杀。这有什么意义？他们的童年笼罩着这样的阴影，等他们长大，明白我现在的担心，已经积重难返。太难了，我都想放弃这新获得的人性，干脆地投奔到外面如水的月光中，找到什么人来杀，不需要精心挑选，只有突然爆发的兽性的释放，就像布赖恩干的那样。

我看向我兄弟坐的地方，他和我的妻子坐在我的沙发上，让我的孩子们比跟我在一起时快乐。这就是他来这儿的目的？成为我，但又胜过我？我心里油然生起一种情绪，介于恼火和愤怒之间，我决定今晚跟他挑明，要求他说清楚他的目的，让他停止。如果他不听我的，行，我就告诉德博拉去。

我冷冷地但是有礼貌地坐在那儿，脸上的微笑完全是装的，就这样又过了充满开心尖叫的半小时。连莉莉·安都似乎很开心，这让我觉得自己彻底被背叛了。她眨巴着眼睛，当阿斯特叫起来的时候，她也会挥着小拳头，然后又缩回到丽塔的怀里，比以前除了喂奶的其他任何时候都显得更兴奋。最后，我连多一秒都没法儿再装下去了，我清清喉咙说道："嘿，丽塔，你晚餐准备什么了？"

"什么？"丽塔说道，看都没看我，仍然沉浸于游戏中，"你有没有……哦，科迪！对不起，德克斯特，你说什么？"

"我说，"我一字一顿地说，"你晚上准备什么吃的了？"

"当然了，"她还盯着电视，"我只需要……哦！"她这下是真吓了一跳，不是被游戏，而是墙上的钟表，"哦，天哪，都过八点了！我简直都……阿斯特，布置餐桌！哦，天哪，明天还要上学！"

我有点儿幸灾乐祸地看着丽塔终于从沙发上跳起来，把莉莉·安扔给我，一边唠叨一边冲进厨房。"看在上帝的分儿上，哦，我知道它烤焦了，我怎么……科迪，把银质餐具拿出来！我从来没这么……阿斯特，别忘了给布赖恩伯伯拿一套！"紧接着是几分钟的叮当乱响，打开烤箱的声音，布置锅子碗盘的声音，生活终于又回归正轨了。

科迪和阿斯特看着对方，显然舍不得离开电视去吃饭，然后一言不发地同时看向布赖恩。"好啦，来吧，"他欢快地假笑着说，"你们要听妈妈的话。"

"我还想再玩会儿。"科迪说。

"那肯定，"布赖恩说，"但现在你不能玩儿了。"他使劲儿笑了一下，我看出他是真心想显得诚恳，但装得比我差远了，完全不能跟我比。可是科迪和阿斯特显然很买账。他们互相看一眼，点点头，就去厨房帮忙布置餐桌了。

布赖恩看着他们走开，然后转过头对着我。他扬起眉毛，做出一副很礼貌的好奇的样子。他自然不想知道任何我想跟他说的话，但我深吸一口气准备开口，却发现我也说不出什么。我满心想谴责他，可是关于什么呢？给我的孩子们买了个昂贵的玩具，而我买的要便宜得多？名义上带孩子们去吃中餐，而实际上干了别的坏事儿？趁我忙别的事儿，来我家扮演我的角色？情绪复杂得让我说不出话。更糟糕的是，我坐在那儿，大脑一片空白，嘴巴张开，莉莉·安打了个嗝儿，我的衬衣突然糊满了发酵的牛奶。

"哦，天哪！"布赖恩说道，完全和真的一样。

我站起身，小心翼翼地抱着莉莉·安朝走廊尽头走去。卧室有换尿布的台子，架子下面放着一堆干净的毛巾。我抓了两条，一条准备擦呕吐物，一条用来挡在我和孩子之间，避免我衬衫上没擦干净的残余物弄脏她。

我回到安乐椅上坐下，把第二条毛巾垫在肩膀上，让莉莉·安脸朝下趴在上面，轻轻地拍着她的后背。布赖恩又在盯着我瞧，我张嘴准备说点儿什么。

"晚饭好了。"丽塔使劲儿朝房间里喊道，两只戴着大号厨房棉手套的手里捧着一只大盘子，"我怕没有……我是说，并没有烧焦，就是有一点儿干。阿斯特，把米饭盛到蓝色的碗里。科迪，坐下。"

晚饭吃得兴高采烈，起码对两个游戏斗士来说是这样。丽塔没完没了地为柠檬煎软鸡道歉，她确实应该道歉。这本是她的拿手菜之一，可是让她给烤干了。科迪和阿斯特发现她窘迫不安的样子特别好玩儿，于是开始带着点儿残忍的意思逗她。"干了。"科迪说道，这时丽塔已经道过三次歉了。"跟平常不一样。"他朝布赖恩坏笑一下。

"是啊，我知道，可是……真抱歉，布赖恩。"丽塔说。

"哦，很好吃。完全不用担心，亲爱的女士。"布赖恩说。

"完全不用担心，亲爱的妈妈。"阿斯特优雅地学着，然后她和布赖恩大笑起来。如此这般直到晚饭吃完，两个孩子被允许上床睡觉前再玩儿十五分钟游戏，他们跳起来去收拾餐桌。丽塔把莉莉·安抱走去换尿布。此时，布赖恩和我隔着餐桌坐着。这会儿该说话了，把事情挑明，我一定要抓住这个机会。

"布赖恩……"我说。

"怎么？"他说着，扬起眉毛。

"你回来干什么？"尽量不显得是在责备他。

他做出一副卡通片人物的惊讶表情。"干什么？当然是和我的家人在一起。"他说，"还可能有什么别的原因？"

"我不知道有没有别的原因。"我说，更生气了，"可是肯定有别的原因。"

他摇摇头。"你为什么那么想，兄弟？"他说。

"因为我了解你。"我说。

"未必，"他说道，眼睛紧紧地盯着我，"你只知道我的一小部分。我觉得……哦，妈的！"一小段《女武神的骑行》乐曲从他的口袋里传出。他掏出手机看了一眼，说："哦，天哪，我得赶紧走人，尽管我愿意跟你聊会儿，可是我得跟你妻子道歉。"他迅速站起身，走进厨房，随后我听见他花言巧语地表达感激和歉意。

全家都跟着他来到前门，我在大家恨不得跟着他出门之前截住了他们，并且坚定地把门关上，把他和我们隔开。"布赖恩，"我说，"我们得再谈几句。"

他站住，转身对着我。"好啊，兄弟，我们可以，"他说，"像老哥俩似的聊聊，抚今追昔什么的。跟我说说，你打算怎么找到那个失踪的女孩？"

我摇摇头。"我不想说这个。"我决定跟他把话说开，可是他的手机里又响起了瓦格纳的旋律，他瞥了一眼，关掉了。

"下回吧，德克斯特，"他说，"我现在真得走了。"我还没来得及反对，他就在我肩膀上蹩脚地拍了两下，急匆匆地朝他的车走去。

我看着他开车远去，心里聊以自慰的是肩膀上他刚才拍过的地方被莉莉·安吐过，还是湿的。

站在那儿目送布赖恩的尾灯消失在远方，我的不快并没有随之消失。它越来越高涨，像月光一样倾泻到我身上，掺杂着恼怒，还有那毒蛇般的低语："和我们一起来吧。到黑夜中来，来尽情游戏，你的心情会好得多……"

我把那念头推开，坚定地固守着新生自我的防线，可是月光回涌，更加猛烈地摇撼着我。我闭上眼，再次抵抗。我想到了莉莉·安，想到了科迪和阿斯特，还有他们对布赖恩的巴结，其他鸡毛蒜皮的不愉快又涌上心头。我又把它们压下去，去想德博拉和她内心深处的不快乐。她一直都很想抓到维克多·查宾，却不得不放他走。我想让她开心，也想让孩子们开心——那邪恶的细小声音又在说："我知道怎么让他们开心，你也知道。"

我想了一下，现在所有的事情都顺理成章，准确而透彻地指向一个方向。我仿佛看见自己潜入黑夜，随身带着强力胶带和刀……

我又使劲儿抵挡了一次，那画面破碎了。我深吸一口气，睁开眼睛。月亮还挂在天上，朝我期待地放着光，我坚定地摇摇头。要坚强，要战胜自我。

我转过身，带着脆弱的决心快步朝家走去。

丽塔还在清理厨房，莉莉·安在婴儿床里吹泡泡，科迪和阿斯特已经坐在沙发上，对着电视继续玩儿游戏。现在是时候把事情理顺了，驱逐布赖恩的阴影，把孩子们从黑暗中带回来。这应该不难办，我能做到。我径直朝科迪和阿斯特走去，站在他们和电视之间。他们抬起头看看我，好像今晚第一次注意到我的存在。

"怎么啦？"阿斯特说，"你挡着我们了。"

"我们得谈谈。"我说。

"我们正在玩儿'龙刃'游戏。"科迪说。我不喜欢他的口气。我看看他，又看看阿斯特，他俩也看着我，脸上带着理直气壮的恼火表情。我俯下身，拔掉 Wii 的插头。

"嘿！"阿斯特说，"你把游戏清除了，我们得从一级玩起了！"

"我会把游戏扔了。"我说，他们同时把嘴巴张得老大。

"不公平。"科迪说。

"完全和公平无关，"我说，"而是和对错有关。"

"根本没道理，"阿斯特说，"对的就是公平的，你说过……"她还要往下说，看见我的表情就打住了。"怎么啦？"她说。

"你们根本不爱吃中餐。"我严厉地说。两个小家伙茫然地看着我，又互相看看，我刚刚说出口的话在我自己听来都非常荒谬。"我的意思是，"我说，他们又掉转目光看着我，"你们和布赖恩出去那次，我兄弟……布赖恩伯伯。"

"我们知道你说谁。"阿斯特说。

"你们跟妈妈说你们出去吃中餐，"我说，"你们撒谎。"

科迪摇摇头，阿斯特说："他跟她这么说的，要是我们会说去吃比萨了。"

"可那也是撒谎。"我说。

"可是德克斯特，你跟我们说过，"阿斯特说道，科迪在一旁点头，"妈妈不用知道这些，就是……这些事情，所以我们必须跟她撒谎。"

"不，你们不能这样。"我说，"你们不能再这么干了。"

他们的脸上浮现出震惊的表情。科迪困惑地摇摇头，阿斯特脱口而出道："可是这不是……我是说，你不能真……你什么意思？"这是她有生以来第一次听上去跟她妈妈很像。

我坐在他们中间。"你们那天晚上跟布赖恩伯伯干什么去了？"我问，"就是他说带你们去吃中餐那次？"

他俩互相看看，一场对话无声地进行着。科迪回头看看我。"流浪狗。"他说。

我点点头，一股怒气升了起来。布赖恩把他们带出去，给他们找了一条流浪狗做实验，我就知道会是这样。奇怪的是，当我把自己架到正义的道德高地上，想对他们的行径进行抨击的时候，一个细小的声音在我耳畔低声说本来应该是我带孩子们去做这件事儿，本来应该是我手把手地教他们如何用刀，对他们谆谆教导，向他们解释，引导他们追捕、切割，告诉他们怎么在游戏结束以后清理现场。

可这又是多么荒唐呢。我现在想让他们远离黑暗，不想让他们知道其中的乐趣。我摇摇头，让自己理智一些。"你们做得不对。"我说。他俩又困惑地看着我。

"你什么意思？"阿斯特说。

"我是说，你们不能再这样了。"

"哦，德克斯特，"丽塔冲进来，一边在洗碗毛巾上擦着手，"你不能再让他们玩儿了，他们明天还要上学。看看时间，天哪，你们还没……过来，你们两个，赶紧准备睡觉。"我连眼睛都没来得及眨，她就把他们轰走了。科迪在被妈妈推进走廊之前回头看看我，满脸困惑、受伤和生气的表情。

他们三个进了浴室，水声和刷牙的声音响起，我垂头丧气地咬着牙。没一件事儿对头。我努力想把我的小家团结起来，却被我兄弟抢先一步。我正要跟他摊牌，他却溜走了。我刚要规劝我的孩子们走上正路，却在关键时刻被打断。现在孩子们生我的气，丽塔拿我当空气，我妹妹忌妒我，而我还是对布赖恩的意图毫无所知。

　　我尽自己所能拼命想成为崭新的自己，成为干净正直的住家好男人，可是每一次我都被狠狠地打倒。我越来越生气，直到气愤变成愤怒。蔑视像冰冷的酸雨沐浴我的全身。对布赖恩，对丽塔、德博拉、科迪和阿斯特的蔑视，对这愚蠢的跛脚的流着哈喇子的丑恶世界的蔑视——

　　在这所有的蔑视之中，是对我自己——笨蛋德克斯特的蔑视。他还妄想在阳光下坦然做人，闻闻花香，看看玫瑰色天空上的美丽彩虹，却忘了太阳几乎总是被乌云遮盖，花朵总是带刺，彩虹永远遥不可及。你可以尽情做梦，可梦总是会醒。我痛苦地了解到了这一点，每一次新的发现都给我带来更深的失望，我现在只想扼住谁的喉咙使劲儿掐……

　　丽塔和孩子们夜间祈祷的嗡嗡声传来。我不知道他们在念什么，这让我更加恼火地发现，我其实算不上什么德克斯特老爹，或许永远成不了。我站起身，我必须走动一下，让自己平静下来。我走进厨房，洗碗机正在轰鸣；走过冰箱，制冰机正在发出响声。我走过洗衣机和烘干机，来到房子后面。我周围的一切，房屋的各个部分，每样东西都干净、运转良好，家庭应该有的一切都各就各位，发挥着各自的功能，除了我。我天生就不属于这里，不属于任何一个家庭。我属于利刃反射的月光，属于强力胶带划过空气的声音，属于坏蛋被利落仔细地捆绑好后，在死神面前发出的呜咽。

　　但我却拒绝这一切，拒绝接受本来的我，费劲儿地让我自己挤进一幅甚至并不存在的图画，显得像个彻头彻尾的傻瓜。难怪布赖恩不费吹灰之力就抢走了我的孩子们。我永远都没法儿把他们从黑暗中带走，因为我都没有让他们见识过我的邪恶力量。

　　在一个充满邪恶的世界，我怎么可以把我的利刃变成一把普通的犁头？还有这么多使命没有完成，还有这么多坏人没被规则教训过，德克斯特的规则——即便在我自己的城市，居然还有食人族逍遥法外。难道我就坐在自家沙发上打毛线，让他们对萨曼莎·阿尔多瓦之类的人为所欲为？她也有父母，她被她的父母爱着，就像我的莉莉·安被我爱着一样。

　　这想法一出现，又激起了一轮更大的怒火，我所有的克制都瓦解了。说不定哪天这事儿也会发生在莉莉·安身上，而我没做什么去保护她。我这个自我逃避的蠢货。我容忍坏蛋为所欲为，如果哪天他们对莉莉·安或是科迪和阿斯特下手，这就是我的错误。我有能力保护我的家庭免受这邪恶世界的欺凌，我却希望善良的愿望能让魔鬼退却，而事实上它就在我的门口咆哮。

我站在后门处，透过窗户看着后院。云层遮住了月亮，院内一片漆黑，这就是现实的情景。只有黑暗，遮住了棕黄色的草地和泥土。除了黑暗、腐败、肮脏，什么都没有。我改变不了这一切。

云层掀起一角，洒下几缕月亮的清辉，黑暗被照亮，嗞嗞的低语响起："除了一件事儿……"

这想法让一切问题迎刃而解。

"我马上回来。"我们对丽塔说道，她抱着婴儿坐在沙发上，"我有东西忘在了办公室里。"

"回来？"她困惑地颤声问道，"你是说你去……可是夜已经深了！"

"是啊。"我们说。想到门外那丝绒般的夜晚即将带来的兴奋，我们微笑，牙齿上闪过一道寒光。

"哦，可是难道你……明天不行吗？"她说。

"不行。"我们说，声音中带着快乐的疯狂，"没法儿等，是我今晚必须完成的工作。"

我们的表情清楚地表明了这件事儿的紧迫性。丽塔皱了皱眉，但是只说了句："哦，我希望你……我已经把尿布桶倒空了，你能把垃圾袋和……"她跳起来冲进走廊，没几秒就回来了，手里抓着一个垃圾袋。她把袋子丢过来，说："你出去的时候……你真的要走吗？我是说，不会太久吧？开车小心，不过……"

"不会太久。"我们说着，急不可待地出了门，投入夜的怀抱。月亮那纤细的手指穿过云朵，许诺我们一个洗净一切烦恼的美妙夜晚。痛苦和烦恼来自于要做过去不是、将来也不可能是的另一个自己。现在，我们急急忙忙地把垃圾袋丢到车后座的地板上，那里有要用到的游戏工具。我们钻进车里。

我们穿过稀疏的车流向北开去，朝着办公室的方向，只不过不是白天那个混乱的办公室。我们向北开过机场，上了驶向北迈阿密海滩的环形公路，现在我们减慢速度，仔细地搜索记忆中的小路，它将通向一座廉价小区里小小的黄色房屋。

德博拉说过，俱乐部要在十一点以后才开门。我们小心地开过去，看见里面的灯光。门前车道上有一辆以前没见过的车停在那里。当然，是母亲的车，这很对头，她白天开车去上班。靠近房子的阴影下是一辆野马，他还在家。还不到十点，南海滩离这里没多远。他应该在屋里，享受他那不配有的自由，还觉得理所当然。

我们绕着街区转了一圈，观察是否有异样的迹象，一切如常。我们继续开过四个街区。一座房子外面是一个大垃圾箱，放在植物过度茂密的院子旁，这正是我们要的。房子周围漆黑一片，两扇门的距离之外有盏灯亮着，四下静悄悄的。带垃圾箱的房子堪称完美。被银行收回的无主空房，等着有人前来实现新的梦想。很快就会有人来了，不过不是什么美梦。我们在一个街区外一盏破了的路灯下的篱笆外停好车。我们慢慢下车，该发生的事儿马上就要发生，马上。

空房后门引不起任何人的注意，它被轻轻地、迅速地推开。屋里一片漆黑——除了厨房，在那里，一束月光倾泻而下，照在桌子上的大切肉案板上，我们一看见它，内心的低语就欢快地唱了起来。这房间对我们要进行的工作来说简直完美无缺，桌子上还放着半盒垃圾袋。

要抓紧了。我们将垃圾袋剪开，让它变成单面的塑料布，然后将它仔细地铺在案板、台面周围的地板以及附近的墙面上。任何在游戏过程中有可能溅上红色斑点的地方都盖上了。一切准备就绪。

我们快步走回黄色的小房子。现在我们双手空空，因为什么也不需要，除了一小卷渔线。承重五十磅的渔线，不管是牵引还是拖曳都恰如其分。只等那淘气的游戏伙伴接近灯光，渔线将呼啸着穿过空气套在他的脖子上，他将在惊讶中听到一个声音说"来吧，跟我们走吧，来了解你的极限"。他没得选择，只能跟随。

与这想法随之而来的是稍显粗重的呼吸，我们停下来，让它平静，让冰冷的手指舒缓紧张的神经。

我们双目圆睁，注视着阴影的轮廓，扫视着阴影下任何一个可疑的迹象和动作，看是否有人在注意我们。没有，什么都没有。没有喧哗骚动，没有秘密隐藏。我们是今夜唯一的猎手。我们准备好了。

我们闪进隔壁房子的篱笆阴影下，隐蔽地慢慢接近，直到黄色小屋的墙角。我们深深而安静地呼吸，让自己成为暗影的一部分。

谨慎而安静地接近，一切都同预想的一样，我们已经在野马车门旁边。

车门没锁。这小畜生把事情变得毫无难度。我们溜进后座，趴在地板上，与黑暗融为一体，我们等待着。

远处传来一声叫喊。前门开了，争吵的尾声传了出来。

"律师让这样做！"他用那讨厌的声音怒气冲冲地喊道，"我现在要去上班了，好吗？"他狠狠地关上门，冲到野马车旁，开门的时候还在嘟嘟囔囔地抱怨着。他一屁股坐到方向盘后，掏出钥匙，启动引擎。他背后的影子迅猛跃起，渔线呼啸着套上他的脖子，锁住了所有念头和空气。

"不许出声，不许动。"我们用可怕而冰冷的声音说道，他猛地停止挣扎，"听好了，按我们说的做，你可以多活一会儿，明白了吗？"

他僵硬地点头，眼睛惊恐地凸出，脸色因为缺氧而慢慢变暗。我们让他尝尝这个滋味，让他知道停止呼吸的感觉，这只是预先告知他将要来临的是什么，让他感受到当呼吸停止后，那无边无际的黑暗。

我们又拽了一会儿，让他明白我们可以拉得更紧，紧到结束一切。他的脸变得更暗了，眼睛鼓得要掉出来，因为充血而炯炯发光。

我们放松一下，让他喘一口气，只一下，我们就再度拉紧。

"你的命在我们手上。"我们告诉他。我们声音中的冰冷权威让他忘了自己不能呼吸，只看到未来是那么危在旦夕。他张开手挥舞了一下，我们把渔线拉得更紧。

"够了。"我们说。他立刻停了手。"开车。"我们告诉他，轻微地松了一松，让他喘了一口气。

有一会儿工夫，他一动不动，我们又拉紧渔线。"快点儿。"我们说。他立刻抽搐着行动起来，表明他非常想讨好我们。他开动汽车，我们慢慢驶出车道，从小黄房子旁开走，离开他在地球上渺小肮脏的生活，投入黑暗而欢乐的月夜。

我们带他来到空房子前，进入我们准备好的屋内。这是用塑料布蒙好的房间，金色的月光从天窗射下，将切肉台照得像是宗教圣坛。它的确是献上供品的神坛。今夜我们就是祭司，部落的首领，我们将带他完成我们的仪式，向神表达我们的感恩。

我们把他带到案板那里，让他喘一小会儿气，让他看见什么在等着他。他的恐惧在增加，明白这一切都是为他准备的，他挣扎着想看看我们，想弄清楚这是不是一场玩笑。

"嘿！"他用已经毁了的声音说。他脸上现出看到熟人时的表情，他轻轻摇头。"你是警察，"他说，眼睛里闪出希望的光芒，变得勇敢起来，继续用刺耳的声音说，"你就是和那个臭娘儿们在一起的警察！狗娘养的，你可闯了大祸了！我肯定要让你这浑蛋蹲监狱，你个废物！"

我们收紧渔线，这次非常用力，他那肮脏的咒骂立刻停止，仿佛被刀切断了一样。他的世界又黯淡下去。他抓着脖子上的绳子，直到手指无力再抓，手臂垂了下来。他跪下去，摇摇欲坠。我们又拉紧渔线，直到他眼睛翻白，整个人像被抽去骨头一样倒在地板上。

我们开始迅速地投入工作，把他搬到案板上，把衣服割开，趁他还没醒将他用胶带绑好。他很快就醒来了，眼睛睁开，胳膊抽动着，想挣脱胶带，但都是徒劳。我们看了他一小会儿，他越来越害怕，我们越来越高兴。这就是我们想要的效果。我们是黑夜芭蕾的指挥，今晚是我们的音乐会。

音乐响起，我们将他带到舞蹈开始的地方，那死亡之舞的所在。刀刃锋利，手法迅捷，带着那著名的韵律，随着涌动的音乐在月光下起舞，直到最后幸福大合唱响起，欢欣，欢欣，全世界都是欢欣。

在终结之前，我们停下手。一个非常细微然而恼人的疑惑败坏了我们的快乐心情，它挥之不去。我们低头看他，仍然大睁着的充满恐惧的双眼在蠕动，他想躲避正在发生的事情，又清楚地知道还有更多更坏的事情即将发生。

"就快结束了，"一个声音低语道，"别停手。"

我们不会也不能停手，可是我们停了下来。我们看看在刀下蠕动的东西。我们已经基本完工，呼吸在慢慢减弱，可他仍然在拼命地祈求最后一丝希望。在戳破那个希望之前，我们必须了解一件事儿。一个细节，必须听到他亲口说出来，这一切才完整，我们才能开闸放水，让欢乐席卷大地。

"喂，维克多，"我们用冷淡的欢快口气说，"泰勒·斯巴诺尝起来味道怎么样？"我们把胶带从他嘴上撕开，他已经疼得太久，完全不理会撕胶布的痛苦了。他深深地喘息，慢慢地将目光锁定到我脸上。"她的味道怎么样？"我们又重复一遍。他点点头，接受了最终的结果。

"她的味道好极了！"他用刺耳的声音说道。他知道时间不多，只能让他说出最核心的真相。"她比其他的都好吃，非常……好玩儿……"他闭上眼，过了一会儿又睁开，希望的小火苗仍然在他眼中闪烁。"你现在能放了我吗？"他用刺耳的像个迷路的小孩般的声音说，尽管他知道答案是什么。

呼呼带风的翅膀将我们笼罩，我们几乎听不见自己的声音在回答"好的，你可以走了"。很快，他走了。

我们将查宾的野马车留在半英里外的便利店门口，钥匙还插在上面。这在迈阿密实在太过招摇，留不过整夜。到早上它就会被重新刷上漆，送上开往南美的船。我们得加快速度给维克多收尾，事情比预想的多了一点儿，但现在我们感觉好太多了，从自己的小车上下来，回到家的时候，几乎在哼着小曲儿了。

我仔细地把自己洗干净，感觉到兴奋在慢慢退去。德博拉会开心一些，我不会告诉她，当然不会。但今夜以查宾为主角的小戏剧让这个世界变得好一点儿了。

　　我也感觉好一点儿了。我平静了许多，不再紧张，能更好地处理最近这些乱七八糟的事情。我的确失败了，我会非常谨慎地确保这是最后一次。偶尔退后一小步不算什么，毕竟没有人能一次戒烟成功，对吧？我现在感觉好多了，这事儿不会再有第二次。结束了，披上我绵羊的皮，永远地结束了。

　　即便我立志重新做人，我还是感到黑夜行者的小爪子在抓挠，我几乎听见他在说："当然，直到下一次。"

　　我的反应把我们两个都吓到了。我勃然大怒，无声地呐喊："不！没有下一次！滚开！这次我是认真的！"随之而来的是一阵惊讶的静默，尊严和力量升了起来，又慢慢退去。我深吸一口气，慢慢吐出。查宾是最后一个，是我走向莉莉·安的未来之路的小小退却。不会有第二次。为了确认这一点，我又加一句："离我远点儿！"

　　没有回答，只有德克斯特城堡的门在远处关了起来。我边洗手边在洗手池上方的镜子中凝视自己。那是一个新生的男人在望着我。结束了，真的永远结束了。我不要再回到那黑暗中去。

　　我擦干手，脱下衣服扔到洗衣筐里，蹑手蹑脚地走进卧室。床边的表显示是两点五十九分，我安静地爬上床。

　　我刚睡着梦就尾随而来。我又举起刀，进行完美的切割。可是躺在桌上的不再是查宾，而是布赖恩。布赖恩被我用胶带绑在那里。他朝我做出大大的假笑，我透过蒙着他的嘴的胶带都能看见。我把刀举得更高，科迪和阿斯特站在我旁边，他们举起塑料的 Wii 手柄，对着我狠命地按。我被他们控制着放下刀，从布赖恩身边走开，又举刀伸向自己的喉咙。背后的桌子上传来莉莉·安的哭声，我转身看见莉莉·安被绑在桌子上，朝我伸着她美丽的小手指……

　　丽塔用胳膊肘捅着我，说："德克斯特，劳驾，醒醒。"我终于醒来。床边的表显示三点二十八分，莉莉·安正在哭。

　　丽塔在我身边哼哼着说："该你了。"说完就翻身拉过一个枕头压住自己的头。我起床，觉得四肢像灌了铅一样沉重，蹒跚着来到婴儿床边。莉莉·安正挥舞着小手小脚，我有一刹那分不清这是梦还是现实。我呆呆地站在那里，想弄个明白。莉莉·安小脸蛋上的表情开始变换，眼看就要大哭起来，我晃晃头，甩掉睡意。愚蠢的梦。所有的梦都很蠢。

我抱起莉莉·安，轻轻将她放到换尿布的台子上，轻轻地絮叨着没意义的词汇，让她安静下来。她安静下来，任由我给她换尿布。当我抱着她坐到旁边的摇椅里时，她扭动了几下，很快就睡着了。我的睡意退去，抱着她摇晃着，轻轻哼唱了好几分钟，我享受这一时刻简直到了荒唐的地步。当我确信莉莉·安已经睡熟，我起身小心地将她放回婴儿床里，给她把毯子四角掖好，做成一个小窝。

我刚躺回到我自己的小窝里没一会儿，电话就响了。莉莉·安马上哭了起来，丽塔说："哦，天哪。"

我从来不曾怀疑这个时间的电话会是谁打来的。当然是德博拉，她要告诉我又有什么紧急事情发生，如果我不马上赶去就会深深内疚。我想了一会儿，打算不接，她毕竟是成年人，应该自立。可是责任和习惯起了作用，同时加上丽塔的胳膊肘，"接啊，德克斯特，看在上帝的分儿上。"她说。最后我接了。

"喂？"我说，成心让语气里带着不满。

"我需要你马上来，德克斯特。"她说。她声音里带着真正的疲倦以及其他什么，似乎是她最近表现出来的痛苦，可是依旧压制着。我受够了。"我过来接你。"

"抱歉，德博拉，"我坚定地说，"上班时间已经结束，我需要和我的家人待在一起。"

"他们找到了戴克，"她说。从她的口气中我听出后面肯定不是好消息，但她继续说下去。"他死了，德克斯特。"她说，"死了，而且被吃了一部分。"

众所周知，警察都是铁石心肠，这是电视上的常见桥段。警察每天都要面对残忍、野蛮和稀奇古怪的事情，这是常人在日常生活中无法平静面对的。

所以警察得学会麻木不仁，面无表情地面对一切惊险。所有的警察都努力表现无情，也许迈阿密的警察更擅于此道，因为他们有更多的机会去实践。

所以如果到达犯罪现场的时候看见维护现场的制服警察惊愕的表情会感觉有点儿不同寻常，特别是还看见法医文斯·增冈和安杰尔·巴蒂斯塔面色苍白地站在那儿，一言不发。这些人平常都是看见人的肝脏裸露在外仍能谈笑风生，但是现在他们显然已经被恐惧刺激得一点儿都笑不出来了。

所有的警察都学会了在死亡面前戴一副毫无表情的面具——但是由于某种原因，如果死的是个警察，他们的面具就会被撕裂，情绪会像树干里的汁液流淌而出，即使这个警察对他们来说无关紧要，比如戴克·斯莱特。

他的尸体被遗弃在林肯街一个小剧场的后面，在一堆木材旁边，尸体被装在一个垃圾袋里，上面还遮着块帆布。尸体平躺在那儿，没穿衣服，双手戏剧性地在胸前紧紧握着一根木棍，木棍的另一头看上去已经扎到了心脏。

他的表情极度痛苦，大概是因为那根木棍刺穿了肌肤与骨头。很明显他是戴克，即使他脸上和胳膊上的肉都被咬掉了几块。即便是我，俯身看着他时，都会感觉有点儿心酸，虽然他是那个曾经让我妹妹讨厌的、有点儿可笑的前搭档。

"我们发现了这个。"德博拉站到我身旁说。她手里拿着个证物袋，里面有张白纸，纸的一角有一滴已经干涸的血迹。我从她手里接过证物袋，看见纸上有一句话，是普通打印机打印出来的艺术体大字，内容是："他与吃他的人意见不合。"

"我没想到食人族会这么有文化。"我说。德博拉盯着我，脸上的表情越来越失望。

"是呀，真可笑，特别是对于像你这种也乐于此事的人。"她说。

"德博拉……"我说着朝周围看看是否有人会听见我们的谈话，还好没人。从她的表情来看，我觉得她已经观察过了。

"这也是为什么我需要你过来，德克斯特，"她继续说道，带着火气，音调也越来越高，"因为我已经没耐心了，我失去了搭档，救萨曼莎·阿尔多瓦的时间在流失，我需要明白这个他妈的东西……"她停了一下，深深吸了口气，然后声音放低，"我得找到这些浑蛋，把他们抓起来。"她用手指点点我的胸口，声音更低，"只有你能帮我，你！"她又敲了我几下，"进入你的自我状态，与你的精神领袖对话，或者拿出你的占卜板，不管你怎么做，"她边敲我边一字一句地说，"你—现—在—就—去—做。"

"德博拉，"我说，"没这么简单，真的。"我想她有点儿故意误解我对黑夜行者的描述。他以前确实帮我们做出过正确的推测，但是德博拉显然把他当成黑夜福尔摩斯了，好像我能随时破案。

"那你把它弄简单点儿。"她说，然后转身走到另一边。

我深吸了一口气，把溅血分析箱放下，跪在戴克的尸体旁边，仔细地检查着他脸上和胳膊上的伤。几乎可以肯定是人的牙齿造成的，几处干涸的血迹表明这些伤口是在他心脏停止跳动之前形成的，他是被活食的。

有几处血是从木棍戳进胸口的地方流出来的，漫及整个裸露的躯干，说明木棍是他活着的时候戳进去的。也许是因为鲜血染红了衬衫，他们才给扒下来的。也许他们只是喜欢他的腹肌，这可以解释为什么腹肌被咬下了几块。

肚子上的咬痕周围有一点儿淡棕色痕迹，我认为不是血，很快我联想起在大沼泽地发现的那些东西，鼠尾草和摇头丸制作的聚会饮品。我从溅血分析箱里取出收集工具，小心翼翼地采集了一些淡棕色的东西，放进证物袋。

我检查了胸部的伤口，然后又看看他手里紧握的木棍，没什么特别的。一根平常的木棍，哪儿都能捡到。但是在他的几个指甲里我发现了一些黑色的东西，也许是挣扎的时候弄的——当我仔细地观察分析时，我感觉自己确实表现得像黑夜福尔摩斯。真是浪费时间，别的法医会过来做这些，而且会做得比我仅凭肉眼的观察好得多。我要做的，也是德博拉期待的是用我的心灵特异功能来诠释戴克的被杀过程，因为我的这种特别本领总能让我比其他法医更快更清晰地复原案件的场景。

但是现在我已经变形了，变成了德克斯特老爹。黑夜行者是不是不爱理我了？我还行吗？

我不知道我是不是还行，我也不想知道，但是我妹妹让我别无选择。

什么也没有。没有羽翼扇动的声音，没有危险警告，甚至没有一声不满的低吼。黑夜行者像从未来过一样寂静无声。

"哦，来吧，"我在心里对他说，"你真可恶。"

黑夜行者没有任何回应，好像我根本不值得理睬。

"求你了……"我在心里念着。

还是没有回应。过了一会儿，我清晰地听到一阵沙沙声，仿佛翅膀的扇动，接着是我自己的回声对我说"离开这里"，然后又是寂静，好像已经挂断了。

我睁开眼睛，戴克的尸体依然躺在那里，我还是对案情毫无头绪，很明显，如果我要想知道点儿什么，我就必须独自行动。

我看看周围，德博拉站在我身后三十码的地方看着我，又急又期待。我没什么可跟她说的，虽然我不知道我要是告诉她这个，她会怎么做，但是我感觉不会是挨她一肘那么简单，肯定会疼得多。

好吧，按部就班的法医分析是别人的事儿，我可没工夫做那个。黑夜行者也罢工了，我现在只能靠运气了。我看看尸体周围，没有诸如左撇子鞋印之类的痕迹，也没有什么火柴、名片之类，戴克当然也没来得及用血写下凶手的名字。我往稍远处看，终于看到一件东西。门边那个盛满垃圾袋的垃圾桶里，所有袋子都是土黄色的工业垃圾袋，只有一个是白色的。

这几乎没多大意义，也许是清洁公司用光了工业垃圾袋，又或者是什么人把家里的垃圾扔在了这里。不过如果我真要靠运气的话，我就应该赌一把。我站起来，小心地靠近垃圾桶，生怕毁坏了地上可能存在的其他潜在证据。我蹲下身，把脸凑近那个白色袋子。这个袋子比其他的小，是家用的厨房垃圾袋。更有趣的是，它里面装的东西很少。怎么会有人把这么空的垃圾袋扔了呢？也许是因为一天的工作结束了？但是这个袋子被压在三四个垃圾袋下面，也许是后来被塞进去的。有人想隐藏这个袋子，但在匆忙中只完成了一半。

　　我从上衣口袋里掏出圆珠笔，戳了戳那个袋子。里面的东西是软的，有伸缩性。是纤维类？我更用力地试了试，袋子里面的东西被挤到了这边，可以看出是暗红色的块状物。我不禁打了个寒战，是血，我肯定。虽然我的黑夜行者没有给我任何灵感，我依然可以推断出这血不是小剧场里的什么人被爆米花机割伤手指所致。

　　我站起身，找我妹妹，她还站在原地盯着我。"德博拉，过来看看这个。"我叫她。

　　她很快走过来，和我一起蹲下身。

　　"看，这个袋子和其他的不同。"我说。

　　"真是他妈的大发现。这就是你目前的最大发现？"她说。

　　"不是，是这个。"我说着，又一次用笔戳那个袋子，袋子里面的东西又一次涌到可以看见的这一边。"这也许是巧合。"我说。

　　"靠，"她说着站起身，看向路障那边，"文斯，到这边来！"文斯看见她像鹿看见了车灯，她叫道："快点儿过来！"他赶紧小跑着过来。

　　标准的做事步骤和仪式只一步之遥，所以那让我觉得很舒服。我非常喜欢按规则做事，井井有条，按部就班，那样我就不用担心场合之类的问题。但是这次，常规好像变得呆板，毫无意义，令人厌烦。我想撕开那个袋子。我发现自己实在没耐心看着文斯慢吞吞地采集指纹。他检查着整个垃圾桶、桶后面的墙壁，还有白色垃圾袋上面的每一个垃圾袋。我们得戴着手套把上面的每个垃圾袋小心翼翼地抬起来，喷上指纹采集粉，常规检查后再放在紫外线下检查，然后才能小心地打开，一件件取出里面的东西来检查。都是垃圾。估计最后轮到那个白色垃圾袋的时候，我会尖叫着把那个袋子砸到文斯脑袋上。

　　无论如何，终于轮到白色袋子了。区别是明显的，文斯都立刻就发现了。

　　"干净的。"他说，眼珠转了转，看看我。其他的袋子都脏兮兮的，有着满是油污的手印，这个袋子新得好像刚从包装盒里拿出来似的。

　　"给我副手套，快点儿，打开它。"我说。我的耐心已经耗尽。他看看我，好像我做了什么不体面的事儿。"打开它！"我说。

文斯耸耸肩，开始小心地解开袋子。"太没耐心，"文斯说，"你要学会等待，小蚂蚱，所有收获都是会……"

"赶紧他妈的打开袋子！"我比文斯都惊讶这样的话竟然从我口中说出。他只是再次耸耸肩，解开袋子，取出证物袋。我发现自己太靠近那东西了，挺起身，一下撞到了身后姿势和我一样的德博拉，她正弯着腰目不转睛地看着。

"看着点儿，我靠。"她说。

"你们真是密不可分。"文斯说。我还没来得及踢他一脚，他就已经打开了袋子，开始慢慢地把边口翻卷开。他非常小心地伸手进去，慢慢地往外拿东西……

"戴克的衬衫，"德博拉说，"他今天下午就是穿的这件衬衫。"她看看我，我点点头，我记得这件衬衫，米黄色的瓜亚贝拉衬衫，上面绘着浅绿色的橄榄树。但是现在上面浸满了湿乎乎、黏糊糊的血渍。

文斯仔细而又缓慢地从袋子里取出衬衫，一件东西掉到地上，滚到了后门边。德博拉说："靠！"跳起来去找那件东西，我跟着她过去，因为我戴着手套，所以弯腰把它捡了起来。

"给我看看。"德博拉要求道。我摊开手掌让她看。

也没什么好看的，那东西看上去像个扑克牌筹码，圆形，边缘锯齿状，黑色，一面印着金色的标志，看上去像数字"7"，但是中间多加了一横。"这他妈是什么？"德博拉瞪着那个标志问道。

"也许是欧洲的数字7，他们有时候会加一横。"我说。

"好吧，"她说，"那这欧洲的数字7又是他妈的什么意思？"

"那不是7。"文斯说。他已经挤到了我们身后，正从德博拉身后看过来，我们转过身看着他。

"这是个草体的'F'。"他说，听上去这是个明显的事实。

"你是怎么知道的？"德博拉问道。

"我以前见过,你知道,在逛俱乐部的时候。"他说。

"你说什么,俱乐部?"德博拉说。文斯耸耸肩。

"啊,你知道,南海滩的夜生活,我见过这种东西。"他又低头看看那玩意儿,伸手用戴手套的指头摸了摸。"F。"他说。

"文斯……"我说,非常礼貌地克制着想把手放到他的喉咙上使劲儿掐,直到他的眼睛鼓出来的冲动。

"如果你知道这东西是什么,在德博拉朝你开枪之前赶紧说出来。"我说。

他皱皱眉,举起双手,手心向上。"嘿,别急呀,天哪。"他又摸了一下,"这是进门的标志,'F'就是尖牙的意思。"他抬头看看我们,微笑着,"你们知道吧,尖牙,那个俱乐部?"我觉得似曾相识,但还没来得及细想,文斯继续说道:"你没有这玩意儿就进不去,它非常难搞,我试过了,可是不行。这是私人俱乐部,他们开整晚,我听说他们玩儿得特别疯。"

德博拉瞪着那标志,好像它能说话。"戴克和这个有什么关系?"她说。

"也许他喜欢聚会。"文斯说。

德博拉看着文斯,又看看戴克的尸体。"啊,"她说,"看样子他经历的真不少。"她又转向文斯,"这地方会开到几点?"

文斯耸耸肩。"几乎整夜,你知道,"他说,"有吸血鬼主题,我是说,'尖牙'嘛,所以会是整宿。而且是私人的,必须是会员才能进入,所以他们想怎么玩儿都行。"

德博拉点点头,拽了我一下。"来。"她说。

"来哪儿?"

"你说呢?"她叫起来。

"不,等等。"我说,这没道理,"这标志怎么跑到戴克的衬衫上的呢?"

"你什么意思?"德博拉说。

"这件衬衫没有口袋,"我说,"而且人在快死的时候也没必要拿着这个东西,是有人故意把它放在这儿的。"

德博拉直直地站了一会儿,甚至都忘了呼吸。"也许它是掉出来的……"

她停下来，意识到那听起来有多愚蠢。

"不可能，"我说，"你也不相信是那样。有人想让我们去那家俱乐部。"

"对的，"德博拉说，"我们走吧。"

我摇摇头："德博拉，别犯傻，那可能是个陷阱。"

她的下巴绷得紧紧的，看起来已经下定决心。"萨曼莎·阿尔多瓦在那家俱乐部，"她说，"我要去把她救出来。"

"你不知道她在哪儿。"我说。

"她就在那儿，"德博拉咬着牙说，"我知道。"

"德博拉……"

"妈的，德克斯特，"她说，"这是我们唯一的线索。"

"看在上帝的分儿上，德博拉，这太危险了。有人故意把那个标志放在那里，就是为了引诱我们去那家俱乐部，它不是陷阱就是调虎离山之计。"

"我才不在乎它是不是调虎离山，"德博拉说，"这是我们唯一的机会。"

Chapter
尖牙俱乐部 7

俱乐部位于南海滩的海洋大道上，凡是电视台想展示灯红酒绿、丰乳肥臀的迈阿密夜生活，都会到这一带取景。每天晚上，便道上都挤满了人，把衣服穿得尽量地少，把身体暴露得尽量地多。他们在各大酒店徜徉，那些建筑灯火辉煌，音乐声震耳欲聋。仅仅几年前，这些酒店还是廉价的老年公寓，里面住的是风烛残年的老人，他们勉强能行走，来到南方晒晒太阳，然后离世。当时五十美元一晚的房价现在涨了十倍之多，而唯一的区别是房客变得漂亮了，酒店也频频地上电视。

此刻，便道上仍然有行人，他们是狂欢后的散兵游勇。要么是玩儿得太过，忘了回家的路；要么是还没尽兴，即便所有酒吧都关门了，他们仍然舍不得走。

尖牙俱乐部在街区尽头的一座建筑里，这座楼和其他的楼相比，没那么黑暗安静。尽管前门被南海滩的光彩衬得有些暗淡，但顺着小路走到底，暗色的光线下亮着一个小小的招牌，上面用改良花体字写着"尖牙"，当然，那个"F"的写法和我们在戴克衬衣里发现的小标志上的一样。招牌挂在涂黑的小门上方，用银色的金属角钉固定，就像十几岁的孩子想象中地牢入口的模样。

德博拉没花工夫找停车位，她径直将车停在便道上，跳下车。便道上的行人已经渐渐稀少。我赶紧跟着下车，但她已经走过了半条小路，我追上去。离门口近了，我感到一阵强劲节拍的律动在轰着脑仁儿。那是一种很烦人的持续声响，好似来自我本身，催着我要赶紧干点儿什么。到我们走到后门时，声响清晰起来，变成了音乐。

门上方有个小小的牌子，上面用同样的花体字写着"私人俱乐部，仅限会员"。德博拉毫不理会，她握住门把手一拧，门纹丝不动。她用肩膀顶，还是没用。

我凑过去说"劳驾"，按了一下门框上的小按钮。她生气地抿了下嘴，但什么也没说。

几秒钟之后门开了，我吓了一跳。眼前这人俯视着我们，看上去非常像电视剧里的屠夫，足有七英尺高。他穿着老式的屠夫制服，外面套着晨礼服。幸好他开口说话了，这一把我从不真实的感觉中唤醒，他的声音很尖，带着浓重的古巴口音。"你按的铃？"他问。

德博拉举起警徽。她必须把警徽高高地举在半空，才能把它凑近屠夫的眼睛。"警察，"她说，"让我们进去。"

屠夫伸出一只长得疙里疙瘩的长长的手指，点着"私人俱乐部"的标志，说："这是私人的。"

德博拉抬头看着他，尽管他比她高出两英尺，穿着很酷的制服，在德博拉的注视下他还是后退了半步。"让我进去，"她说，"要么我回去拿了搜查令再来，移民同学，到那时你会后悔自己还活着。"不知道是移民局还是德博拉的目光起了作用，他让到一边，还给我们撑着门。德博拉收起警徽，大步冲了进去，我紧随其后。

俱乐部里面，在外面听来恼人的强劲节拍变成能把人吵死的巨大噪声。透过这震耳欲聋的噪声，电子合成的笛声响起，和弦非常不和谐，以极快的节奏没完没了地重复着。每重复两三次便有一个低音电子合成的声音发出低语，低沉，邪恶，充满蛊惑，非常像黑夜行者的声音。

我们走过一个短短的走廊，朝那发出讨厌低语的源头走过去。近了，我看见光源是一只频闪灯，光的颜色是黑的。有人在喊"哦——"，灯光变成了酒红色，飞快频闪，随之一首新的更难听的"歌"奏响，灯光变成刺眼的白色，旋即变成紫外线。那鼓声不曾停歇，也不曾变换，不过笛声变了花样，伴随着破碎的尖厉声响，听上去是发自调音不准的电子吉他。那声音又响起来，这次能听清它在说"喝下去"，几个人应道"哦——"，还有其他一些表示赞同的喊叫。我们走到门口，那邪恶的声音变成了老式电影中妖怪的笑声"哈哈哈哈……"。此时，我们站在俱乐部的正厅。

德克斯特从来不喜欢聚会。看着一大堆人，我庆幸自己不必被人类的冲动支配。但我从来没见过这么奇葩的场面，所有奇形怪状的人都在此拼了命地寻欢作乐，连德博拉都有一刹那完全呆住了，她也受不了。

透过一片浓重的薰香的烟雾，我们看到屋里挤满了人，基本都不到三十岁，都穿着黑衣服。他们随着那可怕的噪声在地板上翻滚蠕动，脸扭作一团，表情狂热。在黑色灯光频闪处，每个人嘴里的尖牙都反射着奇异的光芒。

我的右手边是一个升起的舞台，舞台中央是两个转盘，两个女人站在上面。她俩都有着长长的黑发和极度苍白的皮肤，灯光打在她们身上，几乎变成绿色。她们穿着光滑的黑衣服，看着甚至像是画在皮肤上的。高领完全遮住了她们的脖子，胸前开了一个菱形的开口，露出两个乳房之间的位置。她们贴近站着，转身绕过对方时，脸会轻轻地蹭过对方，同时用指尖相互触摸。

屋子靠边有三幅厚重的窗帘低垂着。我正看着，一个人撩起窗帘，露出里面一个壁龛，一个上了年纪的穿黑衣的男人在里面。他抓着一个年轻女人的胳膊，另一只手正在擦嘴。一道闪光划过姑娘裸露的肩膀，我的耳畔响起一个细小的声音，告诉我这是鲜血。可那女人朝男人笑着，把头靠在他的胳膊上，他牵引着她出了壁龛，回到舞池，消失在人群中。

屋子的尽头有一座巨大的喷泉。一股黑色的液体喷涌而出，底部的灯光随着鼓点时而停顿，时而从一种颜色换成另一种颜色。站在喷泉后面的男人正是博比·阿科斯塔，夸张的蓝色灯光打在他身上。他举着一个大大的双耳金杯，杯子正面饰有巨大的红宝石，他用大金杯向每个经过他的跳舞的人手上的杯子里倒酒。他笑得有点儿太使劲儿了，显然是在显摆他从伦诺夫医生那里弄来的昂贵尖牙。他将金杯举过头顶，快乐地环顾四周，目光落在德博拉身上，顿时定住了。不幸的是，这使得金杯里的液体流到他的头顶，流进了眼睛。几个家伙举着杯子，身姿傲岸地扭来扭去，而博比仍然盯着德博拉。突然他把金杯一扔，朝着黑暗的走廊跑去。德博拉喊道："狗杂种！"随即纵身跃入拥挤的舞池，我跟着她挤进疯狂扭动的人群。

跳舞的人挤在一起，朝同一个方向舞动。德博拉想径直穿过队伍，去到博比消失的走廊。几只手拍打着我们，其中一只涂着黑色蔻丹的瘦手朝我举起一只杯子，照着我的衣服前襟泼下来。我低头看看自己的手臂，一个苗条的年轻女人正拉着我，她穿着一件胸前印着"爱德华粉丝团"的 T 恤。她朝我舔着涂黑的嘴唇。我被从后面狠狠地撞了一下，我转向我妹妹。一个傻乎乎的大胖子光着上身，披着斗篷，他抓着德博拉，想把她的衬衫撕开。她放慢速度，站稳，然后使出一记漂亮的右勾拳，打在胖子的下巴上，他应声倒地。近旁有几个人高兴地喊叫起来，越发推挤得起劲儿，其他人听到动静转过脸来，转眼间，他们一起朝我们逼近，同时有节奏地喊着"哈！哈！哈！"或是类似的声音。我们被逼得慢慢后退，退到被屠夫看管的大门。

德博拉挣扎着，我看见她的嘴唇翕动，肯定在骂着她常说的限制级的脏话，可是没有效果。我们退到入口处，两双极其有力的大手从背后抓着我们的肩膀，像抓小孩子一样一把将我们提起，放到走廊上。

我转身看看这两个救星，那是两个大块头，一个白人，一个黑人，发达的肌肉在无袖礼服衬衫下面鼓起。黑人梳着一个长长的马尾，用一串好似人的牙齿一样的东西束着。白人剃光头，一只耳朵上挂着一个大大的金色头盖骨耳饰。他们看上去随时能拧下我们的脑袋。

从两人中间走来一个看上去是头儿的人。如果门房是屠夫，这个人就是男主角。他四十几岁年纪，黑头发，穿着剪裁得体的西服，翻领上插着血红的玫瑰，留着细细的胡子。他非常生气，用手指朝德博拉狠狠地指着，透过音乐说："你没权利进来！这是骚扰，我会起诉你这个笨蛋！"

他看看我，移开视线，又转回来，我们四目相对。过了一会儿，我突然感到俱乐部的浊重空气中闪过一道寒光，一个模糊的低语传来，仿佛黑夜行者正坐起身，小心地叮嘱着我。空气中似乎有黑色的爬行物隔在我们之间。一个被遗失的拼图碎片跃入我的脑海。我记起来以前在哪里见过"尖牙"这个名字，那是在我最近刚销毁的关于新游戏伙伴的文件里，现在我知道另一个猎人是谁了。"乔治·库卡罗夫，是吗？"我感觉到德博拉惊讶地看着我，但这无所谓，此刻两个黑夜行者在互致兄弟般的问候。

"你他妈的是谁？"库卡罗夫问。

"我和她是一起的。"我说，语调虽然温和，但其中的意义只有另一个猎手会懂，这就是"放了她，不然我跟你没完"。

库卡罗夫看着我，此时遥远的低分贝音乐响起，好像潜藏的魔鬼在蠢蠢欲动。德博拉说："跟这浑蛋说把手从我身上拿开！我是警察！"听到这话，库卡罗夫移开目光，重新看着德博拉。

"你没权利进来！"他气呼呼地说道，"这是私人俱乐部，我们没有邀请你！"

德博拉也随即提高嗓门，这让他更生气了。"我有理由相信这里正在进行非法勾当……"她还要往下说，被库卡罗夫打断了。

"你有证据吗？"他吼道，"你没有。"德博拉咬咬嘴唇。"我会找律师来活吃了你！"他说。白大汉想笑，但被库卡罗夫瞪了一眼，吓得收起笑容，继续目视前方。"现在你给我滚出我的俱乐部！"他指着门口说。黑白两个大汉上前抓住德博拉和我的胳膊，半推半拽地向走廊走去。屠夫撑着门，我们被推到便道上。我们费了老大劲儿才没有摔倒。

"离我的俱乐部远点儿！"库卡罗夫喊道。我回头，正好看见屠夫开心地笑着，关上了门。

　　"哈，"我妹妹说，"看上去你错了。"她语气平静，我担心地端详了她一会儿，生怕她刚才在激战中碰伤了脑袋，因为她平生最在意两件事儿，一是警徽的权威，二是不许任何人推搡她。这两个刚才都被践踏了，她却站在便道上拍打着自己身上的尘土，好似什么都没发生。我惊讶得半天都没明白她在说什么，等明白过来，又觉得她的话不对。

　　"错了？"我说，"你什么意思，什么我错了？"

　　"谁被甩出陷阱了？"她说。我过了一会儿才领悟她的意思，她继续说："两分钟之后两个打手就把我们扔到便道上了，这是哪家愿者上钩的计策？"

　　"哦。"我说。

　　"浑蛋，德克斯特，"她说，"这里肯定在进行什么勾当！"

　　"还不止一件。"我承认道。她使劲儿捶了一下我的胳膊。看她恢复了精神气儿还是挺让人高兴的，不过胳膊可真疼。

　　"我是认真的！"她说，"要么是有人失手弄丢了那个标志，这太蠢了，要么是……"她停下来，我明白她要说什么。必须有另一个"要么是"，不过是什么呢？我礼貌地等她说完，可她没再说话。我只好接下去。

　　"要么是有人想让我们看看俱乐部里面都在干什么，又不想让别人知道。"

　　"对，"她说着转身瞪着锃亮的黑门，这门居然没有退缩，"这就意味着，"她沉思着说道，"你得再回到里面去。"

　　我张开嘴，但除了喘气，什么都说不出来。过了一会儿，我问道："你说什么？"

　　德博拉抓住我的胳膊摇晃着。"你要回到俱乐部里去，"她说，"弄清楚他们偷偷摸摸地在干什么。"

　　我抽出胳膊："德博拉，那两个打手会杀了我。说实话，他们只要一个人就够。"

　　"所以你得待会儿再去，"她说，那语气好像在说一件合情合理的事儿，"等俱乐部关门以后。"

　　"哦，不错，"我说，"我就不仅仅因为闯入私家领地被打，而且还破门而入，这样他们就能射杀我。好主意，德博拉。"

"德克斯特……"她看着我说，眼神非常专注，我很久没见过她这样了，"萨曼莎·阿尔多瓦在里面，我知道。"

"你不可能知道。"

"可我就是知道，"她说，"我能感觉到。你以为只有你能听见内在的声音？萨曼莎·阿尔多瓦在里面，快来不及了。如果我们退却，他们就会杀了她，把她吃了。如果我们花时间走正规程序，她就会失踪，然后死去。我知道会这样。她现在就在里面，德克斯特，我的感觉极其强烈，我从来没对别的事儿像这样确信。"

这表述可真强悍，不过除了她话语中的一两个小问题，比如她到底是怎么知道的，还有一个很大的漏洞。"德博拉，"我说，"如果你这么肯定，为什么不走正规程序，去拿个搜查令回来？为什么要我去干这事儿？"

"我来不及拿搜查令，而且没有证据。"她说。听她这么说我真高兴，因为这说明她还没有全疯。"不过我信任你。"她说着拍拍我的胸膛，我感觉湿乎乎的，低头一看，是一大片棕黄色的印记在胸前晕开，我想起舞池里那个把饮料泼了我一身的女人。

"瞧，"我指指印记说，"这和我们在大沼泽地发现的一样，鼠尾草加摇头丸。它们是非法的，拿这个样品你就有正当理由了，德博拉。"

可她已经在摇头了。"这是非法的，"她说，"但等我们有机会在法官面前辩论时，萨曼莎的时间已经用完了。这是唯一的办法，德克斯特。"

"你自己去。"

"我不能，"她说，"如果我被抓，我就失业了，甚至要坐牢。你就只会被罚款，我付账。"

"不，德博拉，"我说，"我不去。"

"你必须去，德克斯特。"她说。

"不，"我说，"坚决不去。"

几个小时后，我坐在德博拉的车里，盯着尖牙俱乐部的大门。开始时出来的人不多，断断续续有几个人出来或是沿街离开，或者钻进自己的汽车，绝尘而去。就我看见的，还没有人变成蝙蝠或是骑着扫帚飞走。没人注意我们，但德博拉还是小心地把车停到了街对面的阴暗处，一辆货车后面的便道上。她没什么话可说，我也不高兴，懒得说话。

这是德博拉的案子，是德博拉的预感，我却已经准备好开始这么愚蠢的行动。我根本不同意她这么做，可仅仅因为我是她哥哥，我就必须去做。我并不要求公平，我明白那没用，但是做事儿得有道理吧？我认真生活，努力工作，恪守规则，宠辱不惊，但是有危险的时候，总是把我卷进去。

不过现在也没必要争论这些了。如果我不去，德博拉就会去，她说得没错，作为一个宣过誓的警察，她如果被逮住就会判刑入狱，而我不过是做做社区服务，去公园里捡捡垃圾、教教小孩做手工之类。德博拉受伤后躺在重症监护室里的情景还清晰可见，我真没法儿让她再去冒险——我猜她也想到了。所以德克斯特会在这儿，就这样。

黎明时分，俱乐部的霓虹灯熄灭了，很多人一起拥了出来。半小时后一片寂静。远处的海平面颜色越来越浅，不知从哪儿传来鸟鸣。最早起来晨练的人慢慢跑过海洋大道，还有送货车经过。终于，后门开了，屠夫走了出来，后面还跟着两个保镖，接着是博比·阿科斯塔，还有两个我以前没见过的员工。又过了一会儿，库卡罗夫也出来了。他锁好门，钻进不远处的一辆美洲豹，车子很快启动，消失在晨光里，他会在自己的窝里享受平和的一天。

我看看德博拉，她摇摇头，我们继续等。一束橙黄的明光突然跳出海面，新的一天开始了。三个说德语的穿着泳装的年轻人向海滩走去。面对冉冉升起的太阳，我心里忽然乐观起来，想我一定会有三分之一的机会活过今天。

"好了，"德博拉终于说，我看看她，"时候到了。"

我看看俱乐部，它可没让我觉得时候到了——也许是睡觉的时候到了，而不是深入虎穴的时候，根本不应该在这大白天。德克斯特需要黑暗、隐蔽和月光，而不是这明亮的早晨，可是和以往一样，我没得选择。

"里面也许还有人，门卫之类的。"她说，"小心。"

我真是觉得对于这类话不必回应，所以只是深呼吸了一下，试图唤醒我的黑暗本领。

"你带上手机了，对吧？"她继续说道，"如果有麻烦，或者你看见她，她被关着，就打911。去吧，应该很容易。"

"没坐在车里容易。"我说。我承认自己有点儿生气，因为德博拉语气机械，一点儿都不像我期待的那种叮嘱。

"好吧，小心点儿，我就说这些，好吗？"她说。

我觉得不能不回句话，所以我把手放在车门上说："我肯定我会没事儿的，会出什么问题呢？不过是闯入吸血鬼和食人族的巢穴，他们不过是绑架谋杀了几个人而已。"

"上帝啊，德克斯特。"德博拉说。

"毕竟我有手机，如果他们抓住我，我会发短信威胁他们。"我说。

"好了，靠。"她说。我推开车门。

"把后备厢打开。"我对她说。

她眨眨眼："干吗？"

"把车的后备厢打开。"我重复道。她张口要说什么，可我已经下了车，绕到了车后面，打开后备厢，找到撬胎棒，装进口袋。我拉了拉衬衫，把突出来的手柄部分遮住。我关上后备厢盖，走到德博拉那边，她摇下车窗。

"永别了，妹妹，告诉孩子妈妈我死于游戏。"我说。

"看在上帝的分儿上，德克斯特……"她说。我已经转过身，穿过马路，留下德博拉一个人在那儿担心地嘟囔着。

实际上，我也希望事情能像德博拉说的那样简单。进入那地方对于我来说不费什么力气，我闯入的地方多了去了，相比之下，这地方算容易的。主要问题是这里面住的是魔鬼，可不是万圣节里用戏服和假尖牙装扮的。在南海滩阳光明媚的早晨，你很难把他们和人肉宴会联系起来。

这个时间黑夜行者也难以上任，我真的需要他那轻柔的声音引领我，我需要的黑夜隐形衣只有黑夜行者能够提供。在俱乐部时的简短警告好像到现在也没解除。我在街道的尽头停了下来，闭上眼睛，把手放在一个电话亭上，心里呼唤着："喂？有人在家吗？"有人在家，但是他们都不想被打扰。我感觉到翅膀缓缓扇动的沙沙声，好像只是碰碰腿，在等待着什么。来吧，我想着，但还是没用。

我睁开眼，一辆卡车从海洋大道上开过，里面的音乐声老大。我仅仅听到音乐声，没有其他声响，显然，我得独自行动了。

那好吧，难就难吧。我把手插在口袋里，开始在房子周围转悠，好像只是无所事事地闲逛。嘿，看呀，那棕榈树跟艾奥瓦州的可不一样，哎呀。

我又转了一圈，看上去什么也没做，就是走走看看。到目前为止，我觉得还不会有人对我这种天真的行为感到可疑，因为完全不会对谁有伤害，于是我又假装了五分钟旅游者。俱乐部占据了好大一片空间，我沿着它的四周走，薄弱的地方很明显，在后门这边有条狭窄的巷子，那儿有个大垃圾箱，位于一条通往厨房的过道边。那个小门比较隐蔽，过路的人不注意是看不到的。

我把右手从口袋里抽出来，"不小心"带出了几枚硬币掉在地上，我蹲下身去捡，观察了一下周围，确定没人注意我，除非有人在房顶上安了监视器。我丢下那三毛七分硬币，迅速闪进巷子。

巷子里更暗，但还是不够让黑夜行者出来对话，我独自走到垃圾箱那儿，快速站到后门外查看。那上面有两把保险锁，这有点儿让人沮丧。如果有足够的时间，我倒是能打开这两把锁，但是要用我的特殊开锁工具，可我现在什么都没有。撬胎棒可干不了这个。从门这儿进是不可能的了，我得想其他办法，不是很文明的办法。

我朝房子的上面看看，门上面是一排窗户，每两扇窗户之间有五六码的距离，我左边的第二扇窗户正好在那个大垃圾箱上面，身手敏捷的人从垃圾箱上够到窗户再爬上去应该不费劲儿。没问题，德克斯特是敏捷的，打开那扇窗也不是难事儿。

　　大垃圾箱有两个并排的盖子，其中一个是打开的。我把双手按在合着的那一个盖子上，一个东西嗖地从打开的那边蹿了出来，并发出吓人的叫声，从我的耳边掠过，把我吓得魂儿都快没了，后来发现是只猫。它浑身脏兮兮的，毛发凌乱，站在离我几码远的地方，弓着背，盯着我，全然一副万圣节的姿势。我也看着它，有那么几秒钟，我以为俱乐部里的音乐又响起来了，其实是我的心跳。那只猫转身溜达出巷子，我靠在垃圾箱上，深吸一口气，黑夜行者只是抖动了一下，冲我咯咯地笑着。

　　我平复了一下情绪。安全起见，我又往垃圾箱里看了看，除了垃圾好像没什么了，这让我放心了点儿。我爬到盖子合着的一侧，又朝巷子口看看，然后伸手够到窗户，推了推，有点儿松动，这是好消息，意味着上面只有个插销，或者是多年前封上的，已经不牢固了。

　　我看不见窗子上面的框子，不过我可以断定那里没用报警装置，这也是个好消息，不过不是什么惊喜。很多地方为了省钱都只在底层装防盗设施，原来吸血鬼也这么节俭。

　　我掏出撬胎棒，差点儿脱手掉下去，那样就会砸到垃圾箱盖子上，响动足以惊醒周围邻居。我发现自己手心里都是汗，我以前从来没有这样过。黑夜行者的嘲笑、猫的突然出现都像是要对我进行折磨。吓出来的冷汗？黑暗勇敢的冷静之王德克斯特？这可不是好兆头。我又停了一下，做了次深呼吸，然后把撬胎棒放入窗户和窗框之间。

　　我向下压撬胎棒的把手，开始时缓缓地压，然后慢慢加大力气。我不想太用力，因为担心窗框会断裂，那样玻璃会碎，会弄出声响，而且碎玻璃还会掉到垃圾箱盖子上。我压了十秒，慢慢加压，正当我想再用点儿其他法子的时候，当的一声，窗户开了。我停了一会儿，没有听见什么动静，没人喊叫，警铃也没响。安全。我钻进窗户，然后把它关上。

　　我站起身，观察一下周围。这里是走廊，我的左边是走廊的尽头，右边是个拐角。前面有一扇门，我悄悄走过去。门上有防盗锁，但是没有把手，我轻轻推了一下，门开了。房间里漆黑一片，有消毒水和尿的味道，我怀疑这里是厕所。我走进去，关上门，摸索着找到电灯开关，打开。确实是一个小的卫生间，有一个水槽、一个马桶，墙上有个橱柜，我打开看看，除了清洁剂和卫生纸，没有别的。这里没别的什么了，没地方藏人，不管是死的还是活的。我关上灯，回到走廊里。

我迈着猫步悄悄走到拐角，小心翼翼地停下来张望。走廊里空无一人，只有一只安全灯挂在走廊中间的门上，走廊的另一头还有两扇门。

我转过拐角，向左手边第一扇门走去。我慢慢转动把手，小心地推开门进去，关上门，又摸索着找到墙壁上的开关，打开。灯光比走廊里的安全灯还昏暗，但是能看出来这是一个私人聚会房间。左边的墙上有个平板电视，右边是一张长沙发，沙发前面是个茶几。沙发后面是个绿色大理石的吧台，吧台下面有台小冰箱。后面的墙上是红色的丝绒窗帘。

我走到吧台前，上面有几个瓶子，但是没有酒杯，却有几个像实验室里的烧杯那样的器皿。我拿起一个，确实是一种耐热烧杯。杯子上印着几个金色的字：国家第一血液银行。

我把丝绒窗帘拉开，后面有一扇门，我拉开那扇门，只是一个壁橱，里面除了一些诸如扫帚、拖把、水桶之类的清洁用品，没有别的。我关上门，把窗帘放下。

走廊右边的那扇门是锁着的，我迟疑了一下，接着走向左边的最后一扇门，那门没锁，我溜进去，发现又是一个私人聚会房间，和刚才那间一模一样。

现在只剩下那个锁着的房间没看了，直觉告诉我那间屋子里有值得一看的东西，但是我不可能不留一点儿痕迹地把那扇门打开，甚至也许会引起警铃大作。我是要不留痕迹呢，还是不管被不被发现都要找到萨曼莎·阿尔多瓦呢？我没和德博拉讨论过这个问题。快速地思想斗争了一番后，我还是决定找到萨曼莎，我得找遍所有地方，特别是他们不想让人看到的地方，比如那个锁着的房间。

所以，我鼓足勇气挪到那扇门前，开始用撬胎棒对付它。我尽量不弄出声音，也不留下痕迹，但门槛开裂时还是弄出了点儿声音。门被撬开了，门框像被疯了的海狸鼠啃过似的。我走了进去。

房间里虽然隐藏着秘密，但是除了财务人员，别人不会感兴趣，因为那显然是俱乐部的办公室，里面有一张大写字台、一部电脑和一个带四个抽屉的文件柜。电脑没关，我坐到桌前，快速地查看了一遍硬盘里的文件。里面有些会计文档，显示俱乐部的盈利不错，一些文档是俱乐部成员的资料。有一个很大的名为 Coven.wpd 的文档使用了密码保护，太平常了，我可以在两分钟内破了它，但是我连两分钟的时间都没有，我只能匆匆扫过。

没有什么能引起我兴趣的文档，没有标着萨曼莎名字的照片之类的东西能告诉我她在哪里。我打开抽屉，翻了翻里面的文件，也没发现什么。

好吧，我就这么毫无收获地毁了一个门框。我并没觉得歉疚，但是我耽误了不少时间。我得赶紧想想怎么完成任务，然后离开这儿，否则等库卡罗夫回来发现他办公室被毁的门框就不好了。

我离开办公室，关上门，然后奔向楼梯。我理智地认为我没必要在俱乐部的公共区域查找，因为来这里的人不会都是食人族的，人那么多是没法儿保守住秘密的。所以如果萨曼莎真的在这里某个地方，一定是在一个大多数人都看不到的地方。

我走下楼梯，穿过舞池。在博比曾经拿着大金杯站立的地方后面有一条小走廊，我走到那里。走廊通向厨房和后门。所谓的厨房里只有一个灶台、一个水槽和一个挂锅和其他炊具的金属架子。屋子的后面有一扇大的金属门，像个走入式冰柜。没别的了，连个上锁的壁橱都没有。

就像是强迫症所致，我没办法放掉任何一个地方。我走到冰柜前，在一人高的地方有个小窗户，我惊奇地发现冰柜里面居然有灯光。我一直觉得冰柜门关上，灯就会自动关掉，我把脑袋贴到小窗口上往里瞧。

冰柜有六码宽，里面的进深有八码。两边都有架子，架子上布满了一加仑大小的罐子，靠着后墙的是你不会在一般冰柜里看到的东西：一张折叠床。

更出奇的是，那张床上居然有人，安静地躺在那儿，上面盖了张毯子，看着像个年轻女子。她的头垂着，一动不动，但是后来她慢慢抬起了头，迷迷糊糊，好像吃了药，她看到了我。

正是萨曼莎·阿尔多瓦。

我一刻都没多想就拉开了冰柜门，冰柜外面没上锁，但显然从里面是打不开的。"萨曼莎，"我叫她，"你还好吗？"

她冲我懒懒地笑了一下。"非常好，"她说，"到时候了？"

我不知道她是什么意思，只能摇摇头。"我是来救你的，带你回家找爸爸妈妈。"我说。

"什么？"她说。我断定她是真迷糊了。也对，药品能让她安静，不用费劲儿看着她了，但是这也意味着我得扛着她走。

"好吧，等一下。"我说。我看看周围有什么东西能卡住门不让它合上，看见一个五加仑的煮锅挂在炉子上方，我抓起它卡住冰柜门，走到里面去。

到了里面，我认清了架子上那些罐子里面装的东西是什么。

是血。

一个又一个的罐子，装了一加仑又一加仑的血，我驻足在架子前看了好一会儿。我看着那些血，那些血好像也看着我，我动弹不得。我深呼吸了一下，努力放松，回到现实中执行紧要的任务。那些只不过是液体，被锁得好好的，伤不了任何人，现在要紧的是救萨曼莎离开这儿。我走到床前，低头看着她。

"走吧，我们回家。"

"我不想走。"她说。

"我明白。"我安慰她道，心想这是典型的斯德哥尔摩综合征①，"我们走了。"我伸出一只手臂抱住她，把她从床上托起来，她没有反抗。我把她的一只手臂环在我的脖子上，扶着她走向冰柜门。

"等一下，"她说，话语有点儿含糊不清，"拿上我的包，在床上。"她边

---

① 指被害者对犯罪者产生情感，甚至反过来帮助犯罪者的一种情结。

说边朝床示意一下，我把她的手臂放开，让她靠着架子。

"好。"我说，回身到床边，可找了找，并没有看见包，但是我听到了叮叮当当的响声。我回头，看见萨曼莎踢开五加仑的锅，正在关冰柜门。

"住手！"我喊着，感觉这话说得无比愚蠢。我猜萨曼莎也这么认为，她一点儿都没住手，在我跑过去抓住她之前，她成功地把门关上了，然后转身看着我，脸上带着些许胜利的表情。

"跟你说过了，我不想回家。"她说。

冰柜里很冷，我从震惊地看着萨曼莎把门关上时起就开始哆嗦。这个小空间里堆满了盛满血液的罐子，没有办法出去，即便撬胎棒也帮不上忙。我试图砸开冰柜门上的小窗户，那玻璃有一寸厚，中间还嵌着钢丝，即使我把它砸开，也仅仅能让我的一条腿过去。

我也试图给德博拉打电话，但是在这么厚的金属壳子里显然是没有信号的。我知道这个金属壳子很厚，因为在破窗无望的情况下，我也试图用撬胎棒撬门、砸门，这跟我用大拇指去撬去砸的效果没什么两样，撬胎棒都有点儿弯了。一排排的血液好像越来越靠近我，我的呼吸变得急促，而萨曼莎只管坐在那儿笑。

萨曼莎为什么会带着蒙娜丽莎的微笑如此满足地坐在那儿？她得明白在不久的将来，她会成为别人的一道菜。而当我顶盔掼甲地骑着白马来搭救她时，她却背叛我，关上了门，把我们两个都囚禁起来。是他们给她吃药的缘故吗？又或者她痴心妄想地认为他们不会真的像对她的好朋友泰勒·斯巴诺那样对待她？

渐渐地，随着逃出去的可能性越来越小，我哆嗦得也越来越厉害。我更多地琢磨起萨曼莎。她一点儿都不关心我的心情，也不关注我那试图用小撬胎棒撬开这个巨大的金属盒子的滑稽表演，她就那样微笑着，眼睛半睁。当我放弃努力坐到她身旁，冻得直哆嗦，她也还是保持那个样子。

她的微笑开始让我觉得很烦。那表情有点儿像买房子的人杀价成功后的样子，很放松，好像对她自己和她所做的事儿无比满意，我开始想他们还不如先吃她呢。

萨曼莎似乎还嫌自己之前的行为不够坏，她连毯子都不分给我一点儿。我想冲她喊，在这么小的冰冷空间里，冲坐在身边的东西做这件事儿也是很有难度的，但我还是试着喊了。

我看看那些装满血液的罐子，它们仍然令我眩晕恶心，但起码能让我不再去想萨曼莎的背叛。那么多恶心的黏稠物……我看向别处，终于发现有一块金属墙壁，既没有血，也没有萨曼莎，我盯着那里。

我想着德博拉在干吗，我知道我自私，但我还是希望她此刻能担心我。我离开的时间还不算太长，她会坐在车里，磨着牙，手指敲着方向盘，看着手表，琢磨着采取行动是不是有点儿早，如果不行动会不会出事儿。这让我有了点儿精神，并不是因为想到她会采取什么行动，而是想到她会焦虑，她罪有应得。

我拿出手机试着给德博拉打电话，不为什么，只是因为焦虑和无聊。还是没信号。

"这里打不了电话。"萨曼莎慢悠悠地说，声音中带着愉快。

"是的，我知道。"我说。

"那你就别试了。"她说。

我知道自己刚刚有了人类的感觉，但是我很肯定她让我体验到的感觉是厌烦到了极点。"那就是你做的，放弃？"我说。

她慢慢摇头，呵呵了两声，说："不是，不是我。"

"看在上帝的分儿上，告诉我你为什么要那么做？你干吗要把我关在这儿，还坐在这儿傻笑？"

她转头看向我，我觉得这是她第一次关注我。"你叫什么名字？"她问。

我没理由不告诉她，当然我也没理由不扇她个耳光，这可以等会儿再做。"德克斯特，德克斯特·摩根。"我说。

"哦，"她说，又发出了一声那令人讨厌的笑，"奇怪的名字。"

"对，非常怪异。"我说。

"不管它了。德克斯特，在你的生活中，你有什么特别特别想要的东西吗？"她说。

"我想从这儿出去。"我说。

她摇摇头："是那种，你知道，像完全……完全……禁止的事儿？就是很错误的事儿？但是你又想要，特别想，像……你根本没法儿告诉任何人，只是时常想想的那种？"

我想到了黑夜行者，心里稍微动了一下，只一下而已，我提醒自己我只要听就够了。"没有，一件都没有。"我说。

她看了我好一阵儿，嘴巴微微张开，但依然微笑着。"好吧。"她说，好像知道我在说谎但并不在意似的，"但是我有，这里就有我想要的东西。"

"有梦想很好，但是我们出去才能实现梦想啊。"我说。

她摇摇头。"不对，"她说，"就在这儿，我得待在这儿，否则我就不能……"她滑稽地咬了下嘴唇，又摇摇头。

"什么？"我说，她的扭捏作态鼓动得我都快控制不住要撬开她的牙齿，"你就不能什么？"

"真的很难说出口，即使是现在，就是那种……"她皱起眉头，这变化倒让我有几分高兴，"你就没有什么秘密……你禁不住想要它，但是又让你觉得……可耻？"

"当然，我看了《美国偶像》的全集。"我说。

"但是大家都会看，"她说，摆摆手，做了个酸酸的表情，"我指的是有些事儿……是别人不会去做而你想做的，是你内心有某种东西在驱使你去……你知道，是很错误的事儿，很怪异，让你和其他人不一样的……会伤人，会让你谨慎而行。也许你在我这个年龄的时候想去试试……"

我有点儿惊讶地看着她，我之前都忘了她十八岁了，据说很聪明。也许是药劲儿过了，也许是她很高兴有机会和人聊起这个话题，不管怎么说，她终于表现出了点儿深度，至少不那么像被囚禁的白痴了。

"不会是仅仅在你这个年龄，会跟随你一生。"我说。

"但是那让我非常痛苦，"她说，"当你年轻的时候，那就像你周围有很多聚会，可就是没人邀请你。"她看向别处，不是血，而是那面空白的墙壁。

"好吧，我明白你的意思了。"我说，她期待地看着我，"当我在你这个年龄时，我也与众不同，我得努力装得和大家一样。"

"就是你说的这样。"她说。

"我不是说说的，是真的，我不得不装成个酷孩子，学会假装坚强，甚至学会如何笑。"

"什么？"她说，又呵呵傻笑了两声，"你不知道怎么笑？"

"我知道。"我说。

"让我看看。"

我做了个完美的笑脸，冲她呵呵笑了一下。

"哟，很不错哟。"她说。

"多年练习的结果，刚开始时很恐怖。"我谦虚地说。

"哈哈，好了，我仍在练习中，对我来说那可比学习怎么笑难多了。"她说。

"十几岁时都这样，"我对她说，"你觉得什么对你来说都难，你以为只有你这样，但事实上，做人就是一件苦差事，谁都一样。"

"我就觉得我真的真的很另类。"她轻声说。

"嗯，但这并不是坏事儿，如果你能正确对待，那也许会变成好事儿。"我说，但是心里有点儿含糊，谁知道她到底会变成什么样的人。

"对呀。"她说。

"如果你不出去，你就不能把你的另类变成好事儿——这么说来，待在这里还真是解决问题的好办法。"

"你真可爱。"她说。

她又变得无礼起来，这让我有点儿烦，很想去摇醒她。"看在上帝的分儿上，你知不知道你为什么会在这儿？这些人要把你烤来吃了！"我说。

她又一次看向别处。"嗯，我知道，这就是我想要的。"她说着看向我，大大的眼睛里含着泪水。"这就是我的秘密。"她说。

你觉得你所处的空间是绝对寂静的，可好笑的是竟能听到好多细小的声音，比如我能听到自己的心跳声、我旁边的萨曼莎深长缓慢的呼吸，还有电机风扇转动着不断吹送冷风的声音，我甚至听到床下面有什么东西咬纸的声音，也许是蟑螂之类。

即使有这么多杂乱的声音，萨曼莎最后那句话还是盖住了一切噪声，回旋在小小的空间里。过了好一会儿，那些音节才对我产生意义，我扭过头看着她。

萨曼莎一动不动地坐在那儿，脸上又现出那讨厌的微笑。她耸起肩膀，直视着前方，没有刻意回避我的眼神，只是等着我接下来的反应，我终于受不了了。

"对不起，当我说他们要吃你的时候，你说那是你想要的……你到底什么意思？"我说。

她沉默了几秒，脸上一度表现出梦幻般的思索表情。她说："我很小的时候，爸爸总是不在家，去开会或者去干吗，所以作为补偿，他在家的时候就会给我读些故事。你知道，就是那些童话。他会讲到怪兽或者巫师吃人的段落，然后他会假装咬我的胳膊、大腿，发出大嚼的声音。你知道，我是个小孩，我喜欢这样，我会说：'再来一次，再来一次。'然后他会'嗷呜嗷呜'地再做一遍，我就会笑疯，然后……"

萨曼莎停下来，撩了撩前额上的一绺头发。"后来，"她继续说道，声音变小了，"我长大了……"她摇摇头，那绺头发又掉了下来，她又撩了一下。"我发现其实我不是真的喜欢那些故事，我是喜欢……爸爸咬我的胳膊。我越这么想，越觉得想让人吃了我。我希望有个巫师或者其他什么人把我的身体慢慢烤熟，然后一块一块地切下来吃，而且非常……非常喜欢我，喜欢我的味道，还有……"

她深吸了一口气，打了个冷战。"就是青春期冲动。其他女孩都在谈论'那个男孩，我愿意和他做任何事情，我愿意他对我做任何事情'，我根本不会有那种感觉，我真正想要的就是有人来吃我。"她开始有节奏地点头，声音沙哑，"我想被活活地慢慢烤熟，看着人们咀嚼着我，说'真香，真好吃'，然后回来要更多，直到……"

她又颤抖了一下，用毯子把肩膀裹得更严些，双臂紧紧地抱着自己的肩膀。我试图找出点儿话说，比问她是不是需要看心理医生更好的话，但是想不出来，除了德博拉的经典用语。

"真他妈 × 蛋！"我对萨曼莎说。

她点点头，说："是，我知道。"

除了这个，似乎没什么别的可说，但是过了一会儿，我想起来迈阿密市政府是付我薪水来调查事情的，所以我问她："泰勒·斯巴诺？"

"什么？"她说。

"你们是朋友，但是你们看起来很不一样。"我说。

她点点头，脸上又重现半梦半醒的微笑。"是的，除了这个。"她说。

"这是她的主意？"

"噢，不是，"她说，"这些人在这儿已经很多年了。"她冲那些装满血的罐子示意了一下，脸上带着笑容，"但是泰勒，她有点儿野，"她耸了耸肩，"她在一次黑夜锐舞聚会上碰到了这个家伙。"

"博比·阿科斯塔？"

"博比，弗拉德，无所谓啦，"她说，"他想吸引她，勾引？他说：'我在一个组织里，你不会想到我们做的事情，我们吃人。'然后她说：'你可以吃我。'他以为她没明白他的意思，就说：'不是，我是说真的吃人。'然后泰勒说：'对啊，我真的也是这意思，吃我和我的朋友。'"

萨曼莎又颤抖了一下，更紧地抱着双臂，前后轻轻晃着。"我们曾经谈论过去找同类，我们用雅虎聊天群做这事儿，但是那里大多是胡说八道，还有色情。唉，网上认识的人怎么可信呢？正在这时，这个家伙正好出现并且说：

'我们吃人。'"她颤抖得更厉害了，"泰勒找到我说：'你肯定想不到昨天夜里发生什么了。'这样的话她说过太多，我都会说：'是呀，又这样？'然后她说：'跟从前不一样。'然后她就把弗拉德和他的组织告诉了我……"

萨曼莎合上眼睛，舔了下嘴唇，然后继续说道："那就是梦想成真。我是觉得太棒了，我开始的时候不相信她，因为泰勒有点儿疯疯癫癫的，男人看得出来，然后就会对她说些事情，为了和她发生关系。我知道她吃摇头丸，也许是别的什么，我怎么能相信她说的家伙是真的？但是她带我去见弗拉德，他给我们看了照片还有其他一些东西，然后我想：'就是他们了。'"

萨曼莎直视着我，捋了捋额前的头发。她的头发很好，灰褐色，干净有光泽。她看上去和世界上所有这个年龄的女孩一样，好像在跟有爱心的成年人讲着法语课上发生的趣事——她又开始讲了。

"我一直都知道我有一天会做这件事儿，找个人来吃我，这真是我最想要的，但是我原来以为不会这么早，也许大学以后，或者……"她耸耸肩，又摇摇头，"但是他出现了。泰勒和我是同类。为什么要等？我干吗还要花父母的钱上大学，我可以不浪费那钱就得到我想要的，就现在。所以我们告诉弗拉德：'好吧，我们加入。'然后他就带我们去见组织的头儿，然后……"她笑了，"我就到这儿了。"

"但是泰勒不在了。"我说。

萨曼莎点点头。"她总是幸运的，她先去了。"她笑得夸张了点儿，"而我是下一个，很快。"

她对步泰勒后尘的渴望让我完全失去了职业热情，我无话可说了。萨曼莎观察着我，看我会做什么。这是我第一次完全不知道该怎么做。当有人告诉你她整个生命的追求就是被人吃掉，你应该用什么样的表情挂在脸上？我应该表现得震惊？不相信？也许是愤怒？

我只是看着她，她回视着我。最后，我们眨眨眼睛，移开了目光。

"不说了吧，没关系。"她说。

"什么没关系？被吃掉？"我说。

她耸耸肩，做了一个很古怪的手势。"无所谓，我想他们很快就会来了。"她说。

我感觉自己的脊椎骨像是被人用冰锥捅了一下。"谁会来？"我问。

"从女巫同盟来的人，"她说，又看了我一眼，"他们就这么叫，那个……那个组织，嗯，吃人的。"

我想起了在电脑上看到的那个名为 Coven 的文件，我真后悔没把它复制下来拿回家看。"你怎么知道他们很快会来？"我说。

她又耸了下肩。"他们得来给我饭吃，一天三次。"

"为什么他们还要这样，如果他们会杀了你，干吗还来伺候你？"我说。

她的眼神似乎在说"你真是个傻瓜"，还摇摇头。"他们是要吃我，而不是杀我。"她说，"他们不想我生病、消瘦。为了肉质鲜嫩，肥瘦合适，为了味道好。"

无论是在工作中还是在进行切割活动的时候，我都可以向人吹嘘自己的胃口，但是现在要经受真正的考验。一想到她愉快地吃着一日三顿的营养餐就是为了让自己肉质鲜美，我是一点儿胃口都没有了。我移开视线。虽然没有了食欲，一个实际的想法却让我有点儿开心。"他们会来几个人？"我问。

她看看我，然后看向别处。"我不知道，"她说，"一般是两个人，为了防止我改变主意逃跑。但是……"她看看我，然后低头看自己的脚。"我觉得这回弗拉德会和他们一起来。"她最后说，听起来有点儿不高兴。

"你怎么知道？"我说。

她摇摇头，没有抬头，说："泰勒被吃之前，他就和他们一起来，他是来……对她做些事情。"她舔舔嘴唇，依然低着头。"不是那种……不是性。我的意思是，不是那种正常的性交。他……他真的很伤害她，好像那能让他满足，所以……"她颤抖着，终于抬起头。"我想这就是为什么他们往我的食物里放东西，镇静剂之类的东西。那样就能使我平静，要不然的话……"她又看向别处。"也许他不会来。"她说。

"但是至少那两个家伙会来？"我说。

她点点头："对。"

"他们带家伙吗？"我说，她看着我，眨眨眼，"就是刀、枪、火箭筒？他们带武器吗？"

"我不知道，但要是我的话，我会带。"她说。

我想我也会带。虽然当时事态严重，可我也应该注意一下他们是不是带武器。当然，那时我没想到自己会有成为人肉宴的一盘菜的可能，所以也就影响了我的观察力。

那么一会儿会有两个人，可能带武器，很可能是枪，因为这里是迈阿密。博比·阿科斯塔可能会来，可能也带着武器，因为他是个有钱的逃犯。我呢，在这么个小空间里，无处躲藏，而且还有萨曼莎这么个累赘。如果我想偷袭他们，她可能会冲他们喊"小心"。我的优势无非一颗纯良的心，还有一根弯了的撬胎棒。

没什么优势，但是我知道如果你仔细研究一下，你总是能有办法改善自己的处境。我站起来看看屋子四周，指望有人落下支来复枪在架子上。我甚至去摸摸罐子，看看它们的背后，但是运气不好。"嘿，"萨曼莎说，"如果你想……我的意思是，我不想被救出去。"

"我想，"我说，"我特别想。"我看着她坐在那儿，使劲儿裹着毯子。"我不想被吃，我有我的生活，我有家庭，有个新生的宝宝，我想能再看见她，想看着她长大，给她讲童话故事。"

她往后缩了缩，茫然地说："她叫什么名字？"

"莉莉·安。"

萨曼莎又看向墙壁，我能看出她眼神中的犹豫，所以想说动她。"萨曼莎，"我说，"无论你想要什么，你都没有权利把它强加在我身上。"

"但是，我想要，"她说，"整个一生都……"

"那你是想得都宁可杀了我吗？因为你就在这样做。"我说。

她看看我，然后很快移开目光。"不是，但是……"她说。

"但是如果我不在那两个家伙来的时候逃出去，我就会死，你明白吗？"

我说。

"我不能放弃。"她说。

"你不必放弃,"我跟她说,她抬眼认真听着,"你要做的就是让我逃出去,你可以留在这里。"

她咬着自己的嘴唇,说:"我不知道,我是说,我怎么能相信你不会去……叫警察来,他们会来这儿把我救出去。"

"我就是真带着警察来,到那时候,他们也已经把你转移走了。"我说。

"是呀,"她说着点点头,"但是我怎么知道你会不会拖着我离开这里,我是说,把我救出去。"

我单膝跪地。我知道这有点儿戏剧化,但她是个年轻人,我想她也许会买账。我说:"萨曼莎,你要做的就是让我试试,我不会违背你的意愿带你离开这里,我发誓。"

萨曼莎看起来像被说动了一点儿。"那么……我不知道,我是说怎么……我就坐在这儿,不出声,就这些?"她说。

"就这些。"我说。我抓住她的手,盯着她的眼睛。"求你了,萨曼莎,为了莉莉·安。"我知道自己完全没了节操,但令我惊讶的是,这次我是发自内心的,而且我感觉眼角有点儿潮湿。也许我达到演员的境界了,但是由于我的视力干扰,眼神有点儿乱。

显然,这非常奏效。"好吧,"她说,竟然握紧了我的手,"我不会出声。"

我也用力握握她的手。"谢谢你,莉莉·安谢谢你。"我说。我站起来,捡起了我的撬胎棒。这东西不好,可总比没有好。我走到门边,努力把自己藏在门框后面,这位置从那个小窗口看不见。我选择了靠门把手近的一边。门是向外开的,他们开门后比较容易看见另一侧。我希望他们不会注意什么。他们从小窗口往里看一眼,看见萨曼莎在床上就一点儿不怀疑地走进来。运气好的话,一个,两个,德克斯特会挥棒将他们解决了。

我缩在那里也就五分钟,就听见从厚重的门外传来人的声音。我深吸一口气,看看萨曼莎,她舔着嘴唇,冲我点点头。我也冲她点点头,然后听见有人拉门，门开了。

"好吃的来了，小猪，"一个人说，带着不怀好意的笑声，"吃喽，吃喽。"

一个人走了进来，手里提着个红色的尼龙袋子。我举起撬胎棒砸向他的脑袋，他一声没出就扑倒在地上。我以闪电般的速度迈过他的身体，闪到门口，举起撬胎棒，准备对付后面的——

一只粗大的手突然扇在我的脸上，把我打到墙上。当他用前臂锁着我的喉咙，我只看见是那个光头大块头保镖，博比·阿科斯塔站在他身后叫着："杀了这个杂种！"

然后那个保镖挥动着巨大的拳头打到我脸上，我眼前一片漆黑。

Chapter
虎口脱险 **8**

我游动在一片遥远的深海中，细碎的光点稍纵即逝。我的双腿沉得像灌了铅，双臂则失去重力，完全无法移动，这漂浮感仿佛来自我内心深处的恶心。无法思考，没有感觉，好像在这个状态里存在了很久很久。终于从远方传来一声急促的呼唤，它将一个迫切的想法甩了过来，这想法化为一个清晰确凿的单音节——嗷！我渐渐意识到"嗷"不是一个适合用来冥想的字眼，也不能用来描述《圣经》中失落的土地，可事实恰恰就是，它最能精准地描述德克斯特王国此时此刻肩膀以上的状态。嗷——

"好啦，醒醒，德克斯特。"一个温柔的女性声音说着。一只冰凉的手放在我的前额。不知道是谁的手、谁的声音，这不重要，我只知道我脑袋里的疼痛比天高比海深，脖子也动不了。

"德克斯特，求你了。"那个声音继续说道，凉手使劲儿拍打着我的脸，这可有点儿不礼貌了。每一下拍打都让我想"嗷"，终于我想起怎么使用我的胳膊。我抬起它，扫开了那只拍打我的手。

"嗷——"我大声说，听上去像一只疲倦的大鸟在远处叫着。

"你活了。"那声音说道，讨厌的手又回来拍我的脸，"我担心死了。"

"嗷——"我更用力地叫起来。

"来吧，"那声音说道，"现在把眼睛睁开，德克斯特，睁开眼睛啊。"

我想着这个词儿，"眼睛"。我肯定知道它的意思，是跟……嗯……看见……有关的吗？是在脸上还是附近的什么地方吗？听上去对头，我感到一缕微弱的得意之光闪过。真棒。

"德克斯特，求你了。"女人又说道，"睁眼，来。"我感觉到她的手又动了起来，好像在拍打我的脸，我被这举动弄得有点儿烦，却忽然醒悟，睁眼其实蛮简单的。我试了一下，右眼睁开了，左眼忽闪了几次，终于也睁开了。周围一片模糊。我把两只眼睛眨了眨，景象终于逐渐清晰，可我还是弄不明白。

眼前这张脸离我只有一英尺多一点儿。这脸倒不难看，我肯定在哪儿见过。年轻女性，神情充满关切，我冲她眨眨眼，使劲儿想着在哪儿见过，她忽然笑了。"嘿，你醒过来了，"她说，"你让我担心死了。"我又眨眨眼，这动作可费了牛劲儿了，可此刻我只做得来这个。眨眼的同时思索实在太艰巨，于是我不再眨眼。

"萨曼莎。"我声音嘶哑地说，对自己很满意。这脸的主人就叫这名字。难怪她的脸离我这么近，因为我正枕在她的腿上。

"欢迎你回到人间。"她说。

越来越多的信息重新回到我的大脑：萨曼莎、食人族、冰柜、大拳头……虽然有点儿费劲儿，但我开始把零散的想法联系起来，画面慢慢拼凑成最近的记忆——那比我的脑袋还疼。我又闭上眼。"嗷——"我说。

"嗯，你已经说过了。"萨曼莎说道，"我现在没有阿司匹林或别的东西，不过这个也许管用，这里。"我感到她俯身拿了什么过来，我睁开眼。她举起一只大塑料水瓶，拧开盖子。"喝一口，"她说，"慢点儿，不要喝太猛，会呛着。"

我喝了一小口。水很凉爽，带着点儿说不出的细微味道。我咽下去，越发觉得喉咙干渴肿痛。"还要。"我说。

"一次一小口。"萨曼莎说，她又喂了我一小口。

"好，"我说，"我很渴。"

"嘀，"她说，"一次能说三个字，你真好起来了。"她也喝了一口，然后放下水瓶。

"我能再喝点儿吗？"我说，"七个字。"

"能。"她听上去很高兴我能一口气说好几个字。她把水瓶凑近我唇边，我又喝了一口。这水能缓解我喉咙的紧张，好像对头疼也有用。知觉渐渐恢复了，我发现有些事情不太对。

我转头看看周围，结果脖子上一阵疼痛的电流穿过，直达头顶，但我看到了除萨曼莎的脸和衬衫以外的世界。不过不太妙。头顶一只荧光灯照着淡绿色的墙壁。在本该是窗户的地方钉着一块没有上漆的三合板。我只能看到这么多，除非我把脑袋转一转，可是我确定不想这样，因为一动头就会火烧火燎地疼。

我慢慢把头转回原来的位置，努力思索着。我不认识这个地方，不过至少不再是在冰柜里了。附近有什么机器在吱呀作响，作为佛罗里达居民，我能分辨出那是窗式空调的声音。三合板和窗式空调都不能告诉我这是哪里。

"我们这是在哪儿？"我问萨曼莎。

她咽下一口水。"在一辆拖车里。"她说，"在大沼泽地深处，我也不知道。聚会中有个人在这一带有大概五十英亩土地，还有这辆拖车，用来打猎。他们把我们弄到这儿，四下没有别人。没人会发现我们。"她听上去挺开心，不过总算想起来应该有点儿抱歉，所以她喝了口水作为掩饰。

"怎么弄来的？"我说，听上去嗓子又哑了，我伸手拿过水瓶，这次我喝了一大口。"他们怎么把我们运出俱乐部的？"我说，"没其他人看见？"

她挥挥手，这动作让我的脑袋晃了晃——轻轻一晃，却着实疼。"他们用毯子把我们裹起来，"她说，"两个家伙进来抬毯子，把毯子扔进面包车，开到这里。'冈萨雷斯地毯清洁公司'，面包车上写的。不费吹灰之力。"她半是笑，半是耸耸肩，又喝了一口水。

我想了想。如果德博拉还在观察，看见两大卷毯子被搬出来，她肯定会怀疑。以她的性格，如果她怀疑，马上就会跳出来拔枪制止他们。所以这意味着她没在观察，可是为什么呢？难道她真的不管我了，她唯一的亲爱的哥哥？把我扔在这比死还糟的而且的确有死亡危险的处境中不管？我不认为她会这样对我。我喝了一口水，想弄明白这一切。

她不会成心不管我。不过，她也没法儿呼叫后援。她的搭档死了，她正在做的事儿又违反了警察的纪律，也就是佛罗里达刑事法规。所以她又能做什么呢？

我又喝了一口水。现在瓶子已经空了大半，不过似乎的确对缓解头痛有用，并不是不疼了，而是疼也没什么。我是说，疼正是我活着的标志，是谁说"活着就有希望"来着？也许萨曼莎知道这话出自谁口。不过我正要开口问她，她拿过水瓶喝了一大口，我想起来自己本来是想弄清楚我妹妹能做什么，以及为什么会让我待在这里。

我从萨曼莎手里拿过水瓶喝了一口。德博拉不会把我丢下，当然不会，她是爱我的。这想法让我感动。我也爱她。我又喝了一大口。这玩意儿真有趣，爱。我的意思是，到我这岁数了解这一点是够逗的，可我的确被很多爱包围着——我的一生，从我的养父母开始，哈里和多丽丝没必要非爱我不可，我又不是他们亲生的，可他们爱我。他们的确爱我，跟其他好多人一样，一直到今天，比如德博拉，还有丽塔、科迪、阿斯特，还有莉莉·安。美丽、乖巧、奇妙的莉莉·安，爱的终极天使。还有其他好多人，他们都用各自的方式爱我……

萨曼莎拿过水瓶喝了一口，这让我又有了重大领悟：甚至连萨曼莎都这么爱我。她不惜一切代价，一切她梦寐以求的东西，只为了让我有逃生的机会。这难道不是纯粹的爱吗？

我又喝了一口水，感觉自己彻头彻尾地被这些爱我的好人包围了，虽然我净做对不起他们的事儿。可那又怎么了，我已经停止了，不是吗？我不是正在努力做一个充满爱和责任感的人吗？世界突然充满了欢乐和奇迹。

萨曼莎拿过水瓶喝了一大口，她递回给我，我急切地喝光——真好喝，这是我喝过的最好喝的水。也许只是因为我对一切都更知道感恩。是的，这世界真奇妙，我在其中如鱼得水。萨曼莎也是，她真是个好人。她照料我，虽然她没这个义务。她现在正在照料我！喂我水喝，抚摩着我的脸，那动作只能用爱来形容。多好的女孩啊，如果她想被吃掉，哦！我醍醐灌顶了。食物就是爱，等待被吃掉就是一种分享爱的方式！这就是萨曼莎的选择，因为她满心是爱，多得没法儿表达，除非用极端的形式，比如说被吃掉！真棒！

我带着全新的感觉抬头看她的脸。这是一个多么美好的一心奉献的人啊。尽管这让我脖子疼，可我必须告诉她，我明白她在干什么，而且有多么欣赏像她这样一个奇妙而美丽的人。于是我抬起胳膊，抚摩她的脸，她看着我笑了，也伸手抚摩着我的脸。

"你真美，"我说，"我是说，'美'这个词儿不能表达我的意思，它只能形容肤浅的外表，不能表达我真实而深刻的意思，特别是对你，我觉得我刚刚明白了你'被吃'的想法是怎么回事儿。你外表当然也很美，我知道美对一个女人来说有多重要。你十八岁了，你是女人了，你做出了一个成年人关于人生的决定，这是一个没法儿反悔的决定，这的确是一个大人的选择。我肯定你明白自己选择的后果，没有什么比做这样的决定更能标志一个人的成熟了。我真佩服你。你真的真的好美。"

她的手摩挲着我的脸，向下滑过我的脖子，伸进我的衬衣，抚摩我的胸膛。这感觉真好。"我完全明白你的意思，我想你是第一个真正明白我为什么要经历这一切的人。"她抽出手在空中挥舞了一下，表明她是指周围一切。我伸手把她的手抓回来，重新放在我的胸口，那感觉太好了。我也想继续抚摩她。她又微笑着轻轻抚摩我的胸口。"因为这些不太容易明白，我从来没想过对任何人说起，这也是为什么我这些年都是这么孤独。谁能懂得这一切呢？我是说，如果我跟谁说'我想被吃掉'，他就会说'哦，天哪，我们得送你去精神病院'之类的，没人会用正常的眼光看我，可我就是觉得这多正常啊，完全正常地表达了……"

"爱。"我说。

"你真理解我！"她说，将手向下滑，摸到我的肚子，又回到胸口，"哦，天哪，我就知道你会明白，因为在冰柜里的时候我就觉得你和我这辈子见过的人都不一样，所以我想在事情发生之前，也许我可以跟你谈谈，你真的会理解我，免得人们总是用看疯子的眼光看我！"

"不，不，你是这么美，"我说，"没人会那么想你，就连你的脸都是那么美……"

"不，这不是……"

"我知道，我不是那个意思。"我说，"可这也是你之所以是你的原因。看到你的样子，也就理解了你的内在。除非你傻了，不然你不可能不看着自己的脸想道：'哦，多棒的人啊！'然后看到自己的内心世界甚至更美丽。这多奇妙啊。"我捧着她的脸拉向自己，吻了她一下。"你从里到外都美。"我说。

她笑了，充满温情和感激，这让我感到一切都将永远和谐。"你也是。"她说，低下头又吻了我一下，这次更久。我有了一种全新的感受，而且我能感觉她也是一样。我们谁也不想停下来。我们一边吻着，她一边躺到我身边的地板上，有一刻她停了下来说道："我觉得他们往水里放了什么东西。"

"我不在乎，"我说，"因为我们所领悟到的不是谁能往水里掺的，那来自我们自身，来自我们的心灵深处，我知道你和我感觉一样。"我吻着她，她回应着，然后她停下来，双手捧着我的脸。

"无论如何，"她说道，"就算有人往水里掺了什么也无所谓，因为我一直都认为这很重要。爱，不仅靠感觉，更要去实践。我十八岁了，在我做最后那件事儿之前，我至少应该做一次这件事儿，你觉得呢？"

"至少一次。"我说。她微笑着闭上眼并将脸靠近我，于是我们做了。

不止一次。

"我渴。"萨曼莎的声音里带着点儿嗔怨。我觉得那有点儿令人不快，但是没说什么。我也渴，但没必要跟着说一遍。我们俩都渴，已经有一阵子了。水没了，一点儿都没有了。但那对我来说是最小的问题。我头痛难忍。我被囚禁在大沼泽地的一个拖车里，刚刚做了自己都难以理解的事情，唉，一会儿还会有人来杀我。

"我觉得太太太愚蠢了。"萨曼莎说。我还是不知道要回应什么，我俩都觉得愚蠢。现在药劲儿过了，她好像难以接受我们在药物的驱使下做了那种事儿。当意识清醒后，萨曼莎好像越来越不安、紧张、警醒，她开始在拖车里东抓西抓，四处找刚才热情似火时胡乱扔的衣服，我也找到衣服穿上。

穿上裤子之后，智力好像也恢复了一点儿。我起来仔细打量整个拖车。它没多长，也就大概三十码，所有的窗子都用三合板严严实实地封住了。我用拳头砸砸，用身子撞撞，它们岿然不动，显然外面也加固了。

只有一个门，还是一样，即使我用肩膀撞，除了头更疼之外，我一无所获。我坐下来揉着头，待了几分钟，这时萨曼莎又开始抱怨。好像穿上衣服后她就可以堂而皇之地抱怨一切。她的高音和我脑部的跳动形成完美的结合。她每抱怨一声，我脑部的动脉就会多跳一下，疼痛越发深长。

"这儿的味儿……简直臭死了。"她说。

这里确实很臭，陈腐、潮湿加上霉菌的气味。但是我们什么都不能做，说这些有什么用呢？"我去拿我的植物小香袋，在外面的车里。"我说。

她不看我。"你用不着说风凉话。"她说。

"不说了，但我是一定要从这里出去的。"我说。

她没看我，也没说什么，这对我来说是福音。我闭上眼睛，试图用意念赶走头痛，不管用。过了一分钟，萨曼莎打断了我。

"我希望我们刚才没做那事儿。"她说。我睁开眼，她仍然不看我，看着拖车的一角。那儿什么都没有，但是显然也比看着我舒服。

"对不起。"我说。

她耸耸肩，还看着那儿。"不是你的错。"她说，听上去很慷慨，"我想水里可能有东西，他们总是往里面加东西。"她又耸下肩，"但是我从来没有如此忘形。"

我过了一阵儿才明白她是指毒品："我也是。是跟以前的一样吗？"

"肯定一样，"她说，"我是说，那是我听来的。泰勒说她喝了好多，做了好多。"她摇摇头，脸红了一下，"她说那个东西会让你想要……抚摩谁，然后……你知道，也想被抚摩。"

如果那东西确实能让人忘形，我也不得不同意。不过我得说要么是我们喝得太多太多，要么是药力太强劲了。当我想起我的所作所为，我都快脸红了。

"不管怎么说，我做了，"萨曼莎说，脸还红着，"我不会再多想了，"她又耸下肩，"感觉不怎么好。"

就我仅有的一点儿相关知识，我非常肯定我该说些奉承话，即便我觉得那是个错误。我应该说诸如"太棒了！别让这感觉淹没了我们的记忆"或者"我们拥有整个巴黎"。不管怎么说吧，也许是头疼再加上潜意识里的卑鄙感，我说："是啊，确实感觉不好。"她现在看着我了，表情接近于愤怒，但是她什么都没说。过了一会儿，她又看向别处。我伸展了一下身子，揉揉脖子，然后站起来。

"一定有逃出去的办法。"我说，更像自言自语，但她还是回应了。

"不会，不会有的，"她说，"这是完全封死的，他们一直都是把人囚禁在这儿，没人逃出去过。"

"如果他们都吃了药，还会有人试着逃走吗？"

她眼睛半睁半闭，慢慢地摇摇头，表示她认为我很愚蠢，然后看向别处。也许我真的愚蠢，但是不至于蠢到坐在这儿等着他们来吃我。

我又在拖车里来回走了一遍，没什么新东西可看，但是我这次很仔细地检查每样东西。这里根本没有家具，但是在最里面有个长凳似的东西，显然是被当作床用的，铺着一层薄的泡沫胶垫，上面盖着张破破烂烂的灰色床单。我把泡沫胶垫掀起来放在地上。下面是一块胶合板，我掀起板子，底下是个柜子，里面有个扁扁的枕头，枕头罩和床单一个颜色。这个柜子和拖车一样宽。

我拿出枕头，里面只有一块老旧的木头，大概一码到一码半长，一头平整，一头露着木茬儿，还带着条绳子，上面满是尘土。这块木头看上去像被当作木桩用过，也许是绑人之类。绳子上居然还有颗弯了的钉子。我把那块木头拿出来放在枕头旁边，然后把头再往里面伸，但没发现别的。我压压底部，感觉不是那么坚固，我就又加了点儿劲儿，竟然感觉到底下的金属板有点儿弯了。

就是这个了。我更用力地按了按，那片金属能看出弯了。我把头抬起来，站起身，站进柜子里，里面刚刚能容下我，不过足够了。然后我开始用力跳，底部发出很大的声响，到第七次"砰"声后，萨曼莎走过来，想看看到底是什么弄出的声音。

"你在干什么？"她说，明显是说我又傻又烦人。

"逃跑。"我说着又使劲儿跳了一下，砰！

我又跳了几下，她摇摇头，提高声音。"我想你这样是逃不出去的。"她说。

"这地方的金属薄，不像地板。"我说。

"那个有张力，"她大声说，"就像一碗水的表面聚合力，我们在物理课上学过。"

也许她是对的。我迈出柜子，看看我的成果，一点儿也没带来新希望。

"在你用这方法逃出去之前，他们就已经来了。"她说。心无良善的人一定会觉得她在幸灾乐祸。

"也许是这样。"我说，眼睛盯在那块木头上。我没"啊"的一声叫出来，但是当我眼前一亮的时候，我确实有那种冲动。我捡起那块木头，绞尽脑汁地琢磨那个钉子。我把钉子嵌进木头的裂缝，然后把钉子那端放到那块薄的金属中心，看了萨曼莎一眼，然后用尽全身力气砸那块木头。

真疼，我的手伤了三处。

"哈。"萨曼莎说。

人常说每个成功的男人背后都有一个女人，现在应该说，在要逃生的德克斯特背后有个讨厌的女人，她的幸灾乐祸激发了我锲而不舍的精神。我脱下鞋，用它使劲儿敲打着木桩，这样手就不那么疼了，而且我相信如果我够用力的话，一定能凿出个洞来。

"笑你自己吧。"我对萨曼莎说。

"随便啦。"她说着走回到拖车中部她原来待的地方。

我继续忙我的，用力拿鞋子敲着。过了几分钟，我停下来看看，那块薄弱的地方深了点儿，边缘处已经有点儿松动了，钉子尖嵌入了金属片，再用几分钟就能凿出个洞了。我又充满希望地干起来。两分钟后，击打出的声音有所变化，我拉开木头看看。

已经击穿了一个洞，能看见拖车底下的日光了。再用点儿时间和力气，我肯定能在这儿打出个大洞，然后就能逃跑了。

我继续使劲儿砸着，我可以感觉到那木桩在慢慢下陷，我又用力一砸，木桩陷入几英寸深，我停止敲击，开始前后摇动木桩，把洞尽量开大，我竭尽全力，甚至穿上鞋用脚踹，二十分钟后，拖车底部的金属板裂开了，我终于能逃出去了。

我停了一刻，看看凿开的洞。我精疲力竭，浑身是汗，离自由只有一步之遥了。

"我要从这儿走了，"我冲萨曼莎叫道，"这是你逃走的最后机会。"

"再见，"她回应道，"旅途愉快。"听起来有点儿冷酷无情，毕竟我们一起经历了这么多，但还能指望她怎么样呢？

"好吧。"我说完钻进柜子，把腿伸进我刚打的洞里，脚着地了，我扭动身体慢慢穿过那个洞，洞口有点儿窄，我感觉裤子和衬衫都被洞口的金属毛边刚破了。终于钻出来了，我坐在温暖潮湿的大沼泽地上，裤子都湿了，可感觉极好，比拖车的地板强多了。

我深吸一口气。我自由了。在我的周围是拖车的水泥底座，把拖车托起，离地面几码高。有两条渠，其中一条就在不远处，对着车门，我趴在地上往那儿爬，正当我探出头来，觉得自己已经成功逃脱的时候，一只大手抓住了我的头发。"够了，浑蛋！"一个声音咆哮而至，我被径直拖了出去，稍在半空中停留，脑袋就砰地撞到了拖车上。虽然我疼得眼冒金星，但还是能看清我的老朋友——那个光头保镖。他把我扔向拖车侧面，跟把我往冰柜上扔时一样，他还用胳膊锁过我的喉咙。

拖车停在一小块清理过的空地上，周围是大沼泽地的草。那边有一条人造渠，蚊子嗡嗡而至，高兴地停在我们身上。顺着来这边的一条小路上，库卡罗夫走了过来，后面还跟着两个长相猥琐的保镖，其中一个手里提着饭盒，另一个拿着个皮质工具袋。

"好了，小猪，"库卡罗夫说，笑得吓人，"你觉得你能跑到哪儿去啊？"

"我约了牙医，我不能不去啊。"我说。

"当然可以不去。"库卡罗夫说。一个保镖重重地扇了我一个耳光。我的头经过一系列摧残已经够疼了，可都抵不过这记耳光的疼。

了解我的人都会说德克斯特从来不发脾气，但是忍无可忍，无须再忍。我抬起脚，又快又狠地踢在那个保镖的胯部，疼得他弯下腰，叫都叫不出声，只剩下干哕。因为看这招轻而易举地就奏效了，我转向库卡罗夫，展开搏斗的姿势。

但是他拿着手枪，瞄准我的脑袋。这是一把很贵的大型手枪，黑洞洞的枪口对着我。

"来啊，"他说，"试试。"他的眼神比那个枪口还阴森。

他的建议不错，但我没兴趣试，于是举起了双手。他盯着我，退后几步，指示其他几个说："把他绑起来，绑紧点儿，但是别伤了皮肉，我们还要享用这只小公猪呢。"

其中一个过来，把我的胳膊使劲儿扭到背后，另一个拿出一卷打包胶带，在我的手腕上缠了几圈，这时候我听见有声音，这是我有生以来听到的最优美的声音——一阵扩音器的响声，接着里面传来德博拉的声音。

"我们是警察，"她说，"你们已经被包围了，放下武器，面朝地趴下。"

那两个家伙从我身边退开，嘴张着看看库卡罗夫。那个被我踢的保镖仍然跪在那儿干哕着。库卡罗夫咆哮道："我会杀了这浑蛋！"他举起枪，手指紧紧地扣在扳机上。

空中传来一声枪响，库卡罗夫的脑袋顿时缺掉一块，身子也跟着倒地。

那两个食人兽立刻趴倒在地，甚至那个保镖也脸朝下趴着，不动了。我看见德博拉从草丛中跃身而出，朝我这边跑过来，后面跟着不下一打警察，包括一些带重装备的武装警察，他们是SRT（特别反应组）的。威姆斯探员也来了，那个米科苏基部落警察局来的黑人大块头。

"德克斯特！"德博拉叫道。她抓住我的胳膊，看了一下我的脸。"德克斯特！"她又叫了一遍。看见她脸上焦虑的神情我感到有点儿欣慰。"萨曼莎在哪儿？"她说。

我看着我妹妹。我的头被打伤了，脖子、脸刚被打得哪儿都是伤，我的手还被绑在身后，我还很渴，但是德博拉只惦记着萨曼莎。越来越多的蚊子冲向我，我都没法儿用手赶。

"我没事儿，老妹，"我说，"谢谢你垂询。"

跟往常一样，这些话说给德博拉听就是浪费唾沫。她抓住我的胳膊使劲儿晃："她在哪儿？萨曼莎在哪儿？"

我叹了口气，不跟她计较。我说："在拖车里，她没事儿。"德博拉看了我一下，然后跑向拖车门。威姆斯跟着她过去，我听见他拉车门的声音。过了一会儿，他走了回来，德博拉跟在他身后，一只手搂着萨曼莎的肩膀，拉着她走向车那边，轻声说："我找到你了，你现在没事儿了。"萨曼莎挪着步子，厌烦地嘟囔："让我自己走。"

我看着四周，一组SRT警察正在给库卡罗夫上手铐，一点儿都不温柔。

事情当然平息了，除了成百上千只蚊子发动新一轮攻击。我试图把它们赶走，可是根本不可能，我的手还绑着。我使劲儿甩头，想把它们吓走，没用，就算有用也不能再甩，因为头太疼了。我仿佛听见蚊子们在嘲笑我，它们垂涎欲滴，召唤所有伙伴来享受盛宴。

"谁能来给我松绑？"我说。

我最终把强力胶带从手腕上弄了下来，毕竟周围都是警察，要是我一直被捆着，倒显得我像是那种人似的。呃，老实说，我的确是那种人，可是我真的在玩儿命地努力不再做那种人。再说了，他们也不知道我以前的勾当，所以他们早晚会觉得我可怜，过来给我松绑。的确有一个警察过来了，是威姆斯。他看看我，大脸上浮起大大的笑容，他摇摇头。"你怎么会在这儿站着，而且手都让胶带绑着？"他说，"没人待见你啊？"

"他们都忙大事儿去了，"我说，"蚊子挺待见我的。"

他笑起来，笑声高亢而过分欢快，笑了好几秒，这对还被绑着的我来说太久了一点儿。我正想着要说点儿厉害的话，他拔出一只大折刀，弹出刀刃。"来吧，让你的手自由地拍苍蝇吧。"他说着，示意我转过身。

我很乐意从命，他迅速将刀刃伸向绑着我的手腕的胶带。那刀显然很锋利，几乎不费吹灰之力，胶带迎刃而解。我把手伸到眼前剥胶带，手腕上的汗毛都被撕下来了。不过我一反手就在脖子上拍死了至少六只蚊子，损失几根汗毛也值得。

"多谢。"我说。

"没什么，"他大嗓门说，"谁也不该被那样五花大绑着。"他对自己的聪明赞赏地笑起来，我也拿出我最完美的假笑陪着他笑，为了感谢他的帮忙，这是我应该做的。

"五花大绑，"我说，"说得真好。"我的谄媚可能有点儿过了，不过我真心感激他，再说以我受伤的脑袋，也实在想不出更好的奉承话了。

威姆斯没怎么理会。他安静地站着，鼻子朝天，半闭着眼，好像在听远处的什么声音。

"怎么了？"我问。

他没吭声。过了一会儿，他摇摇头。"烟雾，"他说，"有人在那边烧火，这可是非法的。"他用下巴朝大沼泽地中心地带点点，"这个季节，可真够呛。"

我没闻见任何怪味，空气中只闻得见沼泽地的气息，混杂着汗水味儿和一点儿残存的弹药味儿。不过我不想跟我的救命恩人抬杠，就算想抬杠也只能跟他的后脊梁抬，因为他已经转身朝空地那边走去了。我目送他远去，一边挠着手腕，一边对蚊子发起反攻。

拖车附近没什么可看的。普通警察们押着食人族们离开，去把他们监禁起来，对我来说关得越久越好。SRT 警察们则围着一个伙伴，他好像就是那个把库卡罗夫的脸轰掉的家伙。他脸上是兴奋退去之后颓丧和惊吓的表情，伙伴们都关切地安慰着他。

总体来说，高潮已经过去，德克斯特该走了，唯一的问题是我没有交通工具，于是我去找德博拉。

我妹妹正坐在她自己车的前座上，尽量温柔地安慰着萨曼莎·阿尔多瓦。这不是德博拉与生俱来的本领，就算萨曼莎很配合也够呛，何况她还不配合。当我一屁股坐进车后座时，她俩都快谈崩了。

"我不会没事儿，"萨曼莎正色说道，"你干吗老说我会没事儿的，好像我是什么白痴一样？"

"你刚受了很大的刺激，萨曼莎，"德博拉说，尽管她特别想让这话起到劝慰的效果，我却听出了照本宣科的味道，好像她正照着《人质救助手册》在念这些话，"不过都过去了。"

"我不想让它过去，讨厌。"她说着回头看看正在关车门的我。"你个浑蛋！"她冲我说。

"我什么都没干。"我说。

"是你带他们来的，"她说，"这都是设计好的。"

我摇摇头："不是，我也不知道他们是怎么找到我们的。"

"是吗？"她冷笑道。

"真的，"我说着转向德博拉，"你怎么找到我们的？"

德博拉耸耸肩："丘特斯基过来和我一起蹲守。地毯清洁公司的卡车来的时候，他贴了个跟踪器上去。"这倒说得通。她的男朋友丘特斯基，那个半退休的情报局特工，手头当然有这一类神器。"所以他们把你们装车运走，我们就在后面尾随。等到了大沼泽地，我叫了SRT。我真希望也能抓住博比·阿科斯塔，不过等不了那么久了。"她看看萨曼莎，"救你是第一目标，萨曼莎。"

"浑蛋，我不想被救。"萨曼莎说，"你什么时候才能明白？"德博拉张开嘴，还没来得及说话，萨曼莎压过她继续说道："如果你再说我会没事儿，我发誓现在就尖叫给你看。"

说实在的，她要是能尖叫的话，对大家都是一种解脱。我受够了她的抱怨，自己都禁不住想尖叫了。看得出来我妹妹也离尖叫不远了，可她还在使劲儿让自己沉浸在救助者的幻想中，她想象自己拯救了饱受折磨的受害者。我看见她使劲儿克制自己想去掐死萨曼莎的冲动，手指关节捏得发白，但德博拉还算冷静。

"萨曼莎，"她郑重地说，"你这会儿很糊涂，这完全是正常反应。"

"我一点儿都不糊涂，"萨曼莎说，"我只是生气，真希望你没找到我，这也算正常吗？"

"是的，"德博拉说，不过我看到她脸上也滑过一丝疑惑，"在被挟持之后，人质通常会对挟持自己的人产生情感依赖。"

"你听上去跟背书似的。"萨曼莎说。我真心崇拜她的洞察力，尽管她的语调让我恨得牙痒痒。

"我会跟你父母建议带你去做心理咨询。"德博拉说。

"哦，太好了，精神病院，"萨曼莎说，"我就缺这个。"

"要是你能跟人讲讲你经历了什么，会对你很有帮助。"德博拉说。

"没错，我等不及想说说都发生了什么，"萨曼莎说着，转头直视着我，

"我想把一切都说出来，因为有些事儿发生得……完全违背我的意愿，大家肯定都想听听。"

我被大大地刺激了。倒不是她说的话，而是她在对我说。我不可能误会她的意思，不过她真的会跟大家说我们那点儿兴奋剂催发的小插曲吗？还说那不是她自愿的？我从来没想到她会这样说，毕竟这是隐私，而且也不是我自愿的。我又没有往水里下药，我当然不愿意跟别人说这事儿。

可是现在她那威胁的话语起到了作用，我觉得胃里沉甸甸的。如果她声明那不是她自愿的，从理论上说，那就是"强奸"，法律不会放过我。如果消息传开，我的小聪明可帮不上忙了。年长的男人和年轻姑娘共处牢笼，生命危在旦夕，四下无人——这画面简直不需要台词。太有说服力了，太不能宽恕了，尽管我当时都快死了。我从来没听说过强奸罪能因为环境原因而得到宽恕，很明白说什么都没用。

就算最伟大的律师也没法儿让丽塔饶了我。人类的许多事情我都搞不懂，但我看过很多生活中的真实戏码，我知道会是这样。丽塔也许不会相信我真强奸了谁，但这也没用。她不会管我被绑了手脚，被下了药，不由自主地发生性行为。她一旦知道就会跟我离婚。她会独自抚养莉莉·安，不让我插手。我会变成孤家寡人，忍饥受冻，再也吃不上烤猪肉，也会失去科迪和阿斯特，更不会有莉莉·安照亮我的人生。德克斯特老爹被抛弃了。

没有家人，没有工作，什么都没有。她甚至可能会剥夺我对片鱼刀的使用权。这太可怕了，太讨厌了，太无法想象了。我在乎的每一件东西都被夺走了，我的整个人生都被扔进了垃圾桶，这一切只因为我被下了药。这不公平得令人发指。我这些心理活动大概从表情上能看出来，萨曼莎一直看着我，还点着头。

"这就对了，"她说，"你才想到这些。"

我看看萨曼莎，我以前真没想过这些。我第一次不是因为某个人已经做了什么而想把她结果掉，先下手为强。

不过萨曼莎运气好，我还没来得及摸强力胶带，德博拉就又执行了一回慈善救助者的职责。"好吧,"她说,"这些以后再说。我们先送你回家见父母。"她把手搭在萨曼莎的肩膀上。

萨曼莎把她的手推开,跟对待讨厌的虫子似的。"真棒,我都他妈的等不及了。"她说。

"系好安全带。"德博拉说,然后像突然想到似的,她回头对我说:"你跟我们一起走吧。"

我差点儿对她说:"不用麻烦了,我就留在这里喂蚊子吧。"不过我想起来德博拉领会俏皮话的本事不大好,所以我只是点点头,系上安全带。

德博拉给警局调度员报告说:"我找到了阿尔多瓦家的孩子,我现在送她回家。"萨曼莎咕哝着:"鬼扯。"德博拉看看她,咧咧嘴,大概是想微笑一下。她发动车,我有半小时时间在后座上想象我的生活将土崩瓦解,碎成一百万块漂亮的碎片。这可真让人沮丧。我看不出有什么转机。为了逃生,我甚至得跪下来求萨曼莎。现在她被我惹恼了,我没法儿不让她说那些让我蒙受害的话,又不能施展我的通常做法。我甚至没法儿把她送回给食人族。库卡罗夫死了,其他人要么被抓,要么逃跑,没剩下谁能吃她。这下场很悲惨。萨曼莎的幻想已经终结,她为此责怪我,要实施可怕的报复,我对此无能为力。

好像是为了提醒我我所处的艰难处境和她的决心,在去她家的漫长而令人沮丧的路上,萨曼莎每过几英里就回头看我一眼。即便最蹩脚的笑话也有包袱要抖,我们在开上萨曼莎家的街道时,德博拉低声骂道:"靠!"我透过风挡玻璃看去,她家屋前好像在举行狂欢节。

"浑蛋杂种王八蛋!"她说着,用掌心使劲儿拍了方向盘一下。

"谁?"我说,内心深处很想知道还有谁倒霉了。

"马修斯局长,"她咆哮着,"我给调度员打电话后,他就把媒体全部弄来了,这样他就能拥抱萨曼莎,在镜头前面露脸了。"

没错,德博拉刚在阿尔多瓦家门前停下车,马修斯局长就奇迹般地出现在了车旁乘客这一侧,伸手扶还在生气的萨曼莎下车。闪光灯闪成一片,一大片记者低声说着："啊——"马修斯搂着萨曼莎的肩膀，朝人群威风地挥手，示意大家让道。

德博拉尾随着马修斯，一脸不高兴，无论哪个记者不开眼挡了她的道儿，都会被她使劲儿推开。我跟着他们穿过人群，马修斯到了前门，阿尔多瓦夫妇正等在那里，全力以赴要用拥抱、亲吻和泪水把他们任性的女儿淹没。这场面太感人了，马修斯局长的表现完美无缺，跟排练了好几个月一样。他站在这家人身旁，笑容可掬，父母抽抽搭搭，萨曼莎满脸愠怒，最后，他感觉到记者们已经快没兴趣了，他才走到人前，举起一只手。

他刚要对人群说话，又侧身对德博拉说："别担心，摩根，我这回不会逼你发言。"

"是的，长官。"她咬着牙说道。

"只要显得既自豪又谦虚就行。"他告诉她，又拍拍她的肩膀，朝她笑笑。照相机快门声再度响起。德博拉朝他露出牙齿，他转身对着群众。

"我说过，我们会找到她，"马修斯非常爷们儿地说，"现在我们的确找到她了！"他回头看看阿尔多瓦一家三口，好让记者们捕捉他欣慰的目光。然后他又转回来，发表了一番对自己的赞美之词。当然一字也没提德克斯特可怕的自我牺牲，甚至没提德博拉的勤奋苦干。演讲超时了一点儿，这在预料之中，不过最终阿尔多瓦一家回了屋，记者们也听烦了马修斯的闲扯，德博拉抓着我的胳膊，把我从人群中拽到她的车里，带我回家。

德博拉驾车驶上了迪克西高速公路，向南拐向我家的方向，没有说话。过了一会儿，她脸上的怒色渐渐退去，握方向盘的双手骨节也不那么苍白了，她终于开口说："不管怎么说，重要的是我们救出了萨曼莎。"

我真佩服我妹妹具备这种辨别"重要"事情的本领，但是我真觉得应该指出她的错误，因为那其中没包括我。"萨曼莎根本不想被救，她一直都想被吃掉。"我说。

德博拉摇摇头。"没人想被吃，"她说，"她这么说也许是因为他妈的糊涂，她开始以为自己和那些抓她的浑蛋是一伙的。但你说她一直想被吃掉？"她又做了酸柠檬脸，摇摇头，"你没事儿吧，德克斯特？"

我本来想告诉她我已经相信萨曼莎说的是真的，如果她和萨曼莎聊五分钟，她也会相信的。但我知道只要是德博拉铁定相信的事儿，只有总警监的文字指令才能让她改变主意，我说什么都没用。

"不管怎么说，她现在回到了家人的怀抱，他们会治愈她的。对我们来说，更重要的是把所有线索归纳一下，找到博比·阿科斯塔和其他团伙成员。"

"女巫同盟，"我告诉她，也许有点儿卖弄，"萨曼莎说那个团伙叫女巫同盟。"

德博拉皱了下眉。"我觉得那是巫婆。"她说。

"显然是指食人族。"我说。

"我觉得你不能把一帮男人叫女巫，"她固执地说，"我觉得那是巫婆，你知道，女的。"

这看起来是太小的事儿，特别是我刚刚经历了如此磨难，我可真没力气和她抬杠。我说："你怎么说都成。"德博拉好像很满意这回答，没说话。过了一会儿就到了我家门前。德博拉让我在家门口下车后就走了，因为回家的喜悦，我也没多想。

家在等着我，不知道为什么我有点儿激动。德博拉已经打过电话给丽塔，告诉她我会晚点儿回来，不用着急，一切都很好。丽塔已经看了新闻，围捕过程是晚间新闻的头条。真是的，谁能不关注这个新闻呢？食人族，失踪少女，大沼泽地狙击——完美的新闻故事。有线电视频道已经打过电话要求获得这个故事的版权了。

尽管德博拉在电话里报过平安，丽塔也已经知道我虽然经历了死亡威胁，但在整个过程中还算幸运，但她还是表现得很紧张。她在门口瑟瑟发抖地等着我，状态和我刚刚的英雄经历不太吻合。

"哦，德克斯特，"她过来拥抱亲吻我的时候禁不住吸了几下鼻子闻了闻，

"我们真是太……在新闻里，我看见你了，在德博拉打来电话以后，"她又亲了亲我，"当时孩子们正在看电视，科迪说：'那是德克斯特。'我就赶紧看，是在重要新闻里。哦，天哪！"她又抱住我，把头埋在我怀里，"你不应该去做那些事儿的，你应该就做做科学鉴定，而且……你连一支枪都没有，而且这并不是……他们怎么能……但是你妹妹和电视上都说是食人族抓了你。不过至少你找到了那个女孩，我知道这很重要，但是，哦，天哪，食人族，我都不能去想。他们抓了你，他们会……"她终于停了下来，大概是因为闻了我衬衫一分钟而氧气不足。

我趁她不说话，满意地环顾了一下自己的小小王国。科迪和阿斯特坐在沙发上看着我们动人的表演直恶心，他们的身边坐着我的哥哥布赖恩，脸上带着大大的笑容。莉莉·安躺在沙发边自己的婴儿床里，她冲我扭动着脚趾，热情地向我问候。一幅多么完美的家庭图画，都能镶在相框里了，标题是"英雄凯旋"。虽然我不是很高兴在这幅图画里看到布赖恩，但也想不出什么理由让他走。而且所有的祝福都是能感染人的，即使是我哥哥装出来的。空气里弥漫着的香味让人直流口水，我闻出那是现实世界中的奇迹之一——丽塔烤肉。

古语说得好，金窝银窝不如自己的狗窝。

我真想粗暴地对丽塔说她闻的时间够长了，但是我刚刚经历了那么多磨难，包括饥饿，屋子里满溢的香味把我身体里的暴躁都赶走了，而且那味道都把我熏得服帖了。所以当我能抽身后，我擦了下肩膀，就径直走向餐桌，中间只稍稍停了一下，看看莉莉·安，数了一下她的脚趾和手指，确定一个没少。

我们围坐在饭桌前，像一幅完美的家庭特写。餐桌的首座上当然坐着德克斯特，一个真正的魔鬼正在试图变得更像人类。他的左手边坐着哥哥布赖恩，比魔鬼还坏，而且毫无悔改之意。他的对面坐着的是两个看上去天真无邪的孩子，他们不喜欢别的，就喜欢他们邪恶的伯伯。他们脸上都带着虚假的表情，尽可能表现得像人类。这可真应该成为诺曼·罗克威尔①的素材，如果他可以感觉到这种特别的讽刺的话。

晚饭大家都吃得津津有味，很少说话，只听见吧嗒嘴和"嗯嗯"的赞美声。莉莉·安也要吃饭，也许是因为闻到了烤肉的香味。丽塔会时常打破沉默，照顾一下这个，招呼一下那个。我们再一次证明"剩烤肉"在我们家是根本不存在的。

满足感依然四溢着，即使晚餐后科迪和阿斯特跑去用 Wii 玩儿杀魔兽的游戏。我坐在沙发上给莉莉·安拍着嗝儿，丽塔收拾厨房，布赖恩坐在我旁边，和我一起看着孩子们玩儿游戏。过了一会儿，布赖恩开口了。

"好了，"他说，"你误入女巫同盟但是得救了。"

"显然如此。"我说。

他点点头，看见科迪打死了一个面目狰狞的魔兽，布赖恩喊道："太棒了，科迪！"过了一会儿，他转向我，说："他们抓到女巫头儿了吗？"

"乔治·库卡罗夫，"我说，"他被当场击毙。"

"那个经营俱乐部的家伙？尖牙？"他说，声音里透着惊讶。

"就是他，我得说那一枪打得漂亮，而且及时。"我说。

布赖恩沉默了一会儿，然后说："我一直以为女巫同盟的头儿是个女的。"

这是今晚第二个人要跟我争论这个话题，我有点儿烦。"这真不归我管，德博拉和她的行动小组会追捕剩下的那些。"我说。

"如果她认为库卡罗夫是头儿的话，就逮不着了。"他说。

莉莉·安的头靠在我的肩膀上，打着瞌睡，突然打了个嗝儿，我觉得我的衬衫又湿了。"布赖恩，"我说，"我这一天因为都和这些家伙在一起，过得衰极了，我真够了，一点儿都不关心女巫同盟的头儿到底是男还是女，或者是从别的星球来的双头怪物，我不想再说这个了。但是你干吗这么关心呢？"

---

① 美国 20 世纪早期画家。

"噢，我不关心，但你是我的弟弟，我自然会有点儿兴趣知道。"他说。

我本来还想说点儿尖酸的话，但是被阿斯特突然爆发出的痛苦的叫声"不——"打断了。我们赶紧转身看向电视屏幕，看见代表阿斯特的金发小人正在被一个魔兽吃。科迪说："哈！"耀武扬威地举起手中的遥控器。游戏继续着，我也想不起来什么巫婆、女巫同盟还有哥哥对他们的兴趣了。晚上的好时光无情地宣告着它的结束。我发觉自己大声地打了个哈欠，虽然有点儿尴尬，但没控制住，德克斯特老爹马上要加入到莉莉·安的梦境世界了。

我刚要跟大家道晚安，并致歉自己要先去睡觉，虽然他们的注意力都在游戏上，没人会注意我，这时布赖恩的电话响了。他从皮套中抽出电话，看了一眼，皱起眉头，同时站起身说："啊，亲爱的，我恐怕得马上走了，你们好好玩儿，别不高兴。"

"也许会，"阿斯特嘟囔着，看着科迪的分数不断上升，"但是现在还没有。"

布赖恩冲她咧嘴笑了笑。"那不是因为我，阿斯特，"他说，"工作电话，我得去上班了。"

"都晚上了。"科迪头也不抬地说。

"是啊，是晚上了，但是我有时候得晚上工作。"他愉快地看看我，好像都要冲我眨眼了，我的好奇心超过了困意。

"你现在做什么工作？"我问他。

"服务行业，我真得走了。"他拍拍我的肩膀，莉莉·安没靠着的那一边，"我想经过那么多折磨后，你一定需要睡个好觉。"

我又打了个哈欠。"你说得对，我送你出去。"我说着站起身。

"不用，"布赖恩说完走向厨房，"丽塔？谢谢你又准备了一顿丰盛的晚餐，这是非常快乐的一个晚上。"

"哦，"丽塔说说边走出厨房，并用洗碗布擦着手，"但是时候还早啊，还……你想来点儿咖啡吗？或者也许……"

"哎呀，我真得火速离开了。"

"那词儿什么意思？"阿斯特问，"火速？"

布赖恩冲她眨眨眼睛。"意思是要像邮递员一样快。"他又转向丽塔，拥抱了她一下，"非常感谢，亲爱的女主人，晚安。"

"我真觉得……我的意思是，这么晚了还得去工作，你……也许是个新工作？这真是……"

"我明白，"布赖恩说，"但是这个工作非常适合我。"他看看我，我感觉胃里翻腾，一阵恶心。我知道只有一个工作适合他，据我所知，还不会有人为这给他付工资。他继续说道："晚上加班会有补助，我得马上去，所以向所有人说再见了。"说着他抬起手挥了挥，朝门口走去。

"布赖恩……"我在他背后说，我必须克制住自己，不打出这个哈欠。

布赖恩回过头，挑挑眉毛。"什么，德克斯特？"他说。

我努力回想刚刚想要说的话，但是又一个哈欠打出来了。"没事儿，晚安。"我说。

他脸上又现出那种假笑。"晚安，兄弟，睡个好觉。"他说着打开门，消失在夜色里。

"唉，布赖恩真应该有个自己的家。"丽塔说。

我点点头，感觉自己都有点儿打晃了。"是呀，他是应该有个自己的家。"我说，伴随着又一个哈欠。

"哦，可怜的德克斯特，你需要立刻上床，你一定是……快点儿，把宝宝给我。"丽塔说。她把擦碗布扔回厨房，跑过来抱莉莉·安，把她放进了婴儿床，然后推着我往卧室走。"马上，"她说，"你去冲个热水澡，他们不能指望……我是说，你毕竟受了这么多罪。"

我困得不想说话。上床前，我支撑着洗了澡，即便这样，我还是感觉这可怕的一天的晦气遍及全身，热水喷洒下能让自己不睡着简直是项艰巨的任务，而且还得彻底洗干净。当我把头搁到枕头上时，都感觉自己是个超人了。终于我可以躺着，闭上眼睛，盖上被子……

可是，当我真躺到床上时，我倒完全睡不着了。我躺在那儿，闭着眼，能感觉到浓重的睡意就在枕头背面，可就是咫尺天涯。听着科迪和阿斯特在客厅里的动静，他们还在玩儿 Wii。在丽塔的要求下他们安静了一些，因为丽塔告诉他们我需要睡觉。我是在努力入睡，但就是睡不着。

各种念头在我的脑海中萦绕，跟慢镜头里的游行似的。我想着他们四个就在客厅，我的小家。德克斯特老爹，保护伞，靠山，好男人。这听上去有点儿怪。更怪的是，我居然喜欢这样。

我想着我的兄弟。我还是不知道他的意图到底是什么，干吗一直来我家。他只是想找到亲情的感觉，这可能吗？太难以置信了。不过说起来，没有莉莉·安之前，我也很难相信我会变成现在的我。也许布赖恩也不过是想要如此简单的人类感情纽带。大概他也想变一变。

这不可能。布赖恩一辈子生活在黑暗中，他不可能改变，即使改变也不会彻底。他拼命挤进我的家庭肯定另有原因，迟早会真相大白。我觉得他并不是要伤害我的家人，可我还是会盯着他，直到搞明白他到底要干什么。

我又想到萨曼莎和她威胁揭发我的事儿。这只是威胁，还是她真会告诉大家一个被恶意歪曲的真相？那个讨厌的词儿——"强奸"，一旦说出来就没有回头路，一切都会改变，而且是变糟。德克斯特会被推上正义的审判台，这可怕得令人难以想象，而且极度不公平。她真的会惩罚我吗？还真说不准，我觉得她有可能会。那样的话，我精心打造的生活可就全毁了。

可我又能怎么样呢？我没法儿摆脱杀了她一了百了的想法。我甚至能让她心甘情愿地配合我，只要我答应杀死她之前咬下她几小块肉来。我当然不会真吃，真恶心，但要是一个小小的谎言能让别人开心，那又有什么不妥？

可是这不成。这又很讽刺，可我就是不能杀萨曼莎，尽管我们都挺乐意。并不是我良心发现了，而是这完全背离了哈里准则，也太危险，因为她正在风口浪尖上，我没法儿接近她。不，太危险了。我得另想办法活命。

但有什么办法呢？灵感和睡意都不来光顾，思绪只管沉滞地搅动着我那极度渴望睡眠的大脑。女巫同盟，谁在乎他们的首领到底是雄是雌呢？库卡罗夫死了，同盟解体了。

除了博比·阿科斯塔。也许我能找着他，把萨曼莎喂给他，再把他交给德博拉。这下他俩都开心了。

德博拉太需要开心了，她最近太怪了。这意味着什么吗？也许仅仅是刀伤引起的情感后遗症？

刀——我真能永远告别我的黑暗乐趣？为了莉莉·安？

莉莉·安，我想着她，好像过了很久很久，然后突然就到了早晨。

Chapter
被出卖的博比·阿科斯塔 *9*

我听丽塔的嘱咐，早晨多睡了一阵儿。空屋里的声响把我唤醒。远远的淋浴喷头传来滴水的声音，空调启动，走廊那边厨房里洗碗机轰轰作响。我躺在那里，享受了几分钟相对的安静，疲倦贯彻全身。昨天可真是漫长的一天。我的脖子还有点儿僵，不过头疼已经消失，我感觉好多了，然后我想起了萨曼莎。

所以我又躺了一阵子，想着我究竟如何才能说服她别说出去。有个胜算很小的机会，我曾经做到一次，在尖牙俱乐部的冰柜里，结果升华到了甜言蜜语的境界，这是我从未涉足过的领域。我还能再来一回吗？对她还管用吗？我没把握。

我听见前门响动，是丽塔急匆匆地进了屋子，她刚送孩子上学回来。她穿过客厅，走进厨房，蹑手蹑脚，却弄出不少很吵的噪声。我听见她给莉莉·安换尿布时柔声对她说话，然后又回到厨房，过了一会儿，我听到咖啡机咕嘟咕嘟煮咖啡的声音。不久，新鲜咖啡的气息飘进卧室，我开始感觉好点儿了。

最终我还是起身坐在床边，慢慢转动一下脖子，想驱走最后一点儿酸痛。我站起来，比平时来得艰难。我的腿发僵，肌肉也酸痛，我跟跄着走进浴室，让热水冲遍全身，漫长而奢侈的十分钟。终于有了点儿精神，几乎都跟平常一样了的德克斯特穿好衣服，直奔厨房，从那里飘出的天堂般美妙的气味和锅碗瓢盆的声响上可以判断，丽塔正忙得不亦乐乎。

"哦，德克斯特，"她说着放下手里的抹刀，在脸上亲了我一下，"我听见你在淋浴，所以我想……你想吃蓝莓煎饼吗？我不得不用冻蓝莓做，那个不如……你感觉怎么样了？因为那不是……我也可以给你煎蛋，把蓝莓煎饼冻起来。哦，亲爱的，快坐下，你看上去累极了。"

我被丽塔扶着坐到椅子上，说："煎饼就非常好了。"确实如此。我吃了好多，心想这是我应得的，我努力不去听耳朵里面的邪恶细语，那声音说这可能是最后一次享用，除非我对萨曼莎采取点儿什么措施。

饭后，我坐在椅子上喝了几杯咖啡，巴望能真像广告上说的那样给我能量。咖啡很棒，但是不能真的消除疲劳，所以我又在家里晃悠了一会儿。我抱着莉莉·安坐了一会儿，她又吐了一次在我身上，我奇怪自己居然一点儿都不烦。然后她在我怀里睡着了，我坐在那儿欣赏了她好一会儿。

最后那个细小而讨厌的声音唠唠叨叨地提醒我我的职责，我只好把莉莉·安放进婴儿床，吻别丽塔，走出家门。

路上车不多，我心不在焉地行驶在迪克西高速公路上。驶上棕榈高速公路的时候，我开始有一种不安的感觉，事情好像有点儿不对头。我把德克斯特马力强劲的大脑拉回在线状态，搜索到底是哪儿出了问题。搜索是高效的，不是因为我的大脑程序强大，而是因为从背后飘过来的臭味很强大，大概是车后座的方向。那气味特别难闻，是放置过久的什么东西分解、发酵并越来越腐烂的气味。

开着车，我没法儿回头看背后，即使把后视镜调低也看不到。在向北驶向警局的路上我一直思忖着，直到一辆校车蜿蜒穿过马路，我才把注意力重新收回来。即使路上交通不忙，你也不能开车走神，因为这里是迈阿密。所以我摇下车窗，专心开车，争取活着到达目的地。

当我把车驶进警局停车场，慢慢驶入我的车位，那臭味又一次袭来，我开始思索起来。我最后一次开这辆车是在陷进萨曼莎这堆大麻烦之前，在那之前——

查宾。

我在游戏日夜晚开车去找维克多·查宾，然后把几袋子垃圾带走——难道我漏下了零星小件物品在车里，在紧闭了一天的车内高温下慢慢腐烂，现在散发出了恶心的气味？这太难以置信了，我从来都是仔细的人，可那又能是什么呢？气味远远超出了难闻的范围，现在还越来越糟，我都快晕过去了，这让我更加愤怒。我一脚踩住刹车，使劲儿扭身去看——

一只垃圾袋。我莫名其妙地漏了一只在那儿——但这没可能啊，我从来都没这么蠢、这么粗心过。

除非那天我太赶时间，急着收尾赶回家睡觉。懒惰，愚蠢，自私，现在我在警察老窝，车里有一只装着尸块的袋子。我将挡把推到停车的位置，钻出车，后背已经被冷汗浸湿，汗水从脸上涔涔而下。我打开后车门，跪下来端详。

是的，一只垃圾袋。可是怎么会在这里，在我后座的脚垫上？而其他袋子都在后备厢里，然后——

然后一辆车开进我旁边的停车位。一阵儿慌乱之后，我深深地平静地吸了一口气。这没什么，对我来说不算问题。不管那人是谁，我只要乐呵呵地打个招呼，他就会走开，然后走进大楼，我就开车带着这袋子查宾远去。没什么，我还是老好人德克斯特，溅血分析员，整个警局没人有理由怀疑我。

除了这个正在下车并且瞪着我的人。准确地说，一个三分之二的人。他的手和脚都没了，舌头也没了，他拿着一个帮助他说话的小笔记本电脑，趁我艰难地呼吸着，他打开电脑，眼睛一直盯着我，他戳着键盘，组成电子语句。

"袋子——里头——有什么？"多克斯警官用电脑说。

"袋子？"我说，此刻心情万般难熬。

多克斯瞪着我，双眼冒出可怕的光芒，我还没来得及说什么，他就往前一跃，伸出他的金属爪子，将垃圾袋拎出了我的车子。

我恐惧地看着，感觉到死期将近。他将人工语音装置放到车顶，打开了袋子，伸手进去摸，脸上是胜利的神情。他拎出来一只肮脏、腐烂、可怕的尿布。

当我眼看着多克斯脸上的表情从胜利变成极度的厌恶，我才想起来是怎么回事儿。我那天冲动地去找查宾，丽塔将装着脏尿布的垃圾袋丢给我。匆忙中，我将它丢在车后座，想着一会儿再扔。然后有了戴克的死讯、我被绑架、和萨曼莎的糟糕艳遇，所有这些让我把微不足道的尿布垃圾袋忘得一干二净。随着记忆复苏，欢乐的情绪也充满了心口。想到莉莉·安，美妙的魔幻宝宝，用脏尿布救了我命的小宝宝，这简直太有滋味了。更妙的是，她同时还羞辱了多克斯。

生活是美好的，身为人父是一场奇妙的历险。

我站起来开心地对着多克斯。"我知道这属于有毒物，"我说，"而且这可能违反了好几条城市条例。"我伸手去拿袋子，"可是我求你了，警官，别逮捕我。我保证把它妥善地处理掉。"

多克斯把目光从尿布上挪开，看着我。他的表情是那样不甘心和愤怒，他很仔细地说："狗狗狗南眼的。"（狗娘养的）然后松开抓着袋子的钢爪，袋子掉落在人行道上，被他另一只手抓着的尿布掉在袋子旁边的地上。

"狗狗狗南眼的？"我开朗地说，"这是哪儿的口音？"但多克斯从车顶拿下发音器，丢下我和脏尿布，迈着两只假腿走开了。

目送他走远，我感到彻底的轻松。当他消失在停车场远方，我深深吸了口气，这下可糟了，我忘了脚边的东西。我被呛得小声咳嗽着，眼睛都被熏出了眼泪。我弯腰将尿布丢进袋子，把袋子系紧，将它丢进了大垃圾箱。

我坐到办公桌前时是下午一点半。填了几个实验室报告，又做了一个常规分光仪化验，喝了一杯低劣的咖啡，时间就到了四点半。我正想着逃命回来的第一天总算无惊无险地过去了，德博拉带着一脸很难看的表情走了进来。我猜不出是怎么了，但看样子是出了特别糟糕的事儿，而且能看出来她非常伤心。我太了解德博拉了，非常清楚她的想法，我猜那意味着德克斯特要倒霉了。

"下午好。"我欢快地说，希望我的态度能把问题赶走。这当然不管用。

"萨曼莎·阿尔多瓦……"我妹妹说道，直勾勾地看着我，我从前晚就开始的焦虑一下子把我压倒了，我知道萨曼莎一定已经说了，德博拉来这儿抓我。我对这姑娘的反感陡增了几个量级，她都不肯体面地等上一等，让我想出点儿好理由。她大概在她家门刚一关上就开始喋喋不休地说我的坏话了，现在，收拾我的时刻到了。我完了，彻底栽了、砸了。我心头立刻涌上了忧虑、惊慌和怨恨。现在的人哪，传统的谨慎作风都哪儿去了？

不管怎么说，完了就是完了，德克斯特无计可施，只得面临困境，付出代价。我深吸了一口气，直视着德博拉。"这不是我的错。"我对她说。然后绞尽脑汁地想着怎么实施德克斯特自我辩护的一期工程。

但德博拉眨眨眼，一丝疑惑出现在她阴郁的脸上。"你他妈的什么意思？什么不是你的错？"她说，"谁说这是……这怎么可能是你的错？"

我又一次觉得所有人都有现成的脚本，可以念准备好的台词，只有我被要求即兴发挥。"我的意思是……没什么。"我边说边祈求谁能告诉我到底应该说什么。

"靠，"她说，"为什么什么事情都要跟你有关？"

我很想说："因为我总是被卷进一些事情里，通常都不是我甘心情愿的，通常都是因为你。"但理智占了上风。"抱歉，"我说，"怎么了，德博拉？"

她又看了我一会儿，然后摇摇头，跌坐在我桌旁的椅子里。"萨曼莎·阿尔多瓦，"她又说一遍，"她又跑了。"

　　有时候我觉得自己经过多年实践学会只让脸上流露出我想流露的表情，这真是一件很棒的事儿。这会儿就是一例。因为我的第一个反应是喊："啊哈，好姑娘！"然后唱起一支开心的歌。所以，当我取而代之以震惊的表情说"你开玩笑吗"的时候，这简直是你没见过的当代最出色的表演。我心里说："我太希望你是说真的。"

　　"她今天没去上学，在家休息。"德博拉说，"我是说，她经历了太多事情。下午两点左右，她妈妈去商店买东西，回到家就发现萨曼莎走了。"德博拉摇摇头，"她留了张字条：'别找我。我不回来了。'她逃跑了，德克斯特。她就这么跑了。"

　　我觉得好过多了，尽管这么想不太地道，我还是希望她这次藏得妥妥的。

　　德博拉使劲儿叹口气，摇头道："我从来没听说过斯德哥尔摩综合征能这么强，受害人居然跑回去找坏蛋。"

　　"德博拉，"我说，这下我实在忍不住了，"我跟你说过，这不是斯德哥尔摩综合征。萨曼莎想被吃掉，这是她的理想。"

　　"胡说八道！"她气愤地说，"没人想被吃。"

　　"那她为什么要再次跑掉？"我说。她摇头，垂眼看着自己的手。

　　"我不知道。"她说。她看着摊在腿上的手，好像答案就在指关节里。然后她坐直身子。"没关系，"她说，"关键是她去了哪儿。"她抬头看着我，"德克斯特，她会去哪儿？"

　　说真的，我不在乎萨曼莎去了哪儿，只要她一直待在那儿就行。可我还是得说点儿什么。

　　"那博比·阿科斯塔呢？"我说，这挺合理，"你找到他没有？"

　　"没有。"她非常生气地说，然后又耸耸肩。"他不会永远在逃的，"她说，"我们部署得特别严密。另外，"她说着举起了双手，"他家有钱有势，会觉得他们能让他没事儿。"

　　"他们行吗？"我问。

　　德博拉看着指关节。"也许。"她说，"靠，是啊，有可能。我们有证人证明他和泰勒·斯巴诺的车有关联，但一个好律师能把那两个海地人的证词立刻推翻。另外他从我手里逃跑了，不过这也不算什么。其他的现在还都是猜测和传言，不过，靠，是啊，我想他能逃脱。"她点点头，又盯着自己的手。"是啊，肯定的，博比·阿科斯塔会没事儿。"她轻轻说道，"又一次，没人再追查这事儿……"她又盯着自己的指关节，然后抬头看我，她的脸显得很疲倦，那表情我从来没见过。

"想说什么？"我问。

德博拉咬咬嘴唇。"也许，"她说着扭转头，"我不知道。"她又看着我，深深吸了一口气。"也许有什么，你知道，"她说，"有什么是你能做的。"

我眨了好几次眼睛，勉强才没有低头看脚下的地板下面是否还有一层地板。她的意思我不可能听错。对于德博拉来说，我只有两个技巧。我妹妹并没在说使用我的法医技巧对付博比·阿科斯塔。

德博拉是地球上知道我的嗜好的人。我觉得她慢慢能接受了，不管有多么勉强。但让她建议我去对某人实施这个技巧，实在太出格，我绝对没有想到她会这样，我彻头彻尾地惊呆了。"德博拉……"我说，语调中很明显地带着震惊。可她使劲儿地凑过来压低声音说："博比·阿科斯塔就是凶手，但他会再次逍遥法外，就因为他家有钱有势。这不对。对于这种事儿，要是爸爸活着，他会希望你来处理。"

"听着……"我说。但她还没说完。

"讨厌，德克斯特，"她说，"我拼命想理解你，还有爸爸到底想让你干吗，我终于明白了。我想通了，好吗？我现在完全理解爸爸是怎么想的。因为我是和他一样的警察，每个警察都会在某天遇到博比·阿科斯塔这样的人，这样杀完人还能逍遥法外的人，就算你竭尽全力也不能把他怎么样。你失眠，你咬牙切齿，你想喊，想勒死谁，可你的工作就是忍气吞声，还要假装喜欢，你什么也做不了。"她站起来，将拳头抵着我的桌子，脸离我只有六英寸远。"直到现在，"她说，"直到爸爸解决了整件事儿，整个烂摊子，"她戳着我的胸膛，"和你一起。现在我希望你成为爸爸希望的那样，德克斯特。我需要你管管博比·阿科斯塔。"

德博拉看了我几秒钟，我着急地想找点儿话说。我一直拼命努力改变自我，想过正常的生活，正因为如此，我被下药产生幻觉。这主意非常不错，但我的胃开始叫起来，胸膛也被德博拉戳得有点儿疼，这让我明白这件讨厌的事儿是真的，我必须处理。

"德博拉，"我谨慎地说，"我觉得你有点儿紧张。"

"你他妈的说对了！"她说，"我费了牛劲儿把萨曼莎救回来，现在她又跑了。我打赌她跑到博比·阿科斯塔那里去了，而且他还能逃脱法律制裁。"

其实更准确的说法是，她费了我的牛劲儿。但现在不是纠正她的好时候，而且恐怕她对博比·阿科斯塔的预测是对的。萨曼莎是因为他才进的组织，他则是活着的人里唯一还能帮她实现梦想的。但至少这稍微扭转了一下话题。我要抓住机会，弄清楚阿科斯塔在哪里，而不是拿他怎么办。

"我想你说得对，"我说，"阿科斯塔是让她做这一切的家伙。萨曼莎现在大概在他那儿。"德博拉仍然没坐下，她仍然瞪着我，脸蛋红扑扑的，眼神中带着怒火。"好吧，"她说，"我要去找到那个小杂种，然后……"

有时候暂停和转换话题是你能想到的最好的办法，显然我现在就是一个例子。我只希望等抓住阿科斯塔，德博拉能稍微平静一点儿，而且发现指责德克斯特并不是一个很明智的决定。不管怎么说，我摆脱了做鱼的诱饵，至少是暂时的。

"好吧，"我说，"你怎么找到他们呢？"

德博拉站直身体，拿手捋了一下头发。"我会和他爸谈谈。"她说，"他应该明白对博比来说，最好的办法就是带一个最好的律师出庭。"

这几乎必然是对的。可是，乔·阿科斯塔是个富有而强大的人，我妹妹则以倔强和拧巴著称，这两人要是开会本可以很顺利，但前提是哪怕只要有一个人有一点点智慧和圆滑。德博拉从来没有这些本领，她连这些字怎么写都不知道。从名声上看，乔·阿科斯塔是那种只要自己需要就不惜用金钱买智慧的人。所以我就不指望他们了。

我站起来。"我和你一起去。"我说。

她琢磨了一会儿,我以为按她眼里不揉沙子的做法,她要对我说"不"。但她点点头,说:"好吧。"然后走出了大门。

跟绝大多数住在迈阿密的人一样,我从报纸上读到过很多关于乔·阿科斯塔的报道。他好像一直都是市长,那之前他的经历也不时被媒体东鳞西爪地提起,都是些平步青云的传奇,相当励志。

乔·阿科斯塔从哈瓦那来到迈阿密。他当时年纪很小,融入美国文化没有什么困难,但一直住在古巴社区,成长得很出色。在二十世纪八十年代房地产繁荣时,他把所有的钱都投进南迈阿密的第一个大楼盘中,六个月后卖出。现在阿科斯塔的建筑发展业务在南佛罗里达是做得最大的。如果你开车在城里转转,就能看见几乎每个建筑工地上都挂着写着他名字的广告牌。他太有钱了,即便金融危机也没能把他怎么样。除了建筑生意,他当市长的工资是每年六千美元。

乔的第二次婚姻进入了第十个年头,看样子上次离婚没让他破产,他还住在豪宅里,在人前相当招摇。他经常上报纸的名人八卦专栏,和他的新太太出尽风头。他的新太太是个英国美人,是九十年代重金属乐队红极一时的歌手。后来大众听厌了那些音乐,她便来到迈阿密,遇到了乔,过上了舒适的花瓶阔太生活。

我们在阿科斯塔位于布里克尔大街的办公室里找到他。那座摩天大楼是迈阿密的新地标性建筑,看着像从外太空跌落的一面巨大的镜子,高大的碎片耸立在地面上,密集而杂乱。他拥有整个顶层。阿科斯塔的办公室,就连等待区域都用金属和真皮材料装饰,非常别致。从那里能看到比斯坎湾的美丽景色,幸亏是这样,我们有充足的时间好好领略,因为阿科斯塔让我们等了四十五分钟,毕竟作为权贵的好处就是要让警察不爽。

这还真起了作用,至少对德博拉是这样。我坐在那里翻阅了几本非常高端的体育和钓鱼杂志,德博拉则如坐针毡,抓耳挠腮,咬牙切齿,一会儿跷起左腿，一会儿换成右腿，手指不停地在椅子扶手上敲来敲去。她看着就跟急不可待地等着医院开门，好开点儿止疼药似的。

过了一会儿，我简直没法儿集中精力看那些光滑的画面上富得流油的男人，他们一只手搭着身穿比基尼的模特，另一只手搂着一条大鱼。我放下杂志："德博拉，帮帮忙，别闹腾了，你会把椅子弄坏的。"

"那杂种让我等是因为他想达到他的目的。"她气哼哼地说。

"那杂种是个大忙人，"我说，"有钱有势。另外，他知道你是想找他儿子的麻烦，所以他想让咱们等多久都可以。放松心情，欣赏一下风景吧。"我拿起杂志递给她，"你看这本《雪茄迷》吗？"

德博拉把杂志"啪"地丢到一边。"我再给他五分钟。"她恶狠狠地说。

我没能看见如果超过五分钟她会怎么样，因为三分半钟后，德博拉继续咬牙切齿，像个中学生一样不耐烦地抖着腿，电梯门开了，一个优雅的女人闲闲地走过我们身边。她不穿高跟鞋也显得个子高挑，一头白金色短发，恰好露出脖子上的金项链和巨大钻石。项链是古埃及十字架的样式，却带着尖利的短剑般的毛刺。女人傲慢地瞥了我们一眼，径直走向接待小姐。

"缪里尔，"她的声音冰冷，带着英国口音，"请送咖啡进来。"说完没等回答她就走开，推开阿科斯塔办公室的门，闲散地踱了进去，门在她身后关上。

"那是阿兰娜·阿科斯塔，"我小声地告诉德博拉，"乔的太太。"

"我知道她是谁，该死的。"她说，继续咬牙切齿。

显然德博拉根本不在乎我这微不足道的想让她好受点儿的努力，所以我又拿出来一本杂志。这本杂志专门讲在游艇上的着装，这种游艇一条就够买下一个小国。但我还没弄明白一千两百美元的短裤比沃尔玛十五块的短裤好在哪儿，前台小姐就叫我们进去了。

"摩根警官？"她说。德博拉从椅子里应声弹起，就好像坐在弹簧上一样。"阿科斯塔先生现在要见你。"接待小姐朝办公室的门指了指。

"正他妈的是时候。"德博拉憋着气说，但我觉得缪里尔听见了，德博拉从她身边冲过去的时候，她朝我们很有优越感地笑了一下。

乔·阿科斯塔的办公室大得能举办一个大型会议。一整面墙上是我从没见过的那种超大尺寸的平面电视。对面墙上是一幅只应该在博物馆里被严密看守的油画。里面有一个带着微型厨房的酒吧，谈话区摆着两只沙发和几把像从英国皇宫搬来的椅子，比我家的房子还值钱。阿兰娜·阿科斯塔半靠在椅子里，从一只中国古瓷咖啡杯里轻轻啜饮一口咖啡，对我们毫不理会。

乔·阿科斯塔坐在一张巨大的钢框架玻璃书桌后，他背后的镀膜玻璃墙将比斯坎湾纳入眼底。尽管玻璃镀了膜，傍晚的光线在水面上反射回来，依然把整个屋子都笼罩在超自然的光晕中。

我们进屋时，阿科斯塔站起身，他被身后的光环笼罩，让人无法直视。我还是努力看着他，就算没有光环，他也引人注目。

阿科斯塔瘦削而有贵族气，黑发黑眼睛，身穿一套昂贵的西服。他个子并不高，我肯定他太太穿上高跟鞋比他高很多。但也许他相信以自己的人格魅力来克服一英尺的高度差是小菜一碟，又或许他的财富给他带来了笃定，不管怎样，他有这个气场。他从桌后望过来，我突然觉得想下跪，至少以手触额向他表达敬意。

"警官们，抱歉让你们久等了。"他说，"我太太也想在此参与我们的谈话。"他朝谈话区挥挥手，"我们过去谈吧。"他说着从桌后走过去，坐到阿兰娜对面的大椅子里。

德博拉犹豫了一下，我看出她有点儿惶惑，好像第一次发现自己面对着一个近乎神的人物。但她吸口气，挺起肩膀，朝沙发走去。她坐了下来，我坐在她身边。

我一坐下去就深深陷入软垫中。我使劲儿保持身体正直，发现这就是人家想要的效果，是阿科斯塔又一个玩弄人的小伎俩。阿科斯塔习惯控制他人。德博拉显然也有同感，她绷着脸猛地从沙发的包围中挣脱出来，别扭地坐在沙发一角。

"阿科斯塔先生，"她说，"我需要和你儿子谈谈。"

"关于什么？"阿科斯塔说。他舒坦地坐在椅子里，双腿并拢，脸上是一副很有礼貌又很有兴趣的样子。

"萨曼莎·阿尔多瓦，"德博拉说，"还有泰勒·斯巴诺。"

阿科斯塔微笑一下。"罗伯特有很多女朋友，"他说，"我都弄不清是谁。"

德博拉看上去很生气，但好在她努力压制着。"我想你一定知道，泰勒·斯巴诺被谋杀，萨曼莎·阿尔多瓦失踪。我认为你儿子了解这两个姑娘的一些情况。"

"为什么你会这么认为？"阿兰娜坐在乔对面的椅子中说。这又是一个花招，我们不得不把脑袋转来转去看他俩说话，就像看乒乓球比赛一样。

但是德博拉不为所动。"他认识萨曼莎，"她说，"我有证人表明他卖掉了泰勒的车，那涉嫌偷盗和谋杀，这还只是开始。"

"我没听说有警察局立案。"阿科斯塔说，我们又把脑袋转向他。

"还没有，"德博拉说，"但我们会的。"

"那我们应该把律师请来。"阿兰娜说。

德博拉看看她，又看看阿科斯塔。"我想先跟你们谈谈，"她说，"在律师介入之前。"

阿科斯塔点点头，好像他已经料到警察会对他的钱垂涎。"为什么？"他说。

"博比有麻烦，"她说，"我想他知道这一点，但他现在最好带上律师来我的办公室投案自首。"

"那会让你省点儿事，对吧？"阿兰娜优越地笑笑。

德博拉看着她。"我不在乎费事儿，"她说，"我怎样都会找到他。等我找到他，就对他非常不利了。如果他拒捕，甚至会受伤。"她又看着阿科斯塔，"如果他自首对他会好得多。"

"你怎么会认为我知道他在哪儿？"他问。

德博拉看着他，又掉转目光看向窗外的海湾。"如果是我儿子，"她说，"我会知道他在哪儿，或怎么找到他。"

"你没孩子吧？"阿兰娜问。

"没有。"德博拉说。她迎着阿兰娜的目光，两人对视了长得让人难受的一段时间，然后她转头看着阿科斯塔："他是你儿子，阿科斯塔先生。如果你知道他在哪儿而不说，到我立案的时候，这就是藏匿逃犯。"

"你认为我会把自己的儿子交给警察？"他问道，"你觉得这样让我有面子？"

"是的。"她说。

"市长支持法律，尽管这伤害他的利益。"我用新闻主持人的语气说道。他看着我，显然动了怒，我耸耸肩。"你可以换个你喜欢的说法。"我说。

他瞪了我半天，我也回瞪他，最后他转过去看德博拉。"我不会出卖我自己的儿子，警官，"他气呼呼地说，"不管你说他干了什么。"

"我说他涉嫌吸毒、谋杀和其他更糟的勾当。"德博拉说，"而且不是初犯。"

"全都是过去的事儿了，"他说，"阿兰娜已经让他改邪归正了。"

德博拉瞥了阿兰娜一眼，她再次优越地笑着。"没过去，"德博拉说，"而且越来越糟。"

"他是我的儿子，"阿科斯塔说，"还只是个孩子。"

"他是个爬虫，"德博拉说，"不是个孩子。他杀人，而且吃人。"阿兰娜哼了一声，但阿科斯塔的脸色发白，想要说什么，但德博拉截住了他："他需要帮助，阿科斯塔先生。精神治疗，心理咨询，诸如此类。他需要你。"

"你真讨厌。"阿科斯塔说。

"如果你撒手不管，他会受到伤害，"她说，"如果他自首……"

"我不会交出我自己的儿子。"阿科斯塔又说一次。他显然在使劲儿控制自己，貌似做得不错。

"为什么不呢？"德博拉说，"你非常清楚你能让他没事儿，你以前就这么干过。"她现在的语气非常严厉,阿科斯塔显得有些惊讶。他看着她,嘴巴动了动,但什么都没说。德博拉继续用确凿的口吻说:"以你的关系和钱,你能请到全国最好的律师,博比受点儿轻罚就没事儿了。这不对,但这就是事实,我们都知道这一点。你儿子会没事儿,和以前多少次一样,如果他自首的话。"

"所以你坚持让他自首,"阿科斯塔说,"但生活中的很多事儿都说不定。不管怎样,我还是出卖了我的儿子。"他又瞪着我,"媒体会这么报道。"他又看着德博拉,"我不会这么做。"

"阿科斯塔先生……"德博拉说,但他举起一只手打断了她。

"不管怎么说,"他说,"我不知道他在哪儿。"

他俩互相看了看,很显然两人都不知道怎么下台阶,很快他们也意识到了这一点。德博拉看着他,慢慢摇摇头,费劲儿地从沙发中站起。她俯视着阿科斯塔,然后点点头。

"好吧,"她说,"如果你非得这么干,那就谢谢你宝贵的时间。"她转身朝门口走去,我还没从沙发里挣脱出来,她就已经将手放到了门把手上。我站起来,阿兰娜·阿科斯塔收起长腿,也从椅子中站起身。她的动作相当突然而且夸张,我愣在原地,看着她经过我,朝阿科斯塔走去。

"这可真无聊。"她说。

"你回家吗?"他问她。

她俯身在他脸上啄了一下,巨大的钻石十字架打到他的脸,幸好没有划破,他丝毫不在乎。"回家,"她说,"我们今晚见。"她款款地向门口走去。我这才意识到自己还在看着他们,赶紧站起身跟着走出去。

德博拉站在电梯旁边,抱着胳膊,不耐烦地用脚敲着地面。阿兰娜显然没觉得气氛有什么尴尬,她大摇大摆地走过来,站在德博拉身边。德博拉得仰起头才能看见阿兰娜的脸。阿兰娜面无表情地看看她,又掉转脸。电梯门叮的一声打开,阿兰娜进了电梯,德博拉咬着牙跟在她后面,我无可奈何地赶紧加入进去,希望能制止一场流血事件。

可是没有打斗。门关上，电梯下降，德博拉还没来得及重新抱起胳膊，阿兰娜低头看看她，说："我知道博比在哪儿。"

一开始谁都没吭声，很多时候，一个人话里的每个字都很简单，但合在一起就让人摸不着头脑了。电梯下降中，我仰头看向阿兰娜，我的眼睛大概与她的下巴平行，正好看到她的项链。项链坠儿是一个十字架，形状有点儿长，容易扎伤皮肤，我怀疑那东西已经给她留下过疤痕。虽然我不太懂钻石，但即使近看它依然像是真的，而且特别大。

当然德博拉的位置是不便于仔细观察项链的，所以她先回过神儿来。"你说这到底是什么意思？"她说。

阿兰娜低头看看德博拉，居高临下的她故意消遣德博拉道："你希望那是什么意思啊，探长？"她把"探长"这个词儿说得像某种好玩儿的昆虫，德博拉也听出来了，脸有点儿红。

"你说这话是不是想逗我们玩儿，跟玩儿游戏似的，看着我们这些小人物局促不安？"德博拉说，"为什么你他妈说你知道他在哪儿？我们都知道你不会告诉我们。"

阿兰娜越发觉得有意思了。"谁说我不会告诉你们？"她说。

德博拉往边上挪了一步，啪地拍了一下电梯控制板上大的红色按钮。电梯猛然停住，外面铃声大作。

"听着，"德博拉说，往阿兰娜身边靠近一步，抬头看着她的脸——或者是脖子，"我没工夫跟你玩儿这种无聊的游戏，一个女孩失踪了，有生命危险，我认为是博比·阿科斯塔带走了她，或者最起码他知道她在哪儿，我需要在她被杀之前找到她。如果你知道博比在哪儿，告诉我，立刻！否则，你要跟我到拘留所，我们会指控你知情不报。"

阿兰娜并没有被德博拉的话吓倒，她笑了，摇摇头，绕过德博拉，侧身按下电钮，电梯继续下降。"是吗，探长？"阿兰娜说，"你不用拿皮鞭和锁链逼我说，我很高兴告诉你。"

"那就别跟我绕弯子了，赶紧说。"德博拉说。

"乔有座博比很喜欢的房子，"她说，"很大，有一百多亩，完全没人住。"

"在哪儿？"德博拉从牙缝里挤出这几个字。

"你听说过海盗之地吗？"阿兰娜问。

德博拉点点头。"我知道。"她说。我也知道。海盗之地以前是南佛罗里达最大的游乐园，我们小时候去玩儿过很多次。当然我们这种土包子那时候也没见过什么更好的，后来北边又开了一家更疯狂的游乐园，我们才知道海盗之地有多小儿科。南佛罗里达的人都这样认为，所以没过多久海盗之地就关张了，但我还是记得那个地方。

"那儿关了好多年了。"我说。阿兰娜看看我。

"是的，"她说，"那儿荒了好多年，后来乔没花几个钱就买下了。那是一块不错的商业用地，但是乔还没开发它。博比喜欢去那儿，有时候带朋友去那里玩。"

"你怎么会认为他在那儿？"德博拉说。

阿兰娜耸下肩。"这说得通呀，"她说，听起来是希望德博拉明白这话是什么意思，"那儿没人，完全与世隔绝，他喜欢那儿。那儿还有一间看园人的老房子，他经常进行维护。"她笑笑，"我相信他会时常带女孩过去。"

电梯停了，门打开，一群人开始挤进来。"跟我去停车场。"阿兰娜的声音在众人头顶回旋，她昂首径直穿过人群，好像自信别人都会给她让道。真奇怪，确实如此。

我和德博拉跟着她。真不容易，我用胳膊肘抵住一个中年大妈的肋骨，然后一只手挡住要关闭的电梯门，终于出来了，到了一层大厅。德博拉和阿兰娜已经远离我在大厅的另一头了，正迅速地走向通往停车场的门，我赶紧追了上去。

我赶上她们的时候，她们正开门走进停车场，德博拉正说着什么，我只听见后面半句，好像是"该相信你吗"。

阿兰娜快速走进停车场，"因为，这家伙，"她说，"博比把我曾经的工作都毁了。"

"曾经的工作？"德博拉说，带着轻蔑，"这个词儿形容你所做的有点儿过吧？"

"哦，我向你保证是工作，"阿兰娜说，"从一开始就是，还有我的录音事业。"她说这句话的时候好像在说一本浅显无聊的书的书名。"相信我，从事音乐事业是很难的。"她冲德博拉天真地笑了笑，"好多时候都会遇到些特别讨厌的人，当然，我相信你同意我说的，这工作不容易。"

"比你把儿子交出来要难得多，我想。"德博拉说。

"实际上是继子。"阿兰娜平静地说。她耸耸肩，停在一辆明黄色敞篷法拉利前，车停的地方标着"禁止停车"。"我和博比一直都相处不好。就像你们说的那样，无论怎么样，乔的钱和他的影响力都可以使博比安然无恙地脱身。但是如果情况失控，不断变糟，我们会失去一切，那么博比也许会入狱受罪。为了把他捞出来，乔就会放下生意，甚至破产。我到时就得自谋生路，现在我已经过了最好的年华，再重新创业太难了。"

德博拉眉头紧皱，看看我，我也皱皱眉。阿兰娜的话倒是说得通，当然特别是对于不受人类感情影响的人来说，比如过去的我。她的分析冷静、有道理，也清楚，而且也符合我们目前了解的阿兰娜。但是总感觉哪儿不对劲儿。是她说话的样子，还是别的什么？我说不出来，但就是觉得有点儿不合理。

"如果乔发现你告诉了我们，你会怎么样？"我问阿兰娜。

她看看我，我知道是什么地方不对了，因为我看到她眼睛后面有黑色羽翼在扇动。只一下，她又把冰冷、玩世不恭的面具重新戴上。"我会让他原谅我，"她说，嘴唇上扬，现出完美的假笑，"再说他不会发现，对吗？"然后她转向德博拉，"这是我们之间的小秘密，对吗？"

"我没法儿保密，"德博拉说，"如果我带着行动小组去海盗之地，大家就都知道了。"

"你只能一个人去，"阿兰娜说，"'匿名举报'，是这么叫的吗？你自己去，别告诉任何人。当你带着博比回来出现在大家面前时，谁会管你是怎么知道他在哪儿的？"

德博拉盯着阿兰娜，我猜她一定会说这主意太可笑，根本不可能，是违反警察行动守则的，而且太危险。阿兰娜嘴角上挂着笑，眉毛扬起。毫无疑问，这是个挑战。为了让德博拉这样的傻瓜上当，阿兰娜又说："你一定不会害怕一个年轻男人的，对吗？你有枪，而他毕竟是一个人，而且没有武器。"

"这不重要。"德博拉说。

阿兰娜收起了脸上的笑。"当然不重要，"她说，"重点是你必须一个人去，否则就会有一大堆麻烦。乔会发现是我告诉你的，说实话，我还真不想冒这个险。如果你坚持要带一队人去，那么会造成可怕的流血事件，我就会通知博比你会去，那他在你行动之前就到哥斯达黎加了。"黑色羽翼又在她眼睛里扇动了一下，然后她又把微笑挂回到脸上。"怎么样？要听我的就去，不听拉倒。好吗？"

除了阿兰娜给指的道儿，我想还有很多路可以选择，我当然不同意一个人到一个荒凉危险的地方去抓博比·阿科斯塔。但是显然德博拉被说动了，她看看后面，想了片刻，点点头。

"好，"德博拉说，"我听你的。如果博比在那儿，我不会让乔知道我们是怎么发现他的。"

"太好了！"阿兰娜说。她打开法拉利的门，坐进车里，打着火，轰了两脚油门，停车场厚厚的水泥墙壁都抖了起来。她最后冲我们露了一下冰冷可怕的微笑——又一次，仅仅一秒钟，我看到她眼睛后面闪动的阴影。她关上车门，加挡走人，留下一阵轰鸣。

德博拉看着她离去，我还在琢磨阿兰娜眼睛背后的东西。我惊讶地发现捕食者竟然也能有这样酷、这样美丽的外表。不过也解释得通。就我目前对她的感觉，她的经历一定可以写成一个残酷的故事。也许她应该挨上几刀才对。

出卖博比·阿科斯塔对她来说是说得通的，这恰恰像蛟龙出海是为了保护它辛苦搭建的海下金殿。她聪明地清除了竞争者，保护了自己的财富，这招数让黑暗的我不得不佩服。

德博拉突然转身朝门口走去，又回到大厅。"我们现在就去。"她回头冲我说了一句。

我们穿过大厅，从前门出来，什么话都没说。德博拉的车停在路边禁止停车的区域，这是他们警察常干的事儿。我们钻进车里，但是她没立刻发动汽车，只是把手放在方向盘上，眉头皱起，坐在那儿。

"怎么了？"最后我还是忍不住开口了。

她摇摇头。"就是好像有点儿不对劲儿。"她说。

"你觉得博比不在那儿？"我说。

她做了个苦脸，没看我。"我就是不相信那个婊子。"她说。

德博拉是明智的。自打看到阿兰娜的真实自我，我就非常明白，只有当她要你做的事儿是完全有利于她时，你才能信她，但是秘密地帮我们把博比送进监狱好像对她的利益挺有利的。"你不必信任她，但她说的确实是为了她自己的利益。"

"闭嘴，好吗？"德博拉说，于是我闭上嘴。德博拉敲敲方向盘，咬咬嘴唇，挠挠前额。我也希望自己能找点儿类似的事情干干打发时间，但是想不出来。我不赞成就我们两人去逮博比·阿科斯塔，虽然他看上去不是特别可怕，就像大多数人看我一样。

博比也许没那么危险，但是情况不明，又会变化多端。如果我和其他什么人再次一起出现在搭救萨曼莎的现场，那她保持沉默的机会就等于零了，这也是很有必要考虑的。

另一方面，我也很清楚，我不可能让德博拉一个人去，因为这违背了我已经认真学会的人类生活准则。我惊奇地发现那个正在努力学习做人的全新的德克斯特，莉莉·安的老爸，实际上也会有感情。我感觉自己有保护德博拉的责任，如果她有生命危险，我愿意保护她，跟她同往。

这是一种奇怪的感觉，充满矛盾。一方面我想要帮助对德博拉，另一方面又特别希望萨曼莎能逃跑——这完全是两极，两边都撕扯着我。我琢磨着这是不是意味着我正处于黑暗德克斯特和德克斯特老爹之间。黑暗老爹？不可能。

德博拉双手啪地一拍方向盘，打断了我关于道路抉择的思考："他妈的，我就是他妈的不相信她。"

我感觉好了点儿，理性胜利了。"那你不打算去了？"我说。

德博拉摇摇头，同时发动车。"不，我当然会去。"她说着脚踩油门上了路，"但是我不必一个人去。"

我本想说因为我就在这儿，所以就数量而言她确实不是一个人。但是她已经把速度加到了令人担心的程度，所以我赶紧抓过安全带系好。

有些人认为一边高速开车一边讲电话完全没有安全隐患，我觉得这些人大脑出了毛病才会这么想。德博拉就是这些人之一，家人毕竟是家人，当她掏出手机时，我没说什么。当我们冲上95号高速公路时，她一只手放在方向盘上，另一只手拨号码。只有一个数字，说明她按了快捷键。我很清楚那会是谁，她接下来的话证明了我的猜想。

"是我，"她说，"你能找到'海盗之地'吗？是，向北。好，在大门外等我，马上。带些硬装备。爱你。"她说完挂了电话。

"丘特斯基在那里跟我们会合？"我说。

她点点头，把手机插回套子。"后援。"她说。然后让我安心的是，她将双手都放在了方向盘上，专心地在车流中穿梭。一般在高速路上向北开大约二十分钟可以到达废弃的海盗之地，德博拉只花了十二分钟就飞速驶下高速路，以让我觉得疯狂的速度开上通往大门的小路。丘特斯基还没到，我们本可以开得稍微从容一点儿，仍然有时间等他。但德博拉一直踩着油门，直到看见大门，然后突然减速，开到曾经的海盗之地游乐园的大门旁边。

我的第一反应是松了一口气。倒不是因为德博拉没让我们出车祸死掉，而是因为罗杰，那个我小时候就熟知的海盗还在那里守卫着这土地。他身上鲜艳的油漆已经剥落大半。时间和气候也让他肩膀上的鹦鹉不见了，他高举的剑缺了一半，可他的眼罩还在，另一只眼睛还放射出明亮而邪恶的光芒。我下了车，仰望着儿时的老朋友。我从小就觉得跟罗杰有种亲近的感觉。他是个海盗，这意味着他可以驾着大船杀掉任何一个他想杀的人，对当时的我来说这实在是理想的人生。

可是，再度站在他的身影之下，回想此处的昔日盛况和海盗罗杰对我的意义，这感觉很怪。我觉得欠了他一些敬意，即便他如今已经荣光不再。我仰视了他一会儿，说道："啊……"他没回答，倒是德博拉瞟了我一眼。

我从罗杰那里走开，看着包围着公园的链条栅栏。夕阳西下，在最后的余晖中已经看不了多远。我记忆中各种俗艳的标志和游艺项目还在，只是多年失修，在佛罗里达酷热的阳光下，颜色褪去，一片凋零。高大的转盘上，几乎一半的金属栏杆七零八落，每一根金属栏杆的底端都耷拉着一个车厢。我从来没搞明白那些和海盗有什么关系。

现在整座转盘都歪向一侧，车厢要么不见，要么破损，只剩下一个幸存的。

从我站的地方看不到公园深处，但因为除了等丘特斯基没别的事儿可做，我就任由自己继续怀旧。也不知公园里曾经蜿蜒而过的人造小河里是否还有水，水上是否还有海盗船，那是海盗罗杰的骄傲与荣耀，名叫"复仇"号。船上有加农炮，真的会伸出炮身放炮。在河岸一侧，他们还提供那种水上项目，你坐在一段假木桩上，顺着瀑布而下。在公园远处有障碍越野赛马。和大转盘一样，障碍越野赛马和海盗之间的关系我一直不明白，但那是德博拉的最爱，我不知道这会儿她是不是也想起来了这些。

我看看妹妹。她在门前来回踱步，一会儿看看路的方向，一会儿回头看看公园，然后站直了抱着胳膊，接着又开始踱步。显然她都急得快要炸了，我想这会儿要是跟她分享一下家庭的温馨回忆应该能让她平静一些，所以当她踱过我身边时，我冲她的后背说："德博拉。"她猛地转过身看着我。

"怎么啦？"她问。

"还记得障碍越野赛马吗？"我问她，"你以前喜欢的。"

她看着我，好像我刚刚建议她从转盘上跳下来。"天哪，"她说，"我们在这儿不是要回他妈的忆。"她转身大步朝大门那边走去。

既然德博拉觉得溜达和磨牙比分享海盗之地的快乐童年记忆更有意思，我就任由她去。我望着栅栏那边，过了漫长的五分钟，丘特斯基到了。

他把车停在德博拉的车旁边，下来时手里拎着一只金属公文箱，他把它放在车前盖上。德博拉奔过去，向他致以热烈的充满爱意的问候。

"你他妈的去了哪儿？"她说。

"嘿，"丘特斯基伸过头去想吻她，她推开他，一把抢过公文箱。他耸耸肩，朝我点点头。"嘿，哥们儿。"他说。

"你带来了什么？"她问。他又把公文箱拿过来，啪的一下打开。

"你说硬装备？"他说，"我不知道你到底要什么，所以我带来一套。"他举起一支带折叠式枪托的小冲锋枪。"黑克勒－科赫 [1] 最精致的产品，"他说着把枪支在车前盖上，又从箱子里拿出一对小很多的武器。"乌兹微型冲锋枪。"他说着用取代了他的左手的钢爪爱抚了一下武器，放下。又拿出两把自动手枪。"九毫米口径，十九发子弹。"他宠爱地看着德博拉，"随便哪个都比你带着的那破玩意儿强得多。"

"那是我爸爸的。"德博拉说着举起其中一把手枪。

丘特斯基耸耸肩："那是四十年的左轮手枪，快赶上我了，那可不好。"

德博拉将弹夹从手枪里抽出，试着各种功能，又看看枪膛。"这又不是溪山战役 [2]，"她说着将弹夹塞回去，"我就用这把。"

丘特斯基点点头。"啊哈，好，"他又去箱子里摸索，"备用弹夹。"但她摇摇头。

---

① 一家德国枪械制造公司。

② 1959 年，越南人民军从苏联引进了一批苏制 T-34-85 中型坦克，并以此组建了第一支坦克部队——第 202 坦克团。1968 年，越南人民军指挥部投入第 202 坦克团对守卫溪山的美国海军陆战队实施包围。

"我要是需要用到第二个弹夹，我就死定了。"她说。

"有可能，"丘特斯基说，"今天到底会怎么样？"

德博拉把枪插进裤子的腰带里。"我不知道，"她说，"据说他一个人住那儿。"丘特斯基冲她挑了下眉毛。"二十二岁，白人，"她补充道，"五英尺十英寸，一百五十磅，黑头发。不过说实话，丘特斯基，我们完全不确定他到底在不在里面，以及是不是一个人，我完全不能相信那个给我们提供情报的女人。"

"好，我很高兴你给我打了电话。"他说着开心地点点头，"要搁以前，你就会单枪匹马地拎着你爸爸的老玩具枪去。"他看看我。"德克斯特？"他说，"我知道你不喜欢枪和暴力。"他笑着耸耸肩，"可是你不会想赤手空拳地进到那里面去吧，伙计。"他朝他那摊在车前盖上的小军火库歪下头，"你跟我这些小家伙认识一下呗？"这可是我听到过的最可怕的关于我的错误印象，不过我还是上前一步看了看。我的确不喜欢枪，它们太吵太乱，还去掉了所有的技巧和乐趣。我的确不是来这儿过枪瘾的。

"如果可以，"我说，"我想拿另外一把手枪，还有备用弹夹。"毕竟如果我用得上这玩意儿，大概是情况危急的时候，十九发子弹没多重。

"啊，好啊，"他高兴地说，"你确定会用吗？"

这是我们之间的小笑话。说它小是因为只有丘特斯基觉得好笑，他很清楚我会用枪。但我配合地演下去，握着枪管。"我是应该握着这头，然后这样瞄准。"我说。

"真棒，"丘特斯基说，"别打着自己的蛋，好吗？"他拿起冲锋枪，将背带套在肩上。"我就用这个小美人了。"他看看武器，眼睛里满是喜爱的神情，大概跟我看着海盗罗杰时一样，都有着美好的回忆。

"丘特斯基……"德博拉说。

他猛地抬起头看着德博拉，好像他看毛片被抓住了。"好吧，"他说，"你想怎么做？"

"穿过大门，"她说，"呈扇形扩散，去到公园尽头。那边以前有员工区域。"她看看我，我点点头。

"我记得。"我说。

"所以那边有休息室，"她说，"博比·阿科斯塔应该在那里。"她指指丘特斯基，"你从右边过去掩护我，德克斯特从左边。"

"什么？"丘特斯基说，"你不能破门而入，那是疯了。"

"我会喊话让他出来，"德博拉说，"我想让他觉得我是一个人，然后我们看情况。如果是陷阱，你们就掩护我。"

"当然，"丘特斯基怀疑地说，"可你还是要暴露自己。"

她烦躁地摇摇头。"我没事儿，"她说，"我想那姑娘也在里面，萨曼莎·阿尔多瓦。小心，别跟我来兰博①那一套。"

"啊哈，"他说，"可是这小子，博比，你想让他活着，对吧？"

德博拉盯着他看了一会儿。"当然。"她最后说道，这不太有说服力。"走吧。"她转身朝大门走去。丘特斯基看了她一秒，然后又从箱子里拿了两个弹夹揣进衣袋。他合上箱子，扔进车里。

"好了，伙计，"他说，然后转身看着我，表情居然很沮丧，"千万别让她出事儿。"这是很久以来的第一次，我从他脸上看到可以称为真情的东西。

"我不会。"我说，稍微有点儿尴尬。

他捏了我的肩膀一下。"好。"他又看了我一眼，然后转身去追上德博拉。

她已经到了被链条锁住的大门前，从网眼伸手进去够锁。"你不知道你在非法侵入吗？"我说。尽管这是事实，但其实我更担心的是找到萨曼莎后，全世界都会特别急于想听她讲故事。

德博拉一把就把锁拽开了，她看看我。"这锁本来就是打开的，"她用实事求是的口气说，"有人已经进入了公园，也许是非法的，也许是为了干非法的事儿。进行调查是我的职责。"

"是，嘿，稍等，"丘特斯基说，"如果这小子藏在里面，为什么这锁是打

_____

① 电影《第一滴血》中的男主角，擅长使用各种枪械，并且近身格斗技能很出色。

开的呢？"

我忍着没拥抱这家伙，只是补充了一句："他说得对，德博拉，这是一个局。"

她不耐烦地摇着头。"我知道这有可能是局，"她说，"所以我叫上了你们两个。"

丘特斯基皱了皱眉，但他没再反对，只是说："我不喜欢这事儿。"

"你没必要喜欢，"德博拉说，"你甚至都不用参加。"

"我不让你一个人去，"他说，"德克斯特也不答应。"

"没错。另外，如果事情变得棘手了，我们总能呼叫警局后援。"

显然这话说错了。德博拉怒视着我，然后大步走过来，离我只有四分之一英寸，说："把你的手机给我。"

"什么？"

"现在！"她吼道，并伸出手来。

"这是崭新的黑莓手机。"我反抗道。但显然我要么乖乖交出手机，要么让我的胳膊被她拧残。我交出了手机。

"还有你的，丘特斯基。"她说着走过去。他耸耸肩，也把手机递给了她。

"这主意不好，宝贝儿。"他说。

"我不会让你们这两个傻子吓得把这事儿搞砸。"她说。然后走回车旁，将手机扔在前座，还包括她自己的手机，然后走回来。

"听着，黛比，关于手机……"丘特斯基刚开始说，她就截断了他。

"浑蛋，丘特斯基，我必须做这件事儿，用我自己的方式，别跟我说废话，你要是不喜欢，就闭上嘴回家。"她撼动铁链，它应声而断，"但我要进去找到萨曼莎，我还要抓住博比·阿科斯塔。"她说着又一把把锁从链条上拽下来，踢了门一脚，门应声而开。我妹妹瞪着丘特斯基，又看看我。"待会儿见。"她说完闪身进入公园。

"德博拉，黛比，好啦。"丘特斯基说。她理也不理，继续朝公园里走。丘特斯基叹口气看着我。"好吧，伙计，"他说，"我在右翼，你在左侧，行动。"说完他就跟着德博拉进了大门。

我抬眼看看海盗罗杰，他的笑容突然变得很坏。"不许笑!"我对他说。他没理我。

我跟着我妹妹和丘特斯基进入了公园。

Chapter

女巫同盟的末路 *10*

　　我相信所有看过很多老电影的人都知道理智的人是不会进入遗弃的游乐场的，特别是在黄昏时分，就是我们现在这个时间。可怕的东西都会鬼祟地出现在这种地方，任何人进去都会将自己陷于糟糕的境地。也许是我过于敏感，但是海盗之地确实比我在恐怖电影里看到过的类似的地方还阴森。这里几乎能听见从远处暗影里那些破旧的游乐设施中飘忽传来的大笑回声，甚至带着点儿藐视和嘲弄，好像多年的遗弃使这儿变得邪恶猥琐，它迫不及待地要欣赏即将发生在我身上的不幸。

　　但德博拉显然没在老电影上用过功，她看上去无所畏惧，拔出枪，大踏步走进公园，跟要走进街角的便利店对着腌猪肉射击似的，大摇大摆地张望着。我和丘特斯基跟着她往大门里面大概走了一百码，她连看都没看我们一眼，就说："散开。"

　　"别着急，德博拉，"丘特斯基说，"给我们点儿时间从侧翼过去。"他看看我，示意我去左边，"哥们儿，慢慢从那些游乐设施绕过去，然后躲在售货亭或者遮阳篷后面，反正是隐蔽的地方就成，边走边小心观察。哥们儿，睁大你的眼睛，竖起耳朵，看着点儿德博拉，小心点儿。"他回身对德博拉说："听着，德博拉……"但是德博拉冲他挥挥枪，打断了他。

"行动吧，丘特斯基，看在上帝的分儿上。"

他看了她一会儿，只说了句"小心点儿"，就转身往右边走去。他是个大块头，还有一只脚是假的，但是当他潜行在暮色里时，岁月和创伤在他身上好像都顿时没了踪迹，他像个影子一样悄然潜行，身上的武器好像自动在调整位置。谢天谢地有他在，还带着他具有攻击力的冲锋枪和多年的实践经验。

正当我要高唱赞歌的时候，德博拉狠狠地给了我一肘，瞪着我说："你他妈还等什么呢？"虽然我真想给自己的脚一枪，好找借口回家，但我还是在黑暗中向左侧移动。我们以准军事部队的风格小心穿过公园，像电影中失散的侦察小分队执行任务。德博拉确实值得夸奖，她非常谨慎，悄然从一个掩体移动到另一个掩体，不时看看右边的丘特斯基和左边的我。因为太阳已经落山，越来越难看见她，但起码这也意味着他们也很难看到她，还有我们——无论他们是谁。

我们隐蔽地前行，穿过公园的第一个部分，经过一个卖古董纪念品的售货亭，然后我到达第一处游乐设施，一个老旧的旋转木马。它歪歪斜斜，不成样子，破损严重，漆也掉了，有人砍掉了马头，用绿色和橙色的荧光涂料把它们喷得乱七八糟，这是我所见过的最悲惨的东西之一。我绕了一圈，查看每个可以藏食人族的地方，端着枪时刻准备开火。

在旋转木马最隐蔽的地方，我看向右边，黑暗中勉强能看见德博拉。她正移向一个巨大布告牌的阴影，在缆车的铁轨附近。我根本看不见丘特斯基，他应该在一排断壁残垣的游戏室附近，我希望他在那儿，能警惕地看着我们，万一有人突然跳起来冲我们大喊"不许动"，我指望他能拿着他的冲锋枪赶紧过来。

但是根本看不到他的踪迹，而且在我观察的时候，德博拉已经走到公园的更深处。一阵温暖的小风吹过，我闻到了迈阿密夜的味道，同时也感到脖颈上的汗毛竖了起来，从德克斯特城堡的最底层传来轻柔的耳语，羽翼沙沙地拍打着城墙。这是个很清晰的警告：这里有危险，必须现在就离开。我僵立在一只无头木马旁，搜寻着黑夜行者发出的所有警告。

可我什么也没听到，什么也没看到。德博拉已经消失在暮色中。没有什么东西在动，除了一个风吹过来的塑料购物袋。我的胃翻腾起来，但这次不是因为饥饿。手里的枪突然看起来小得微不足道，我想马上逃出公园，一刻都不耽误。黑夜行者也许不高兴跟着我，但是他不会任由我步入险境，他从来都没出过错，特别是当他这么清晰地告诫我时。我必须去拉住德博拉，在危险降临前逃离这里。

但是我怎么说服她呢？她那么坚定地要搭救萨曼莎，抓住博比，她是不会听的，即使我想出办法给她解释我是怎么知道危险马上就要降临。我握着手枪，慌乱不安，完全没了主意。这时，一声巨响，公园里所有的灯都亮了，地面跟着颤抖起来，伴随着生锈的金属摩擦发出的刺耳声音，我听到一声震耳的轰鸣——

头顶上方的缆车突然动了起来。

我用了一秒的宝贵时间向上看了一眼，想看清从我头顶上方经过的人会扔下来什么东西，接着在下一秒的恐怖时刻，世俗的利他主义思想占了上风，我看向右边，想看看德博拉是不是没事儿——根本没有她的踪影。这时我听到从上面的一节缆车里传来一声枪响，伴随着放荡兴奋的尖叫，是狩猎人发现猎物的叫喊。我赶紧躲进旋转木马顶棚遮盖下的黑暗处。我藏到一个硕大的无头木马的身子下面，匆忙中鼻子撞到了一大块硬邦邦的东西上，碰巧就是一个马头。当我躲躲藏藏挪到旋转木马的外围时，头顶上方的尖叫声停止了。

我停下来听听，没什么情况，没再有枪声。没人发射榴弹炮，也没有炸弹呼啸着落到缆车上，什么声音也没有，除了功能失调的破旧生锈的缆绳在支柱上运行的声音。又等了一会儿，有什么东西从我的鼻子里流了出来，我用手抹了一下，竟然是血。我把手在裤子上擦了一下，显然那是我刚才躲到木马下面撞到鼻子所致，没多大事儿，我们都有血，就是得努力不能让它流出来。

　　我小心地转移到一个相对安全的位置，而且还能从这儿向外观察。我把一个大个儿马头推到我的正前方，趴在它后面隐藏着，把手枪架在上面。一辆摇摇欲坠的缆车正从右边德博拉刚刚经过的位置上方的缆绳上经过。那上面什么都没有，只有个铁片子上面挂着个金属管子，以前一定是固定座椅用的。那东西咣当咣当地疯狂滑过，接着又一辆冲过来，这个上面多了点儿零件，但脚蹬子也都没了，上面还是什么人都没有。

　　接下来又有几辆破破烂烂的车体经过，只有一个状况稍好的勉强可以载个人，但是那个上面也没有任何载过人的迹象。我开始觉得自己的样子有点儿滑稽，躲在一个喷了金粉的破烂木马下面，用手枪瞄准一个个破破烂烂的空缆车。这时又一辆快散架的缆车滑过，还是什么都没有。可我确实听到过有人在上面，而且黑夜行者的警示也非常清楚。这个公园里一定有危险存在，综合我之前对海盗之地的一切感觉，黑夜行者知道我正处于险境。

　　我深吸一口气。很明显，博比也在这儿，而且听上去他不是一个人，但是那摇摇欲坠的破缆车盛不下三个人。所以如果我们按原计划行动，穿过公园，我们三个人依然能够把这几个坏小子围住，没什么可担心的。调整呼吸，继续行动，然后凯旋，回家还能赶上看利特曼 ① 的脱口秀呢。

　　我小心翼翼地挪到旋转木马转盘的边上，刚把一条腿伸到地上，就又听见那种大学联谊会堂里的兴奋尖叫声——来自我的后方，正门那个方向。我赶紧把腿缩了回来，重新回到转盘上，躲到我亲爱的无头木马下面。

　　没过多大一会儿，我听到一些欢快的说话声和杂乱的脚步声。我偷偷看去，一群人正走过来，大概有八九个，大都是博比那个岁数，一群厚颜无耻的年轻魔兽，跟我在尖牙俱乐部里看到的那些是一类。他们都穿着海盗样式的服装，我相信他们的样子一定会让海盗罗杰满意。他们愉快地匆匆从我附近走过，很兴奋，明显是去参加聚会。领头的那个高举一支利剑，正是尖牙

---

① 美国著名电视节目主持人。

俱乐部里那个马尾辫保镖。

我趴在无头木马后面看着他们走远，直到他们的声音消失，我又开始思考起来。没有什么令人兴奋的思考内容，但是现在情况不同了，也并不那么诡异了。我本是愿意独来独往的那种人，但是目前看样子我应该立刻找到我的伙伴们，一起争取逃生的时间。

于是我又等了一分钟，确定后面没有人了，然后离开我的木马头，慢慢挪到旋转木马转盘的边缘。我又好好观察了一下，他们已经不见踪影，前面稍左边一点儿有个房子，我认出是我小时候去过的一个游乐设施，我曾经在那里无聊地转了几个小时，自始至终都不明白那里面有什么好玩儿的，完全不能理解为什么它会叫那个名字。但是作为隐蔽场所，我不会计较它的名不副实，所以，最后看了一眼空无一人的缆车后，我滚下旋转木马转盘，向"恐怖屋"跑去。

房子外面看着非常破败，外墙明显有过装饰，还隐约可见一些壁画的痕迹，依稀能辨认出来画的是海盗欢呼着包围并抢劫一个小镇。画的残缺真是艺术界的一大损失，不过我现在可没工夫关心这事儿。房子前面有一点儿昏暗的灯光，我屈身向后面绕去，尽量躲在阴影里。我现在的位置完全在和刚才看见德博拉的地方方向相反，但是我得找到新的隐蔽场所。如果一直待在旋转木马那儿，任何在缆车上的人都能一览无余地看见我，我不能老待在那儿。

我小心翼翼地来到房子后面，后门半开着，还挂着半块招牌，红色的标志已经褪色，但还是能认出"出口处"的字样。我在门边停了一下，拿好枪，看了看门里的一面老旧镜子，确定里面不会藏着人，镜子应该不会骗人，起码骗不了意识清醒的人。我半蹲下身，边举着枪瞄向前方边慢慢走进恐怖屋。没有东西钻出来，甚至没有东西在动，我继续向里面的一处阴影走去。

在屋子最里面的角落里，我停了下来，认真观察一下四周，还是什么都没发现。也许是没人想主动找我？我想起养母多丽丝以前经常说的一句话：作恶多端的人即使无人追捕也会永远心虚。我现在就是如此。我一直在逃，其实到目前为止一直都没人追我，但是我非常肯定地知道他们就在公园里，唯一理智的行动就是逃命，但是我当然也知道我妹妹若找不到萨曼莎·阿尔多瓦和博比·阿科斯塔是绝对不会离开这里的，而我又不能撇下她一个人逃跑。

我听到黑夜行者在嗔怒地低声抱怨，感觉到他的羽翼带起的冷风扫过我的身体，把各种理由和劝说向我倾泻，让我逃命，可是我不能，我不能丢下德博拉。

我深吸一口气，也不知道还能像这样呼吸多久，飞快挪向另一个小掩体。这是很多小孩子玩过的车，大大的车子慢慢转圈，你坐在里面转着方向盘。只剩下两辆破旧不堪的车。我躲到一辆蓝色车的影子下蹲了一会儿。狂欢的海盗们已经走远，没有声音，没有动静，谁都不会注意到像寄生蟹般躲在这里的我。

可是早晚我们会撞上，事情就是这样。我想先发现他们，所以我趴下，用膝盖和手着地，从车后面向外张望。

我所在的地方是小孩子坐车游玩的路线尽头。这里有一条人工河，海盗船曾经从这里驶过。这河里以前有很多水，现在多年无人照管，剩下的水变成了恶心的绿色。在我和河水之间有三个支撑电缆车的柱子。每个上面都有灯，现在只有我右边的一盏是亮的，在我最后一次看见德博拉的方向。正前方的开阔区域很暗，有一百英尺远，伸展至一片棕榈树林。树林不大，仅仅够几小队塔利班士兵藏身，可是现在能看到只有这个地方可以躲藏，于是我从车后面出来，匍匐着爬过开阔地带。

没有保护的感觉真不好，好像要花上几个小时才能爬过这段没遮掩的地区到达小树林。我爬到第一棵棕榈树那里停下来，稍稍觉得安全了一点儿，可又担心起对面有谁躲在那里。我抱着树干窥探四周，大片的矮树和灌木在每棵棕榈树之间茂密生长，它们都带着尖利的刺儿，看着不太像藏匿的好地方。这倒让我放了心，因为没人想忍受皮肉之苦躲在这种地方。我松开抱着的树干，打量四周，想找个更好的掩体。

我左侧的河对面传来人工加农炮的声响。我循声望去，是飘扬着破旗子的海盗船在朝这边驶来。

所谓的海盗船几乎只剩空壳子。木桩子在船体外面摇摇欲坠，七零八落，剩下不到一半的海盗旗还在桅杆上飘着，但无论如何海盗船还能开动，那神气的样子和我小时候记得的一样。炮筒从另一侧船舷伸出来，正对着我的方向，我赶紧藏到灌木丛后面。

片刻之前想躲开的荆棘现在变成珍贵的藏身处，我慢慢往灌木丛深处爬。我立刻就被藤蔓缠住，被尖刺划伤。我试着从一棵植物的缠绕中解脱，又不小心跌入另一棵锯棕榈的怀抱，这树的名字起得真准确。最终我挣脱出来时，胳膊上被深深地划破好几次并流着血，衬衫也破了。但是抱怨不管用，再说也没人想起来带着邦迪，所以我继续爬行。

我一点点地爬过矮树丛，身上又被划伤好几处，最终到了小树林的尽头。我蹲下身，从棕榈叶后向外窥探。河水动荡，好像有巨人的手在下面搅动，然后它减慢速度，水流变得平缓，就像一条真正的河，而不是一个使用循环水的池塘。

我正看着，那海盗之地的荣耀，邪恶的"复仇"号出现在视野中，停在古老而破旧的码头，就在我下方右手边的河岸。水又被搅动起来，然后慢慢止息，"复仇"号稳稳停住。尽管没有看见什么流里流气的水手，但甲板上的确有一个乘客。

紧紧地被绑在主桅上的正是萨曼莎·阿尔多瓦。

萨曼莎看上去不像我小时候在"复仇"号甲板上看到的乘客。没有棉花糖或纪念品海盗帽，她的身体沉重地挂在绳索上，也许昏过去了，也许已经死了。从我藏身的小山崖上，我能看到甲板上大部分景象。在萨曼莎身旁是一个巨大的烧烤架，稀薄的烟从盖子下面冒出来。再旁边是一个放在支架上的五加仑大煮锅，再有就是一张小桌子，桌上有几个模糊但眼熟的物体反射着强烈的光。

有一阵儿，只有罗杰的旗子在桅杆顶端飘扬，万籁俱寂。甲板上空无一人，除了萨曼莎，但必然还有别人。尽管船尾有巨大的假舵轮，但我知道这船是从内部控制的。里面还有一个休息室，有各种零食。那里肯定有人在操纵着船。有多少人？只有一个博比·阿科斯塔？还是他的食人族团伙都在那里，这会对今夜包括我在内的古怪好人们非常危险。

旗子砰然落地，一架喷气机从头顶飞过，准备降落在附近的劳德代尔堡机场。飞机带过的气浪使船体轻轻摇晃了一下。萨曼莎的脑袋歪向一侧。船舱门砰然打开，博比·阿科斯塔出来站在甲板上，头上绑着头巾，手里举着一把非常不海盗的格洛克手枪，瞄向天空。"喔——"他边喊边朝空中开了两枪，一小群同他年龄相仿的男女活蹦乱跳地跟着他跑到甲板上，他们都穿着海盗的装束，朝萨曼莎旁边的大煮锅奔去，用杯子舀起里面的液体。

他们沉浸在无忧无虑的愉快氛围中，这倒让我觉得又有了希望。他们有五个人，我们只有三个，但他们都很瘦，而且正在豪饮，我知道那是什么饮料。过一会儿他们就会很兴奋，很傻，很没用。不管他们其他的人现在在哪儿，这几个很容易收拾。我们三个可以走出掩体把他们一锅端。德博拉就会满足心愿，我就能溜走呼叫后援，德克斯特就能回到他的新生活中去。

这时船舱门再次打开。阿兰娜·阿科斯塔赫然出现在甲板上。

她身后是尖牙俱乐部那个马尾辫保镖，还有三个恶形恶状的端着火枪的家伙。世界又变得黯淡而危险了。

因为有黑夜行者在她那辆法拉利旁边的耳语，我知道阿兰娜也是一个猎手。现在亲眼看着她在这里统领一切，我知道我兄弟布赖恩没说错，女巫同盟的首领是个女人，就是阿兰娜·阿科斯塔。这不仅仅是她的陷阱，还是她的晚宴邀请。如果我不想出些聪明的法子，我就会成为宴会上的一道菜。

阿兰娜径直走到船舷边，望向公园。她喊道："喔哩喔哩牛们出来！"[①]她转身朝大家点点头，他们都顺从地将枪指向萨曼莎的头。"所有人！"她欢快

---

① 儿童捉迷藏游戏的喊话，藏着的人可以安全地出现。

地喊。

显然她那怪里怪气的关于牛的歌谣是英国儿童招呼所有人集合的意思：游戏结束，回到大本营。她想必觉得我们都是儿童，而且是笨儿童，我们会俯首帖耳地放弃辛苦挣来的掩体，进入她的掌控。只有最愚蠢的笨蛋才会犯这种错误。

我蹲着，做好了让这猫和老鼠的游戏持续下去的准备，却听见右边传来一声喊叫，让我惊恐万状的是，片刻之后，德博拉出现在视野中。她显然是想救萨曼莎想疯了，而且不是第一次了，她完全不考虑这么做的后果是什么。她就那么从藏身的地方出来，一直跑到码头旁边。她站在我的下方，一脸的蔑视，然后从容地拔出手枪，扔到地上。

阿兰娜显然很喜欢这一幕。她走近一点儿，好能幸灾乐祸地欣赏德博拉的样子。她转身对保镖说了句什么，片刻后他将一块破旧的舷梯扔到地上。

"来吧，亲爱的，"阿兰娜对德博拉说，"上来。"

德博拉站着没动，看着阿兰娜。"别伤害那姑娘。"她说。

阿兰娜笑得更厉害了。"可她特别想让我们伤害她，你没看出来？"她说。

德博拉摇摇头。"别伤害她。"她重复道。

"我们来谈谈，好吗？"阿兰娜说，"上船吧。"

德博拉抬头看她，只看到一只得意扬扬的蜥蜴。她低下头，步履沉重地走上舷梯，两个持着火枪的随从抓住她，将她的胳膊拧到背后，用强力胶带绑上。我后脑勺响起一个细小而邪恶的声音说这就是公平，因为最近她刚刚眼看着他们对我做同样的事儿，可是另一个善良的声音出来骂退了前一个声音，我开始发愁地计划怎么营救我妹妹。

阿兰娜当然不会让这事儿发生。她望着公园等了一会儿，然后把手合拢在嘴边喊道："我肯定你可爱的同伙藏在某个地方！我们在旋转木马一带看见他了。亲爱的，那家伙在哪儿？"她看看站在那儿低着头一声不吭的德博拉，德博拉一动不动。阿兰娜等了一会儿，脸上带着愉快的笑容，又大声喊道："别害羞！我们等不到你游戏不会开始！"我藏在原地，在荆棘中一动不动。

"好吧！"她又欢快地喊起来，然后转身举起一只手，一个随从将一支火枪递到她手里。我愁坏了，这可比荆棘难对付。要是她射杀德博拉怎么办？既然她怎样都会杀她，我干吗要送死呢？可是我不能让她伤害德博拉——

我不知不觉举起了手里的枪。这是一把非常精良的手枪，极度精准，从这么远我有百分之二十的把握击中阿兰娜，误伤德博拉或萨曼莎的概率也不小。我这么想着，枪口不自觉地抬高了一点儿。这细微的动作也许反射了一下公园里的灯光，恰恰引起了阿兰娜的注意。她端起枪，动作迅捷，显然非常精通射击。她把枪抵在肩膀上，几乎是直接瞄准我，放了一枪。

我只有一秒钟的反应时间，仅仅来得及在最近的棕榈树旁趴下。尽管如此，我还是感到子弹带风射穿我身边的树叶。

"这样比较好！"阿兰娜说。又是一枪。我藏身的树干的一部分被削掉。"找到你啦！"

片刻之前我在到底是弃我妹妹于危难而不顾还是自动去送死这个两难选择间，现在我的决定突然就容易了。如果阿兰娜继续一枪一个地干掉我周围的树，我去不去投降下场都会很悲惨。考虑到大号铅弹带来的危险更迫在眉睫，我先投降，然后依靠自己的过人智慧找机会逃跑看起来是个更明智的法子。再说，丘特斯基还带着冲锋枪藏在某个地方，比一两个业余的火枪手要棒多了。

考虑了所有因素，也没什么别的选择了。我站起来让树挡着自己，喊道："别开枪！"

"怕把生肉毁了？"阿兰娜喊道，"当然不会。不过你得让我们看看你的笑脸，还要把手举起来。"她挥挥火枪，以免我不能马上领会她的意思。

我说过了，自由真的就是个泡影。每次我们以为自己有得选择，其实只是因为没看见正顶着肚皮的那把枪。

我放下手枪，把手举高到自尊能容许的高度，从树后走出来。

"漂亮！"阿兰娜喊，"现在蹚过河，穿过树林，小猪。"

这话挺伤人。我是说，毕竟发生了这么多事儿，被叫"小猪"应该不算什么，只不过是微小的自尊在所有重大灾难之外又被稍稍地晃了一晃。可能是我最近生出来的半人类的敏感性让我没必要地夸大了它的作用。可是，小猪？我，德克斯特？四肢匀称、体格健壮、在生活的考验中被打造得精致完好的我？我真讨厌这样，于是我运气发功，给丘特斯基发出信息，让他仔细地朝阿兰娜开一枪，不要一枪毙命，这样她能多痛苦一会儿。

当然了，与此同时，我慢慢地朝河岸走去，双手举在空中。

在岸边，我站了一会儿，抬头看看阿兰娜和她的火枪。她鼓励地挥挥。"过来吧，"她说，"踩着舷梯过来，老笨蛋。"

你跟武器没法儿说理。我踏上舷梯。我的脑子里飞速转着各种不可能的方案：潜到船下，躲开阿兰娜的枪，然后呢？憋气好几个小时？顺流而下寻找救援？再发个内功，唤来一群有心电感应的准军事部队？除了爬上舷梯上到"复仇"号的甲板上，别无他法。于是我照做。那是陈旧歪斜的铝板，我得抓住左边的破缆绳。我趔趄了一次，赶忙抓紧摇荡的绳索。在短得要命的时间之后，我已经站在了甲板上，面对着三支瞄准我的火枪。比枪管更黑暗无情的，是阿兰娜蓝色空洞的眼睛。她站得离我太近了，当别人用强力胶带捆我的手时，她看着我的表情充满感情，这真让我不安。

"真棒，"她说，"这会很好玩儿，我都等不及了。"她转身朝公园大门望着，"另一个在哪儿？"

"他就来，"博比说，"我收了他的钱。"

"他最好马上来，"阿兰娜说，回头看看我，"我不喜欢等。"

"我不介意。"我说。

"我真想马上开始，"阿兰娜说，"今晚时间挺紧的。"

"别伤害那个女孩。"德博拉又说一遍，这回她咬着牙。

阿兰娜把目光投向德博拉，这对我倒不错，但我感觉这会对我妹妹非常不利。"你对这小母猪倒跟个老母鸡似的，是不是啊？"阿兰娜说着朝德博拉走去，"为什么呢，探长？"

"她只是个女孩，"德博拉说，"一个孩子。"

阿兰娜笑笑，露出满口白牙。"她似乎很明白自己想要什么，"她说，"这恰好也是我们想要的，有什么不妥？"

"她不可能想要那个。"德博拉气哼哼地说。

"可她就是想要，亲爱的，"阿兰娜说，"有些人的确想被吃掉，就跟我想吃他们一样真实。"她笑得很灿烂，"真得都能让人信仰慈爱的神了。"

"她只是个混账孩子，"德博拉说，"她会好的，会走出来，她有爱她的家人，人生的路还长着呢。"

"这么说来，要是听任同情和所有你说的美妙想法，我应该放了她？"阿兰娜哼哼着，"家人、教堂、小狗、鲜花……你的世界肯定很可爱吧，探长？可是我们这些人的要黑暗一些。"她看着萨曼莎，"的确要黑暗一些。"

"求你，"德博拉说，她看上去绝望而脆弱，我从来没见她这个样子，"放了她吧。"

"我不同意，"阿兰娜干脆地说，"激动了这么久，我都不耐烦了。"她从桌上拿起一把非常锋利的刀。

"不！"德博拉愤怒地大吼，"你个浑蛋，不！"

"是的，我恐怕必须如此。"阿兰娜说着，带着冷冷的兴味看着她。两个保镖把德博拉控制住，阿兰娜看着他们搏斗，显然很享受。她举着刀朝萨曼莎走去，同时没忘了盯着德博拉这边。她显得有些犹豫。

"我从来都对切肉这道工序不在行。"她说。博比和他的喽啰们凑过来，互相推搡着，使劲儿压抑着兴奋，好像小孩子想偷偷混进电影院。"所以我才会忍那个爱迟到的杂种，"阿兰娜说，"他对这个非常精通。"她拍拍萨曼莎的脸，萨曼莎把头转过来，张开了眼。

"时间到了？"她迟钝地问。

"只是零食时段。"阿兰娜告诉她，萨曼莎微微地笑了。很显然她这昏昏沉沉的开心反应是来自于药物，好在这回不是摇头丸。

"太棒了，好吧。"她说。阿兰娜看看她，又看看我们。

"来啊，动手吧。"博比说。

阿兰娜冲他笑笑，然后伸手抓住萨曼莎的胳膊，我只看见刀光一闪，眨眼间，她就把姑娘上臂的大部分肉切了下来。

萨曼莎发出一声介于呻吟和哼哼之间的喊叫，既不是愉快，也不是痛苦，而是一种带着痛楚的幸福。我脖子上汗毛倒竖，咬紧了牙。德博拉勃然大怒，疯了一样地把一个保镖摔在甲板上，另一个的枪也掉了，马尾辫保镖冲过来用巨掌把德博拉劈倒在地。她倒在那里一动不动，跟一个旧的布娃娃一样。

"把这位好探长带下去，"阿兰娜说，"看住她。"两个随从抓起德博拉，拖着她往船舱走。我一点儿都不喜欢她被两人拖着的样子，她看上去毫无生命迹象。我本能地朝她的方向迈了一步，可是也就刚动了下脚趾，巨汉保镖就捡起掉了的火枪，顶着我的胸口，我只得看着他们把我妹妹拖进船舱。

保镖逼我转过去面对阿兰娜，她把烧烤架的盖子掀开，将萨曼莎的肉丢进去。马上传来嗞嗞的响声，一缕热气升起。

"哦，"萨曼莎恍惚地低声叫着，"哦，哦。"她被捆着的身体慢慢动了一下。

"两分钟后翻一下。"阿兰娜对博比说，然后转向我，"好了，小猪。"她说着伸手过来捏捏我的脸颊，不像慈爱的老奶奶，更像肉店里精明的顾客在检查肉制品。我想挣脱，可是没那么容易，一个巨汉正拿枪在背后戳着我的后脊梁。

"你干吗老叫我猪？"我说。这听上去像个耍脾气的孩子，可是我也没什么别的招儿了，形势不由人，只能从道德高度批评一下。

我的问题把阿兰娜逗乐了。她又伸手过来，这回是两只，捏着我的脸蛋怜爱地左右摇晃。"因为你就是我的小猪！"她说，"我肯定、一定以及必定要好好吞了你，亲爱的！"这回她眼中射出一小束光，黑夜行者惊慌地扇动着翅膀。

我得说，我经历过比这还要危险的时刻，总能想办法逃脱，但问题是我以前从来没有像这次一样觉得自己脆弱得不堪一击。我再次被绑起来，后背有枪顶着，面前是个更要命的捕食者。而我的头儿德博拉昏过去了或者更糟，萨曼莎显然已经命悬一线。我手里唯一的王牌是丘特斯基，他正藏在某处，全副武装，杀伤力十足，只要他还活着就绝不会让德博拉受伤，顺带着也不会让我受伤。只要我能让阿兰娜一直聊，丘特斯基就能赶来救我们。

"你已经有了萨曼莎，"我尽量找些听上去有点儿道理的话说，"她足够你们吃了。"

"是的，但她甘愿被吃，"阿兰娜说，"如果是被强迫的，肉的滋味更好。"她看一眼萨曼莎，后者又说了声"哦"，眼睛大大地睁开，瞪着烧烤架，那神情我没法儿用语言描述。

阿兰娜又笑着拍拍我的脸。"你欠我们的，亲爱的。上次你逃跑，给我们惹来这么多麻烦。不管怎么说，我们需要一头公猪。"她朝我皱皱眉，"你看着有些多筋，得把你好好地用卤汁泡几天。没时间了，我特别喜欢吃男人的肉片。"

我承认眼下不是满足好奇心的最佳时刻，但我得拖延时间。"你什么意思，为什么没时间了？"我问。

她面无表情地看着我，这比她的假笑更让人不寒而栗。"最后一次狂欢。"她说，"我恐怕又得逃走了。就像我必须逃离英国，因为警方发现有太多移民失踪案。现在这里也发现了。"她难过地摇摇头，"我刚刚才喜欢上外籍劳工的滋味。"

萨曼莎咕哝一句，我看过去。博比站在她面前，慢慢地用刀尖在她半裸的胸前划着，跟在树干上雕刻他自己的姓名缩写一样。他的脸凑得很近，脸上的微笑能让玫瑰失去光彩。

阿兰娜叹一口气，充满爱怜地摇摇头。"别玩弄食物，博比，"她说，"你现在应该在烤肉。去翻个面，亲爱的。"他看看阿兰娜，然后不情愿地放下刀，走到烧烤架前，用长柄叉子翻了一下肉。萨曼莎又呻吟了一下。"在切开的肉下面放个什么，"阿兰娜说，朝萨曼莎胳膊下面越聚越多并在甲板上蔓延开的一大摊鲜血示意，"她把甲板变成屠宰场了。"

"我可不是他妈的灰姑娘，"博比乐呵呵地说，"别跟我演狠心的后妈。"

"好，不过尽量把这儿弄得干净些，好吗？"她说。他耸耸肩。显然他俩有着和两个野兽之间一样的亲密关系。博比从烧烤架下面拿出一只锅，放在萨曼莎胳膊下面的地上。

"我确实把博比调教出来了，"阿兰娜带着一种可以称为骄傲的语气说，"他本来什么都不懂，这可费了他爸一些力气来为他遮掩。乔没法儿理解，这可怜的老羊。他以为给了博比一切，其实没给博比真正想要的。"她直视着我，牙齿闪闪发光。"这个，"她朝萨曼莎、刀具、甲板上的血挥挥手，"他尝了一点儿人肉，懂得它的力量之后，他就学会了小心。那个没劲儿的小俱乐部，尖牙，其实是博比的主意。用来给女巫同盟招人，把食人族和吸血鬼分开，这点子不错。厨房也帮忙提供了很不错的肉食供货渠道。"

她皱皱眉。"我们真应该只吃移民就对了，"阿兰娜说，"我越来越溺爱博比，他求我的时候又那么招人疼。两个姑娘也是这样。"她摇摇头。"我真笨，我知道。"她看看我，脸上又恢复了明艳的笑容，"可是往好处想，这回我有了一大笔钱可以东山再起，而且现在略懂一些西班牙语，这我不会浪费。哥斯达黎加？乌拉圭？那些用钱能解决一切的地方。"

阿兰娜的手机响了，把她吓了一跳。"看，我一直聊个没完，"她说着看了一眼手机屏幕，"啊，正他妈的合适。"她转身对手机说了几个字，又听了一会儿，又说了几句，然后收起手机。"恺撒、安东，"她唤来两个火枪随从，"他到了，不过……"她低头在他们耳边说了些什么，我听不见。恺撒笑着点头，阿兰娜看看烧烤架那边狂饮的人们。"博比，"她喊道，"和恺撒一起去，给他搭把手。"

博比傻笑着拉起萨曼莎的手。他从桌上拿起一把刀举起来，眼巴巴地看着阿兰娜。萨曼莎呻吟着。

"别出洋相，宝贝儿。"阿兰娜对博比说，"快去帮恺撒。"

博比松开萨曼莎的胳膊，她咕哝一句，然后说了好几遍"哦"，恺撒、安东带着博比和他的几个朋友顺着摇摇晃晃的舷梯跑了。

阿兰娜目送他们远去。"我们马上就从你开始。"她说着转身走向萨曼莎。

"怎么样了，我的小母猪？"她问。

"求你，"萨曼莎虚弱地说，"哦，求你……"

"求我？"阿兰娜说，"求我什么？你想让我放了你，嗯？"

"不是，"萨曼莎说，"哦，不。"

"不放你，好吧。那求什么呢，亲爱的？"阿兰娜说，"我想不出来。"她拿起一把看上去非常锋利的刀。"也许我能帮你开口说话，小猪。"她说完就把刀尖戳进萨曼莎的上腹部，不深，但连续不断，从容不迫，这看着更可怕。萨曼莎边喊边扭动，但因为被紧绑着，躲不开什么。

"真没什么要跟我说的吗，亲爱的？"她说。萨曼莎终于不行了，如泉涌的鲜血到处飞溅。"很好，我们再给你点儿时间想想。"她把刀放在桌上，掀起烧烤架的盖子。"哦，真烦人，这肯定烤焦了。"她说着看看萨曼莎，确信后者在看，她用长柄叉子叉起那块肉，丢进围栏外面的水里。

萨曼莎虚弱而绝望地叫了一声，头歪到一边。阿兰娜高兴地看着，然后又带着蛇蝎般的微笑看着我说："该你了，老男孩。"说完走向船舷。

说真的，我很高兴看到阿兰娜走开，因为她这表演实在让人不忍卒睹。除去我受不了看别人对无辜的人下毒手，我很清楚这是杀鸡给猴看。我不想成为下一个，我不想成为食物，可是丘特斯基不赶紧来，我没别的办法。我知道他藏在暗处，正摩拳擦掌，只等找到一个特别棒的角度，一个增加他的胜算的机会，一个只有沙场老手才懂的绝招，他就会端着冒着愤怒火焰的枪从天而降。不过，我还是希望他能快点儿。

阿兰娜继续朝大门看着。她有点儿心不在焉，这我倒无所谓，因为我有机会想想我这糟心的一生。这么快就结束了，实在太让人难过了，我还没来得及干真正重要的事儿，比如带莉莉·安上芭蕾课。没有我的指导，她可怎么办呢？谁教她骑车，谁给她念故事呢？

萨曼莎又虚弱地哼了一下。我看看她。她慢慢地蠕动着，好像正在痉挛，又好像电池的电量在慢慢减少。她爸爸给她读过故事。也许我不应该给莉莉·安念故事，反正这对萨曼莎没起什么好作用。当然，事到如今，我没法儿给任何人念任何东西了。我希望德博拉没事儿，尽管她最近情绪反常，但她很坚强。可是她头上被狠狠地打了一下，被拖走时看上去已经完全没知觉了。

我听见阿兰娜说"啊哈"，我转身望去。

一队人马正走进路边的建筑灯光之下。这些年轻人都穿着海盗装束前来和博比会合。我不禁纳闷儿，迈阿密到底有多少食人族？他们像一群盘旋的海鸥一样兴奋地转圈，挥着手枪、弯刀和匕首。在他们中心被簇拥着的五个人，其中一个是恺撒，就是阿兰娜派去的那个。他旁边是安东，另一个是博比。他们正拖着另一个人。他显然已经没有了知觉。他们后面跟着一个黑衣男人，身披斗篷，脸被遮住。

这群人推搡叫嚷着，那个昏迷的男人头仰了起来，灯光打在他脸上，我看清楚了他的五官。

是丘特斯基。

爱因斯坦说，我们对时间的认识肤浅得像一本流行小说。我从来不装成一个能弄懂这些东西的天才，但是我有生以来第一次开始领悟那句话的意思。因为当我看见丘特斯基的脸，一切都静止了。时间仿佛不存在了。我似乎被困在完全凝固的时间里，又好像落在一幅静物油画中。阿兰娜定格在陈旧的假海盗船里的船舷一侧，昏暗的光线照着她食肉兽般兴致勃勃的神情。在她旁边是五个静止的人站在灯光之中。丘特斯基的头无力地后仰，护卫和博比各拽着他一只胳膊，黑衣人跟着他们，拿着恺撒的火枪。其他海盗都摆着漫画上坏人的架势围着他们，全像仿真的雕像。我听不见任何声音。世界缩成一幅绝望的画面。

近处从障碍越野赛的方向传来尖牙俱乐部那让人头痛欲裂的音乐，呼喊声响起，时间又恢复转动。阿兰娜从船舷旁边转身，先是缓慢地，然后恢复正常速度。我又听见萨曼莎的呻吟，海盗旗在桅杆上猎猎作响，还有我自己剧烈的心跳。

"你在等什么人？"阿兰娜开心地问我，事情回到了可怕的正常状态，"我不觉得这人还能帮上你。"

我也想到了这一层。不只如此，从德克斯特内心最底层涌起一阵近乎疯狂的无助感。我还能闻到空气中传来的烧烤架上烤肉的味道，禁不住想象着宝贵的无可替代的德克斯特很快也会在那里嗞嗞作响，一次一片。在好莱坞剧本中，这个时候应该有绝顶聪明的点子跳进我的大脑，我就能挣脱束缚，夺过火枪，突出重围。

可是显然我不在那个剧本中，因为我什么都没想起来，除了被遗弃的感觉，还有我很快就要被吃掉的判断。我找不到逃生的机会，已经没时间了，我的脑海中只有一句话在盘旋：完了，游戏结束了，落幕，德克斯特将坠入永恒的黑暗。再没有奇妙的我，再不会有了。什么都没了，就剩下一堆骨头和肠子，也许世上有个把人还记得那个被我伪装出来的自己，甚至都不是真正的我，我这悲剧的一生，短暂的一生。生活将继续，只是没了独一无二的我，这非常不对头，但难以避免。剧终。

我觉得自己就要死于凄惨的自怜了。但这情绪要是能致命，没人能活过十三岁。可我还活着，看着他们拖着丘特斯基上了摇摆的舷梯，把他扔到甲板上，手被绑在背后。黑衣人端着恺撒的火枪走到烧烤架一边，我和丘特斯基都在他的射程之内。博比和恺撒把丘特斯基拖到阿兰娜脚旁，让他脸朝下趴着，抖作一团。他后背上插着两只飞镖，这是让他抖个不停的原因。他们从背后偷袭了丘特斯基，用泰瑟枪电击了他，然后趁他哆嗦的时候把他打倒。我们的营救计划泡汤了。

"他可是个难对付的大块头。"阿兰娜说着用脚轻轻踹了他一下，她看看我，"这是你的朋友？"

"可以说是朋友。"我说。我的确指望他，他应该对这类事儿最在行。

她又看看丘特斯基："他对我们没用，全都是筋和疤痕组织。"

"其实，我听说他的外表之下很柔软，"我眼巴巴地说，"我觉得比我软和多了。"

"哦,"丘特斯基说,"哦……靠。"

"嘿,看看,他的下巴够结实,"恺撒说着点点头,"我踢他踢得够狠,他本应该还在昏迷。"

"她在哪儿?"丘特斯基颤抖地说,"她没事儿吗?"

"我真踢得他不轻,我以前是打架好手。"恺撒自言自语。

"她在里面,"我说,"昏过去了。"

丘特斯基转过身体看着我,显然忍着巨大的疼痛。他的双眼通红,充满痛苦。"我们搞砸了,伙计,完全搞砸了。"他说。

这显然不是评论的好时候,所以我一句话没说。丘特斯基又哆嗦起来:"靠。"

"带他下去,和摩根探长关在一起。"阿兰娜说。恺撒和博比又抓着丘特斯基,把他连拖带拽地弄进了船舱。"其他人去障碍越野赛那边看着篝火,别让它灭了。祝你们玩儿得愉快。"她对其余的海盗说,又对安东示意,"带上饮料桶。"在一阵高声叫喊中,两个人提走了五加仑的大罐子。黑衣人谨慎地走上前,始终用火枪指着我。海盗们从舷梯消失,隐入公园的黑暗中。等他们走了,阿兰娜又将她冷若冰霜的目光转移到我身上。

"好了,现在——"她说道。尽管我知道她感觉不到任何感情,但当她看着我时,我相信有一股黑暗的乐趣让她灵魂中那个讨厌的怪物无比愉快。"现在我们来看看我的小公猪。"她朝保镖点点头,他退后几步,到了船舷边,枪口仍然对着我。阿兰娜朝我走来。

这是迈阿密的春夜,气温二十多摄氏度,可当她接近时,我感觉到寒风吹来,穿过我的身体,横扫我心灵深处最黑暗的角落。黑夜行者惊惶飞起,发出愤怒而无助的叫喊,我感到自己的骨头碎了,血管化成尘土,世界萎缩,变成阿兰娜眼中那稳定而酣畅的疯狂。

"你知道猫吗,心肝儿?"她对我说,又像是自言自语。我口干舌燥,不想回答。"它们酷爱玩弄食物,是不是?"她爱恋地拍拍我的脸颊,又猛地抽了我一耳光,表情却丝毫不变。"我曾观察猫好几个小时。它们折磨小老鼠,你知道为什么吗，亲爱的？"她问我，同时用长长的涂红的指甲从我的胸口摸到臂膀，在那儿发现了锯棕榈留下的伤口，她皱起眉毛。"真残酷，真可怜，"她将指甲抠进伤口，"但折磨会将肾上腺素释放进小老鼠的肉里。"

阿兰娜将我的伤口抠开，我疼得跳起来，鲜血流出来。她深思着点点头。"在这种情况下，肾上腺素进到肉里，传遍那羞怯胆小的小动物全身。你知道吗，小心肝儿，肾上腺素是最奇妙、最自然的嫩肉剂！"她随着说话的节奏，继续将指甲抠进我的伤口，把它们弄得更大。尽管很疼，但看着德克斯特的宝贵鲜血随着她的动作越来越多地流下来，这更让我难受，可我就是没法儿掉转目光。她越抠越用力，也越深。

"所以我们会先逗弄一阵儿我们的食物，它们的滋味会更好，这既好玩儿，等吃的时候又有回报，大自然多奇妙啊！"

她将长指甲深深插入我的胳膊，盯着我看了很久，脸上是令人厌恶的冰冷微笑。我听见远处传来几声狂欢者的疯狂大笑，萨曼莎又呻吟起来，现在已经微弱了许多，我转头看她。她失血过多，博比放在她胳膊下面的罐子里已经蓄满鲜血，又满溢出来流到甲板上。我觉得一阵眩晕，好像看见我自己伤口中流出来的鲜血在和她的汇合，染红了整个甲板，和很久以前我和哥哥在冰冷的集装箱中的时候一样。我觉得自己在脱离疼痛，向着那红色的黑暗陷落。

又一下更深的刺痛把我拉回到这艘假海盗船，眼前这优雅的女食人族正想用指甲挖遍我的胳膊。我肯定她很快会挖开一条动脉，我会血流遍地。希望那至少能把她的鞋弄脏，虽然不是什么厉害的诅咒，但我真的也就只能做这么多了。

我感到阿兰娜越来越紧地抓着我的胳膊，更深地抠进去，我疼得快要大叫起来。这时舱门砰的一下打开，博比和恺撒回来了。

"一对小情人儿，"博比嘲讽地说，"他一直在说'黛比，哦，黛比'，她呢，闭着眼，昏得死死的，他就喊'哦，上帝，哦，上帝，黛比，黛比'。"

"这可真逗，"阿兰娜说，"但他被捆得够紧吧？"

恺撒点点头："他哪儿也去不了。"

"不错，"阿兰娜说，"你俩去玩儿吧，"她看着我，"我在这儿再放松一会儿。"

我肯定博比回了几句让他自鸣得意的俏皮话，也听到他和恺撒下了舷梯，加入了其他狂欢的人群，但所有这些都对我没什么意义，我的世界正在慢慢缩小，定格成一幅可怕的画面。她眼睛一眨不眨地看着我，那力道十足，我觉得自己的脸都要被她的凝视给划开一道伤口了。

只可惜她不满足于靠目光来软化我的肉了。她慢慢转身，朝桌子走去，那里是一排闪闪发光的刀具。黑衣人站在刀旁，枪口一直没有离开我。阿兰娜低头看看刀，用手支着下巴沉思。"这么多上好的选择，"她说，"我真希望多一点儿时间从容地做这件事儿。真想好好认识你。"她难过地摇摇头，"我完全没时间了解你送给我的那个出奇漂亮的警察，在丢掉他之前只来得及尝一口。赶紧，赶紧，赶紧。这毁了所有乐趣，不是吗？"原来是她杀了戴克。她的话让我不禁想起我自己游戏时的感觉。此刻这想法真不合适。

"可是，"阿兰娜说，"我想你和我这次应该做得从容些，就这个吧。"她举起一把大大的非常锋利的刀，像是切面包的大刀。这肯定能给她带来优质的娱乐享受。她转向我轻轻举刀，退后一步站住。

阿兰娜看着我，眼睛眨了眨，好像在预习接下来要做的事情，而我呢，也许从自己那有限的经验中能猜出她的心思，所以能感觉到她想象中的每一个动作，每一次切削。汗水浸湿了我的衬衫，从前额涔涔而下，我感到心脏在肋骨下怦怦地跳，好像想挣脱逃走。我们站在那里，隔着十英尺，进行着思维的双人舞，那古典的血之芭蕾。阿兰娜将这欢乐时光延长了许久，直到我觉得自己的汗都流干了，舌头都肿大得贴到了上腭。最后她轻柔地说了一声"好"，朝我迈了一步。

我猜万事最后都会扯平。倒不是说我现在品尝到了我平常给别人制作的苦药，这不是重点。我的意思是，今晚我已经体验了时间的减慢和停止，现在，当阿兰娜转身举刀向我走来时，一切突然进入了快镜头模式，变成了一场快速舞蹈。

首先，一阵震天响的枪声传来，那个马尾辫保镖被轰碎了。他的身体中段化为一道可怕的血光，其余部分飞过船舷，脸上带着麻木的厌恶表情。他消失得如此之快，好像被全能的电影编辑给剪掉了。

几乎在保镖飞过船舷的同时，阿兰娜举刀转身，嘴巴大张，跳向黑衣人。他将火枪瞄准发射，阿兰娜举刀的手臂被打飞，然后他又转身用不可能的速度把最后一个保镖射中，那个保镖都没来得及举起枪。阿兰娜跌落在萨曼莎脚边，保镖则从船舷翻落下去。突然"复仇"号甲板上变得非常安静。

然后那戏剧性十足的、可怕的黑衣人又将火枪指向我。一切再次静止，我看着他黑色的面具和更黑的指着我的枪口，它准确地指着我的腹部，我不禁想难道是我惹恼了上帝？我到底做错了什么，凭什么让我享用这没完没了的死亡大餐？到底有多少不同但万变不离其宗的可怕结尾要上演，让一个无辜的人在一晚上经受这一切？这世界上还有理可讲吗？

没完没了。我被打，被抽耳光，被手指甲抠，被折磨，被用刀威胁着要被吃掉、被刺死、被枪毙。我都一一经受了。我受够了。我甚至对这些羞辱处变不惊了。我的肾上腺素都用光了，我的肉都软得不能再软了，不如就给我来个痛快的。每个虫子都要羽化，德克斯特的忍耐到尽头了。

我站直身体，高傲地面对自己的终极命运，充满勇敢而爷们儿的决心，可是命运又让我意想不到了。

"得嘞，"黑衣人说道，"看来这次我又得把你这身肉从炭火上救下来了。"

他将枪口举起时我想到我认识这声音，可是我不知道是要哭还是笑，或者呕吐。在我能做任何表情之前，他转身朝阿兰娜开了一枪，她正缓慢而痛苦地朝他爬过来，身后拖着一道浓稠的血痕。这近距离的一枪把她从甲板上轰到半空，几乎撕成两半。她那精致的两部分落下来，变成让人难过的不大体面的两堆。

"恶心的臭娘儿们。"他放下枪说道，扯下斗篷，撤掉面具，"不过报酬很不错，工作也适合我，我对用刀非常精通。"我没错，那声音的确熟悉。"真的，谁都觉得你应该能搞清楚这点儿事儿，"我兄弟布赖恩说道，"我给了你够多的线索了，垃圾袋里的黑色标牌，诸如此类的一切。"

"布赖恩，"我说，这是我说过的最傻的一句话，"是你？"

"当然是我，"他说，脸上还是那可怕的假笑，可是现在看着没那么讨厌了，"不然要亲人干吗？"

我想想最近几天，德博拉把我从大沼泽地的拖车中解救出来，这次又是这样。我摇摇头："显然，亲人就是用来把你从食人族手里救出来的。"

"哦，好吧，"布赖恩说，"所以我来了。"

这一次，他那可怕的假笑看上去真的很温暖。

布赖恩飞快地给我松了绑。这回把强力胶带从手腕上撕下来也不怎么觉得疼了，因为皮肤上没剩多少汗毛。不过还是不太舒服，我揉了半天手腕。

"你以后再给自己按摩，成吗？"布赖恩说着朝舷梯示意，"真耽误不起时间。"

"我得找到德博拉。"我说。

他夸张地叹口气。"你和那姑娘是怎么回事儿？"他问。

"她是我妹妹。"

布赖恩摇摇头。"好吧，"他说，"不过快点儿好吗？这里到处都是牛鬼蛇神，咱们最好躲着他们。"

我们要经过主桅才能进舱门。尽管布赖恩紧催慢催，我还是在萨曼莎身边停住脚，小心不踩到她身体右侧的血水。我站在她左侧，仔细地看着她。她的脸色惨白，不再呻吟，也不再动。有一会儿我都以为她已经死了。我将手放在她脖子上试探了一下，脉搏还在，但非常微弱。这时她的眼睛微微睁开，眼珠还能动，但眼神涣散，显然已经认不出我了。她又把眼睛合上，说了句什么，我听不清，凑近她问道："你说什么？"

"我……好……吃……吗？"她沙哑地低声说。我愣了一会儿才明白她的意思。

人们说讲真话非常重要，但我的经验是人们告诉你你想听的话你才会快乐，通常这和真话完全不是一回事儿。真话可以留着以后再说。对萨曼莎来说，已经没有以后了，我实在硬不起心肠告诉她真相。

于是我趴在她耳边说她想听的话。

"你美味极了。"我说。

她笑着闭上了眼睛。

"我们真没工夫弄伤感场面，"布赖恩说，"如果你还想救你那混账妹妹的话。"

"好，"我说，"对不起。"我离开萨曼莎的时候没太难过，只在烧烤架旁的桌前停下，拿了阿兰娜一把非常锋利的刀。

我们在主船舱里原来是小卖部的柜台后面找到了德博拉。她和丘特斯基被绑在通向甲板的洗手池大管子上。他们的手和脚都用胶带绑着。丘特斯基几乎解开了自己的一只手，唯一的那只。他还是很能干的。

"德克斯特！"他喊道，"天哪，见到你太好了。她还在呼吸，我们得把她弄走。"他一看见布赖恩跟在我后面就立刻皱起眉，"嘿，就是那家伙用泰瑟枪的。"

"没事儿了，"我心虚地说，"哦，其实，他是……"

"是意外。"布赖恩飞快地说，好像害怕我会把他的名字告诉丘特斯基。

他把斗篷的帽子翻起来遮住脸："反正我救了你们，现在赶紧走，别等他们出现，好吗？"

丘特斯基耸耸肩："嗯，好吧。你有刀吗？"

"当然。"我说着朝他凑过去，他却不耐烦地摇头。

"不是，靠，德克斯特，先给德博拉解开啊。"他说。

在我看来，一个只有单手单脚而且就连这仅有的手脚还被绑在水管子上的人就没资格恶声恶气地发号施令。可是我不跟他计较，在德博拉身旁单膝跪地，将她手腕上的胶带割断，拿起她的一只手。脉搏依然有力而均匀，希望这意味着她仅仅是昏过去了。她很健康强壮，除非骨折了，否则她应该没事儿，但我还是希望她醒过来亲口告诉我。

"好啦，别磨蹭了，伙计。"丘特斯基继续用烦躁的语气说。我割断绳子，把德博拉从管子上解开，又割开绑着她脚踝的胶带。

"我们真得快点儿了，"布赖恩轻声说，"我们也要带着他吗？"

"真他妈够逗的！"丘特斯基说，但我知道我兄弟是认真的。

"我恐怕必须带着他，"我说，"不然德博拉会很生气。"

"那么看在老天的分儿上，快点儿把他松开，咱们赶紧走吧。"布赖恩说着朝船舱门走去，向外张望，手里攥着火枪。我解开丘特斯基，他踉跄着站稳双脚，准确地说是单脚，因为另外一只是假肢，和他的一只手一样。他低头看了德博拉一会儿，布赖恩急躁地清清喉咙。

"好吧，"丘特斯基说，"我来背她，德克斯特，帮我一把。"我们一起把她架到丘特斯基的肩膀上。他一副轻而易举的样子，还调整了一下姿势，好让她趴得舒服一点儿。然后他朝船舱门走去，就好像要去远足的人背着一个小小的背包。

在甲板上，丘特斯基在萨曼莎身边略停了一下，这又让布赖恩不耐烦地哼了一声。"这姑娘就是德博拉一心想救的？"丘特斯基问。

我看看我兄弟，他正急得拔脚欲奔。我又看看正耷拉在丘特斯基肩膀上的妹妹，叹口气说："是她。"

丘特斯基将德博拉轻轻调整一下，俯身用真手探着萨曼莎的喉咙，手指在上面停了几秒，然后摇摇头。"太晚了，"他说，"她已经死了。黛比会非常不高兴。"

"对此我深表遗憾，"布赖恩说，"现在能走了吗？"

丘特斯基看他一眼，耸耸肩，这让德博拉滑下来一点儿，他抓住了她，幸好不是用的钢爪。他又调整一下姿势，然后说："嗯，好吧，走吧。"我们急急忙忙地向小路奔去。

走下颤颤巍巍的舷梯时费了点儿劲儿，特别是丘特斯基用真手抱着德博拉，只能用钢爪抓缆绳。但我们还是做到了，一踏上地面，我们就飞快地朝大门跑去。

我不知道自己是否该为萨曼莎感到难过，我不觉得有什么是我能做而没做的。我连自己都救不了，这原本重要得多。但把她的尸体留在那里让我不踏实。也许是因为血太多了，这总是让我不舒服。也许是因为我总是把自己手下的残余物收拾干净。当然不是因为我觉得她死得悲惨或不值得，完全不是。实际上她的消失对我而言是个小小的解脱，不必我动手了。这意味着我没事儿了，不用付出高昂的代价。我的生活又恢复了滋润舒服的状态，不用再担心吃官司。对，总体上这是件好事儿。萨曼莎得偿所愿，起码是大部分所愿。唯一折磨我的是我禁不住想吹口哨，而这显得不大正常。

然后我发现我竟然觉得内疚！我，内心黑暗的德克斯特，无感之王德克斯特！我居然也会陷入那折磨灵魂的、浪费时间的、终极自恋的内疚！全都是因为她死了对我是件好事儿，我一想到这姑娘的死就偷笑。

难道我最后居然长出了灵魂？

匹诺曹最后终于变成了真正的小男孩？

这太荒唐、太不可能、太没法儿想象。可是我的确在想。也许是真的，因为莉莉·安的出生，我自己变成了德克斯特老爹，近几个星期所有这些不可能的事情杀死了我一直都在扮演的黑暗舞者。

也许就连最后几个小时在阿兰娜那蜥蜴般的眼神注视下令我意识麻木的恐惧也将泥土拨开，让嫩芽长出来。也许我现在就是一个新人，嫩芽盛开，成为一个快乐的感觉丰富的人，可以大笑、哭泣，无须假装。看电视的时候无须再偷偷好奇那男演员如果被绑在桌子上会是什么表情。这可能吗？我已经是新生的德克斯特，终将在人类世界占有自己的一席之地？

这可真是个有趣的推测，差点儿要了我的命。在我被自己搞得晕头转向的时候，我们已经穿过公园来到儿童赛车区，我比别人走得稍快，一心一意琢磨自己的心事，差点儿踩到两个跪在地上想让陈旧的赛车开动起来的海盗身上。他俩抬头看见我，傻乎乎地眨巴着眼睛。他们身旁的地上是两大杯鸡尾酒饮料。

"嘿,"他俩中的一个说道,"这不是咱们的肉吗?"他伸手探入鲜红色的腰带,我们弄不清楚他要掏武器还是口香糖,但布赖恩已经跳过去朝他开了一枪,而丘特斯基也赶过来飞起一脚踢到另一个的脖子上,这脚太狠了,我听见了骨头断裂的声音。他一边后退一边干哕,用手摸着自己的喉咙。

"不错,"布赖恩看着丘特斯基,用亲热的口气说,"原来你不是中看不中用。"

"那是,我棒着呢,哈?"丘特斯基说,"特别有用。"他听着情绪有点儿低落,不像一个刚从食人族手里逃脱的人,但也许被泰瑟枪击中后,精神上有后遗症吧。

"说真的,德克斯特,"布赖恩说,"你得小心看路。"

余下往大门的路上没再发生别的插曲,这真让人松了口气,因为我们随时都有可能碰上大批海盗,也许他们都够清醒,我们就会展开一场恶战。我不清楚布赖恩那借来的火枪里还有几发子弹,大概不会多。当然,丘特斯基还有很多功夫可以施展,但我们也没法儿指望很多坏家伙都用比膝盖低的姿势来袭击我们。总之,我很高兴我们平安地到达德博拉的车旁。

"打开门!"丘特斯基用命令的口吻说道,我去拉门把手。"后门,德克斯特,"他叫起来,"天哪。"我不计较他的态度,他岁数太大,脾气太坏,什么都听不进去。我绕到车后门去拉把手,当然,是锁住的。

"看在×蛋的分儿上……"丘特斯基喊起来,我看见布赖恩挑起眉毛。

"看这语言。"我兄弟说。

"我需要钥匙。"我说。

"在后面的口袋。"丘特斯基说。我愣了一下。尽管我知道他和我妹妹在一起好几年,可我还是被他对我妹妹的了解程度惊到了。他连她习惯把车钥匙放在哪里都知道。这让我明白他所了解的她或许我无从知道。他会知道她的很多秘密。这想法让我迟疑了一秒,显然非常不合时宜。

"快点儿，伙计，看在上帝的分儿上，把你的脑袋摆正好吗？"丘特斯基说。

"德克斯特，劳驾，"布赖恩补充道，"我们得离开这儿。"

显然我今晚是所有人的出气筒，一无是处的蠢货。但抗议只会花去更多的时间，再说，这样的两个人都一致同意的事情完全不容争辩。我走到瘫在丘特斯基肩上的德博拉身边，从她裤子的后袋里取出钥匙。我打开后车门，把门开大，好让丘特斯基将我妹妹放到座位上。

他飞速地检查了一下德博拉。"手电呢？"他扭头问。我从前座上取过德博拉的大号警用手电筒，递给丘特斯基。他撑开她的眼皮检查她对光的反应。

"咳。"布赖恩在我们身后清清嗓子。我转身看他。"如果你们不介意，"他说，"我想撤了。"他笑着朝北边点点头。"我的车在半英里外的一爿商店前面，"他说，"我会把枪和这乡巴佬斗篷扔了，咱们稍后见，也许明天一起吃晚饭？"

"必须的。"我说。居然有一股强烈的冲动想要给他一个拥抱，但我只是说了句："谢谢你，布赖恩，非常感谢。"

"我非常乐意。"他说着又笑了一下，转身消失在黑暗里。

"她会好起来的，伙计。"丘特斯基说。我回头看见他仍然蹲在开着的车后门那里。他握着她的手，显得无比疲倦。"她会好起来。"

"你肯定吗？"我问。他点点头。

"是的，我肯定，"他说，"你还是应该送她去急诊室，给她全面检查一下，但她会没事儿，别谢我。"他移开目光，半天什么都没说。这段沉默太久，我都开始不安了。不是说要马上走的吗？这可不是沉思默想的时候。"你不一起来医院吗？"我问，倒不是我有多需要他的陪同，只是想打破沉默。

丘特斯基没动，也没吱声。他只是看着公园的方向，夜风中仍能听见音乐的鼓点和零散的叫喊。

"丘特斯基……"我说，越来越着急。

"我搞砸了，"他终于开口，令我惊恐的是，一滴眼泪从他脸上滑落，"我彻底搞砸了。我让她失望了，在她最需要我的时候。她差点儿就死了，我却什么都做不了，而且……"

他带着哽咽深深地吸了一口气，仍然不看我。"我一直拿自己打趣，伙计。我对她来说太老了。我对她或任何人都没用。"他举起铁钩，用头撞了一下，停下来定定地看着他的假腿。"她想要一个家，这对我这样的人来说是个蠢主意。糟老头子，残疾，我没法儿保护她，甚至……她不需要我。我是个没用的老……"

从公园里传出女人尖厉的笑声，这声音将丘特斯基带回现实。他猛地抬头，又深吸一口气，这次平稳了一点儿，又低头看看德博拉的脸。他低头吻了她的手一下，闭着眼睛长久的一吻，然后站起来。"送她去急诊室，"他说，"告诉德博拉我爱她。"然后他朝自己的车走去。

"嘿，"我说，"你难道不……"

显然他不会。他没理我，径直上了车，开走了。

我没工夫目送他的尾灯消失，赶紧把德博拉在后座上放好，用安全带绑住她，然后坐进驾驶座。开出两英里后，确定安全了，我才停到路边，摸出自己的手机。我想了想，换成丘特斯基的手机，那是德博拉扔在前座上的。他的手机肯定有隐藏身份标识这些小伎俩。我拨号。

"911。"接线员说。

"你们得赶紧派一队人马来废弃的海盗之地。"我拼命模仿着黑人口音说。

"先生，是什么紧急情况吗？"接线员问。

"我是退伍老兵，"我说，"我去过两次伊拉克，听得出枪响，那边肯定有枪战。"

"先生，您是听到了枪声吗？"

"没错。赶紧来看看，到处都是死人。"我说，"十几二十个，他们还在跳舞，像过节一样。"

"您看见十具死尸，先生？您确定？"

"有人在吃人肉，吃完就跑。我这辈子从来没见过这么恶心的事儿，我可是在巴格达常驻过。"

"他们……他们吃尸体,先生?"

"你们最好派反恐特警部队过来。"我说完挂了电话,发动汽车。他们也许不能把公园里的所有人都抓住,但会抓住大部分,不难问出来发生了什么,这或许能抓住博比·阿科斯塔。我希望这能让德博拉觉得好过一点儿,尽管萨曼莎死了。

我将车开上95号高速公路,朝杰克逊医院开去。近处有几所医院,但迈阿密的警察一般都会去杰克逊,那里有全国最好的创伤科。虽然丘特斯基已经说过这只是例行检查,但我还是决定找专家看看。

我尽量快地向南开,头十分钟很安静,在转向海豚高速公路的时候,我听见了警车声,然后是更多的警车,一长队警车向和我相反的方向风驰电掣开过。它们后面紧跟着本地新闻转播车,全部向北,应该是去海盗之地的。嘈杂渐渐平息,我听见后座上有动静,几秒钟后德博拉说:"靠。"想想说话的人,这开场白没什么好惊讶的。

"你没事儿,德博拉。"我说,伸着脖子从后视镜里看看她。她躺在那里,双手按着肚子,脸上是一种木然的惊恐。"我们现在去杰克逊医院,只是检查一下。不用担心,你没事儿。"

"萨曼莎·阿尔多瓦呢?"她问。

"呃,"我说,"她没挺过来。"我看一眼后视镜。德博拉闭着眼睛,揉着胃。

"丘特斯基在哪儿?"她问。

"嗯,哦,我真不知道。"我说,"我是说,他也挺好,没受伤。他说'告诉德博拉我爱她',然后就开车走了,不过……"一辆大卡车猛地蹿到我前面,尽管我是在高承载专用道上。我只好变道并刹车。我又看向后视镜,她仍然闭着眼。

"他走了,"她说,"他觉得对不住我,所以引咎辞职,在我最需要他的时候。"

需要丘特斯基，还"最"，这在我听来有点儿夸张，但我顺着她的话说下去。

"妹妹，你会没事儿的，"我说，想着别的正确的劝慰的话，"我们到杰克逊医院给你检查一下，但我肯定你会没事儿，明天就能上班，一切正常，而且……"

"我怀孕了。"她说，这下我完全无言以对了。

德博拉说得没错，丘特斯基真走了。几个星期都没有他的音信，德博拉也没有能找到他的办法。当然她试了所有死心眼儿的女人都会想到的办法，同时她还是个优秀的警察。但丘特斯基的本行就是秘密工作，他行事的隐蔽程度跟警察不是一个等级。我们甚至都不知道丘特斯基是不是他的真名。干了一辈子情报工作，他可能都忘了自己本来叫什么。他就这么消失了，就好像从来没存在过。

关于另一件事儿，德博拉也说对了。很快大家就注意到她的裤子穿不下了。她通常穿的清爽修身的衬衫变成印着夏威夷图案的宽松款式，以前不要说穿，就是让她陪着穿这种衣服的人走路她都不愿意。德博拉怀孕了，她打定了主意要生下来，不管丘特斯基回不回来。

我起初发愁她这未婚母亲的新身份会影响她在工作中的地位。警察一般都很正统。可是显然我太不与时俱进了，一点儿都不了解新传统主义。如今新的家庭观认为，你单身怀孕完全不是问题。德博拉的威信随着她的肚子一天天大起来，反而越来越高。

你或许会以为一个怀孕的警探更容易引发人们的同情，让大家看清恶人。但是在博比·阿科斯塔的保释听证会上，律师添油加醋地宣传乔刚刚痛失爱妻，也就是博比的继母，她把博比抚养成人，对博比意义重大，现在阴阳相隔。他们却忘记提她其实死于折磨和谋杀好几个人，其中包括伟大而珍贵的我。法官将保释金定为五十万美元，这对阿科斯塔家就是九牛一毛。博比开心地走出法院，投入那永远爱他的父亲的怀抱，我们早就料到了。

德博拉的反应比我预料的好。她的确骂了一两个字，毕竟她是德博拉。她的原话是："哦，靠，所以这小杂种溜了。"说完她看着我。

"哦，是啊。"我说。这就是我们的全部对话。博比到审讯之前都是自由人一个，而审讯可能在好几年以后，他爸请的律师之精明强干可不是吹的。到博比真出庭那天，全部报纸头条都会忘记刊登"食人族狂欢""强盗鲜血浴"，乔的金钱会将刑期变成二十小时社区服务。这是一粒苦药，但这就是×蛋的迈阿密司法的现实，这都在我们的意料之中。

生活恢复了原样，如今衡量时间的标志是德博拉那一天天增加的腰围、莉莉·安装尿布的垃圾桶一天一满，还有如今每星期五晚上和布赖恩伯伯的家庭晚宴，这已经成了我们一星期盼望的亮点。星期五是最好的时候，因为那天晚上德博拉去上产前培训，这减少了她不期而遇让我兄弟尴尬的可能。毕竟，从就事论事的角度讲，几年前他曾经想杀了她。我很清楚她不是那种不记仇的人。但布赖恩打算再跟我们待一段，显然他真心喜欢伯伯和兄长的角色。当然，迈阿密也是他的故乡，他有信心在这么不景气的经济形势下找到适合发挥他独特长处的新工作。再说，他手头的钱足够他再流连很长一段时间。不管阿兰娜别的方面有多差劲儿，她对有才之人还是很大方的。

让我非常惊讶并越来越不舒服的是，那韵律又开始响起，甚至逾越了我那缓慢而持续地成长出来的新自我。开始时它非常细微，我根本没注意，可渐渐地我感觉到脖颈上有什么小东西在拉我，不是我真正的脖子，不是任何身体上真正的部分，而是再靠后一点儿的什么。

我会回头观望，一头雾水，但什么也没发现。我耸耸肩，想着那不过是想象，不过是遭受了这一切之后延迟的神经反射。毕竟可怜的德克斯特的确从鬼门关逛了一圈回来，我觉得心里不安简直再正常不过，这些肉体和精神的折磨应该让我神经质才对。完全可以理解，完全正常，完全不必担心，完全不必多想。于是我像正常人一样按部就班，上班，玩儿游戏，看电视，睡觉，直到下一次这怪感觉又来了，它让我又一次突然愣住，停下正在做的事情，对这无声的召唤转过身来。

如此反复了好几个月，生活变得越来越平淡，德博拉的肚子越来越大，直大得我们该给她办宝宝出生前的派对了。那天我手里拿着请束，想着什么才是给她的最好的礼物，我又一次听到那声音，转过身，看到的是背后的窗户，我看到它了。

月亮。

丰满、明亮、莽撞、可爱的月亮。

挑逗、强大、华丽、愉快的月亮，它在大声喧哗，又在柔声细语，用它那冰冷而又诡秘的腔调，如常隐蔽而沉着的声音念着我的名字，这一切是如此熟悉和舒服，在过去曾经重复了无数次，此刻又一次让人感到出奇地亲切。

嘿，老朋友。

我又感到那羽翼在我的内心深处沙沙作响地展开，我又听到黑夜行者那愉悦的低语，他丝毫不计较我的冷淡，呼唤我重新欢聚。"是时候了。"他说，带着冰冷的激情，好像看到了注定的事儿即将发生，跟以往一样。是时候了。

的确。

我以为自己已经摆脱了这一切，已经告别了喋喋不休又暴力的黑夜行者，可我错了。我还能感觉到他，感觉到他前所未有地强壮，在挂在窗前那轮硕大肥胖的血红色的月亮上呼唤我，朝我抛着媚眼，带着嘲讽的笑容，威逼利诱要我必须而且马上做这件事儿。

马上。

从我那新生人类的幼小而湿润的灵魂里，我知道我不能、不敢、不可以——我担负着家庭的责任，我手里拿着的是德博拉的宝宝派对的请束。很快会有一个新的摩根，一个新的生命需要我的关怀，这不是一个可以掉以轻心的责任，特别是在这样一个邪恶而危险的世界里。那滚烫而刺耳的月亮用更响亮的声音狡猾地宣称这都是真的。当然是真的。世界邪恶而危险，很对。没人能否认这一点。所以把世界变成一个好一点儿的更安全一点儿的地方是一件很好的事儿，让我们一次做一小片，特别是当我们能把这事儿和家庭责任兼顾的时候就更好了。

没错，这念头缓慢地展开，带着尖锐而完美的逻辑。很对，非常对，哦，还非常整洁。太应该把这些乱七八糟的小碎片归拢整齐，让它们守规矩，这也是家庭责任的一部分。另外，那美丽得如同美人鱼在浅吟低唱的声音，它对我的呼唤是如此强大，我没法儿拒绝。

于是，我们走到我那尘封的书房壁橱，拿了几样小东西放进运动包。我们走进客厅，丽塔和孩子们正在看电视。莉莉·安坐在丽塔的腿上。我站住脚，看着她，她依偎在妈妈温暖的怀里。莉莉·安——

但最终我们喘了口气，美妙之夜的深沉旋律再度响起，我想起正是为了她，我们今晚要做这件事儿。为了莉莉·安，为了所有的莉莉·安，为了让她们生长于斯的世界变得更好。于是野性的快乐又回到心里，带着冷静的自控能力。我们弯腰亲吻了我妻子的脸颊。"我得出去一下。"我们用模仿得非常好的德克斯特的人类声音说。科迪和阿斯特一听到我们的声音就坐直了身子，他们瞪圆了眼睛看着运动包。但我们定定地看着他们，他们一声不吭。

"什么？哦……可是……好吧，如果你……你能顺便买点儿牛奶吗？"丽塔问。"牛奶，"我们说，"再见。"科迪和阿斯特大气也不敢出，眼珠子转来转去。他们知道要发生什么事儿。现在我们走出家门，金属光泽的月夜像一张温暖的毯子罩着迈阿密，把它为我们准备完好，为了我们有必要和有益的工作。我们再次潜入这亲切的黑夜，为了宝宝派对的最佳礼物，这礼物将献给我特殊的妹妹，只有她哥哥知道她最想要，只有他才能给。

博比·阿科斯塔。

（全书完）